Vᴳ

VoG Verlag ohne Geld e.K.

n.7

Ada Zapperi Zucker ist in Catania geboren und hat in Rom Klavier
und Gesang studiert und dieses Studium an der Musikhochschule
Wien beendet. Gleichzeitig hat sie für *Dizionario Biografico degli
italiani dell'Istituto Treccani, Enciclopedia dello Spettacolo* und
Enciclopedia Universo De Agostini gearbeitet. Als Opernsängerin
war sie hauptsächlich außerhalb Italiens tätig, derzeit unterrichtet
sie Gesang in Deutschland und in Südtirol.
Von dem südtiroler Maler Gotthard Bonell wurde sie in Malerei
unterrichtet.
Sie lebt seit vielen Jahren in München.

Ihre Bücher haben verschiedene Auszeichnungen erhalten
(Auswahl):
2013   Erster Preis Molinello
2013   Zweiter Preis Città di Pontremoli
2012   Erster Preis Casentino
2012   Preiträgerin Stiftung Kreatives Alter, Zürich
2011   Erster Preis Chianti
2010   Erster Preis Ho diritto a...
2010   Zweiter Preis Le storie del novecento
2008   Dritter Preis Città di Siderno
2008   Erster Preis G. Gronchi
2008   Zweiter Preis Elsa Morante
2007   Zweiter Preis Consiglio Regionale della Calabria
2006   Erster Preis Cerda/Sizilien

Ada Zapperi Zucker

Ein Tag in Bozen

Auf den Spuren einer verlorenen Generation

Vier Erzählungen und Fragmente einer Biografie
Mit einer Abbildung

*Aus dem Italienischen
von Dominikus Andergassen*

Mit einem Vorwort von Ferruccio Delle Cave

Verlag ohne Geld e.K.
München

Das italienische Original erschien 2014 unter dem Titel
Un giorno a Bolzano
im gleichen Verlag

ISBN 978-3-943810-07-3

Vorwort

Vier Lebens-Geschichten und Fragmente einer Biografie, das der neue Erzählband der aus Sizilien stammenden und in München sowie Südtirol lebenden Schriftstellerin und Sängerin Ada Zapperi Zucker. Die zweite der vier Erzählungen „Ein Tag in Bozen" gibt dem Ganzen einen sprechenden Titel und lässt erahnen, dass die Autorin den Plot in Südtirol spielen lässt, einem Landstrich, den sie besser kennt als viele dort Lebenden und Schreibenden. Das beweist nicht zuletzt die erfolgreiche Sammlung früher Erzählungen unter dem Titel „Die Katakombenschule" von 2012.

„Auf den Spuren einer verlorenen Generation" liest man da im Untertitel und glaubt, man müsse sich mit Geschichte auseinandersetzen oder von einem historisch nachvollziehbaren Generationenkonflikt ergreifen lassen; nein, das ist es nicht, was uns Ada Zapperi Zucker, die für jedes Buch, das sie, auf italienisch oder in deutscher Übersetzung vorlegt, einen renommierten Literaturpreis erhalten hat, in ihren neuen Erzählungen mitteilen will. Es sind, wie so oft in ihrer Prosa, außerordentlich plastisch gestaltete Lebensbilder von Protagonist/innen, deren Schicksale uns ergreifen und daran erinnern, dass sie gar nicht so historisch angelegt sind.

Bei näherem Lesen indes entströmt den Texten vor unserem lesenden Auge der Zauber höchst subtiler Prosa: „Am 4. Dezember 1938 traf Louise Raffelsberger mit dem Zug am kleinen Bahnhof von Gossensaß ein. Sie war der einzige Fahrgast, der ausstieg", das der Beginn der ersten Geschichte „Die französische Gouvernante" und die Autorin weiter: „Von mittlerer Statur, schlank, ziemlich mager gar, war sie ganz nach der neuesten Pariser Mode, aber zu leicht gekleidet: durchsichtige Strümpfe, weit ausgeschnittene Schuhe mit hohen Absätzen, ungeeignet für diese schneebedeckten Straßen und um den Hals eine sogenannte Boa aus Straußenfedern oder von wer weiß welch exotischem Vogel. Aus den Federn ragte ein kleiner Kopf mit schwarzem, kurzem Haar und nacktem Hals, zwei Schmalzlocken, wie auf die Wangen gepinselt, so perfekt waren sie, und glatte, glänzende, halblange Stirnfransen. Ein winziges Hütchen hielt sich, die Gesetze der Schwerkraft herausfordernd, auf wundersame Weise auf diesem kapriziösen Kopf." Diese Präsentation zu Beginn der einleitenden Geschichte „Die französische Gouvernante" eröffnet uns die Welt der Protagonistin, die, dem Hauch Pariser Parfüms entflohen, dem kleinen Eisacktaler Ort Gossensaß ein wenig vom alten Glanz der Grand-Hotels-Saison des Fin de siècle zurückgibt.

Literarisch gesehen, erinnern uns die Anfänge in Zapperis Erzählprosa stets auch an die großen Romanschriftsteller/innen des 19. Jahrhunderts. Welche Zartheit und zugleich Bestimmtheit Ada Zapperis Figuren innewohnen, bestätigen etwa die Prosamedaillons der Protagonistinnen in den beiden ersten Erzählungen: vom Schicksal benachteiligte Wesen, die wie Louise oder Miranda aus der Zwischenkriegszeit und dem Terror des Zweiten Weltkrieges und des Antisemitismus getroffen oder zumindest bleibend beschädigt sind. Die Eine zwangsweise als Kindermädchen im Hause eines recht groben, aber pittoresken Herrn Pichler, „Eigentümer des halben Dorfes und verschiedener Liegenschaften in der Umgebung" und die Andere die aus der Toskana stammende hochgebildete Miranda, die ihrem auf abenteuerliche Weise im Rückzugsgefecht der deutschen Wehrmacht durch Italien geliebten Mann Heinrich nah sein möchte, aber unweigerlich an eine Wand von Vergangenheitsflucht, Unverständnis und Intoleranz stößt.

Louise und Miranda, zwei grundverschiedene Frauen, stammen nur scheinbar aus einer anderen Welt, lassen uns aber teilhaben am Jetzt und zugleich an ihrer Geschichte. Gerade in den historisch aufgearbeiteten Zeitläuften von Ada Zapperis Figuren entsteht das, was Geschichte erlebbar macht: Die Gleichzeitigkeit des Ungleichzeitigen oder die Wahrnehmung, es sei gerade Alles vor unserer Haustür geschehen.

Die dritte Erzählung ist „Eine kleine minimalistische Geschichte": „»Heute. Ohne gestern. Gibt es eine Heute ohne gestern?«, frage ich mich. »Es kann ein Heute ohne morgen geben. Niemals aber ohne gestern.«", so die philosophische Fragestellung am Beginn dieser Erzählung, die nur im Titel eine „minimalistische" ist, ja, es geht um „Minimalismus", aber nicht in literarischer Hinsicht, sondern um eine Haltung, die gesellschaftlich und kulturell wirksam wird. An sich ergäbe diese Erzählung die Handlung für einen ganzen Roman!

Dann „Ein Spaziergang" auf der Karlspromenade in Brixen, bei der altehrwürdigen Kirche Maria am Sand. Auch hier geht es um Erinnerung: „»Die Zeit, die Wechselfälle des Lebens haben sie die Macht, den Charakter eines Menschen zu verändern, die sogenannten besonderen Merkmale?«, überlegte Frida. Der einzige Unterschied war, dass er damals vorneweg ging, der Schritt dessen, der führen will, der den Weg kennt, überzeugt, dass es nur diesen Weg zu begehen gibt, während er sich alle zwei, drei Worte umdrehte, um ihre Reaktion zu sehen, aber auch um sich zu vergewissern, dass sie ihm noch folgte, dass der Wind mit seinen Worten nicht auch die junge Frau mitgenommen hatte." Eigentlich glaubt man beim ersten Lesen, die typische Südtiroler story vor sich zu haben, und doch entspinnt sich im zweiten Teil die tiefe Erkenntnis eines menschlichen Schei-

terns, das überall stattfinden kann. Die abschließenden „Fragmente einer Biografie" des österreichischen „Filmgraphikers" und Werbefilmers Hans Albala steht unter dem Titel „Auf den Spuren einer verlorenen Generation" und überrascht zunächst, denn eine Biografie erwartet man am Ende eines Erzählbandes nicht. Und doch entpuppen sich diese „biografischen Fragmente" wie ein Roman in nuce, der nur noch geschrieben werden muss, also doch noch eine Erzählung am Ende der Erzählsammlung „Ein Tag in Bozen", die folgende Widmung trägt: „Dieses Buch möchte an einige Menschen erinnern, denen auf Grund ihrer Rassenzugehörigkeit das Recht zu leben verweigert wurde. In memoriam Hans Albala".

Ferruccio Delle Cave[*]

[*]Studium der Germanistik, Geschichte, Romanistik und Musikwissenschaft an den Universitäten Tübingen und Innsbruck. Von 1996 bis 2010 Schuldirektor. Seit 1998 Leiter der Sparte Literatur im Südtiroler Künstlerbund, seit 2008 dessen Vizepräsident. Kurator des „Lyrikpreises Meran" und des „Franz-Tumler-Preises" Laas. Zahlreiche germanistische und kulturpolitische Editionen und Publikationen und Beiträge für Zeitungen und Zeitschriften.

Ein Tag in Bozen

*Dieses Buch will an erfundene und wirkliche Personen erinnern,
denen auf Grund ihrer Rassenzugehörigkeit das Recht auf Leben
verweigert wurde.*
In memoriam Hans Albala

Die französische Gouvernante[1]

I

Am 4. Dezember 1938 traf Louise Raffelsberger mit dem Zug am kleinen Bahnhof von Gossensaß[2] ein. Sie war der einzige Fahrgast, der ausstieg.

Von mittlerer Statur, schlank, ziemlich mager gar, war sie ganz nach der neuesten Pariser Mode, aber zu leicht gekleidet: durchsichtige Strümpfe, weit ausgeschnittene Schuhe mit hohen Absätzen, ungeeignet für diese schneebedeckten Straßen und um den Hals eine sogenannte Boa aus Straußenfedern oder von wer weiß welch exotischem Vogel. Aus den Federn ragte ein kleiner Kopf mit schwarzem, kurzem Haar und nacktem Hals, zwei Schmalzlocken, wie auf die Wangen gepinselt, so perfekt waren sie, und glatte, glänzende, halblange Stirnfransen. Ein winziges Hütchen hielt sich, die Gesetze der Schwerkraft herausfordernd, auf wundersame Weise auf diesem kapriziösen Kopf.

Die Augen reichlich geschminkt, den Mund auf ein rot gefärbtes Herzchen reduziert, tiefstes dunkelrot, was an Vampire denken ließ, schien sie, von einem anderen Planeten kommend, in diesem Bergnest auf die Erde gefallen zu sein. „Kann es sein, dass das alles echt ist?", fragte sich in der Tat der Bahnhofsbeamte. „Schade, denn sie scheint mir ein schönes Frauenzimmer zu sein, eine, die einem Mann den

---

[1]Erster Preis des internationalen Wettbewerbs für unveröffentlichte Werke Il Molinello, 2013.
[2]Während der faschistischen Ära wurde natürlich nur der italienische Name des Dorfes *Colle Isarco* verwendet.

Kopf zu verdrehen weiß. Vorher aber sollte sie sich das Gesicht waschen."

Die junge Frau hatte inzwischen ihre große Leinentasche auf den Boden gestellt und sah sich erwartungsvoll um. Der Zug war sofort weitergefahren, und, halb erfroren, rührte sie sich nicht von der Stelle.

Der Bahnhofsbeamte näherte sich: »Warten sie auf jemanden?«, fragte er, von den kalten Augen der Frau eingeschüchtert, die ihn von Kopf bis Fuß musterte.

»Monsieur Pichler. Je lui écrit... il n'est pas ici. Vous le connaissais?«

Ihre Stimme war ziemlich gereizt, wie von einem kurz vor einem Nervenzusammenbruch stehenden Menschen. Sie sprach ein eigenartiges Französisch mit breitem wienerischen Akzent.

Der Mann, obwohl des Französischen nicht mächtig, begriff und lächelte: »Gewiss kenne ich ihn. Wer kennt ihn hier nicht?«

In diesem Augenblick kam gerade Herr Pichler daher, atemlos wegen der Eile.

»Excusez-moi Mademoiselle ... je suis en retard ...«

Die Frau reichte ihm mit ausgesuchter Eleganz, mit Mühe eine gewisse Ungeduld verbergend, ihre kleine, in schwarzes Leder gekleidete Hand. Der Bahnhofsbeamte verfolgte aufmerksam die ganze Szene, fasziniert, ganz in die Betrachtung des Händchens versunken, das so schutzbedürftig aussah. Wie alt mochte dieses derart graziöse Persönchen denn sein? Kaum älter als dreißig, obwohl sie jünger aussieht, dachte er, während Herr Pichler sich tief hinunterbeugte, um das nervöse Pfötchen zu küssen, das heißt, es kaum mit den Lippen zu streifen. Eine wahrhaft vornehme Geste, die niemand besser als Herr Pichler hätte vorführen können, auch das bemerkte der Bahnhofsbeamte, und er überlegte lange, wie man sich so verbeugen und gleichzeitig die Hand mit derartiger Eleganz reichen konnte. Er kam zum Schluss, dass es großer Übung bedurfte.

Sowie die beiden den Bahnhof verlassen hatten, versuchte er dieselbe Geste vor seinem Schreibtisch nachzuahmen, und es fehlte nicht viel, und er hätte sich den Kopf an der Tischkante angeschlagen. Zu tief, kommentierte er, auf das richtige Maß kommt es an.

So begann die Geschichte der Französin in Gossensaß, so wurde sie in der Tat im Dorf genannt, zuerst wegen ihres exotischen, in diesem Bergdorf völlig unangebrachten Aussehens, und später, weil man erfuhr, dass sie direkt aus Paris gekommen war. Die Frau, die im Hause Pichler diente, hatte die Nachricht wenige Stunden später im Dorf eilig verbreitet.

Mademoiselle Louise war die neue Gouvernante.

Herr Pichler war darauf erpicht eine Französin für seine drei verwaisten Kinder zu haben, und niemand begriff den Grund dafür. Gewiss, die Frau sprach französisch, zumindest sagte man das, doch war sie österreichischer Herkunft. Daran zweifelte niemand. Mademoiselle Louise sprach französisch mit dem Herrn und mit den Kindern – oder besser gesagt, nur mit dem jüngsten, noch kindlichen Sohn, da die beiden älteren in Brixen studierten und nur in den Ferien nach Hause kamen –, während sie mit dem Personal immer in perfektem Wiener Jargon sprach.

Herr Pichler, Eigentümer des halben Dorfes und verschiedener Liegenschaften in der Umgebung, war viel gereist, vornehmlich in Frankreich, genau genommen an der Côte d'Azur, wo er auch einen Gutteil des Vermögens seiner Frau durchgebracht hatte. Und das wussten alle.

An Frankreich liebte er nicht nur die Sprache. An jenem Land liebte er alles: die Küche, die Spielsäle, und ganz besonders die Frauen.

Ungefähr zwanzig Jahre vorher hatte er eine Österreicherin, eine Baroness geheiratet, Tochter ziemlich reicher Leute, mit einer Mitgift, die den Appetit vieler junger Männer angeregt hatte: eine erkleckliche Summe Bargeld zuzüglich großer Ländereien, hauptsächlich in Südtirol, und eine wunderschöne Villa in Gossensaß, die den Namen des Berges trug, der dieses Tal beherrscht, und die der Vater der Frau bereits Anfang des Jahrhunderts hatte errichten lassen. Wie viele Österreicher der höheren Gesellschaft, verbrachte auch die Familie des Barons die meiste Zeit des Jahres zwischen Wien und Innsbruck, aber sie überquerte die Alpen gerne, um zumindest die drei Sommermonate in Südtirol zu verbringen.

In Folge des Baus der Brenner-Bahnlinie in der zweiten Hälfte des neunzehnten Jahrhunderts und der Entdeckung einer Thermalquelle, war Gossensaß ein kleines Fremdenverkehrszentrum von einer gewissen Bedeutung geworden, das vor allem von Künstlern der Spätromantik wie Ibsen, Schnitzler, Hugo von Hoffmannsthal und anderen besucht wurde, die in diesen Bergen Eingebung und Ruhe suchten, weit weg vom stürmischen Leben in den Großstädten.

Dort trieb sich auch Franz Pichler herum, ein schöner junger Mann, mehr als eins neunzig groß, braunes Haar, ziemlich markante männliche Gesichtszüge und mit einem athletischen Körper, der nie unbeachtet blieb. Seine einzige Beschäftigung, zumindest momentan, war die, den richtigen Augenblick abzupassen, der seinem Leben eine Wende geben konnte. Er teilte die allgemeine Ansicht, dass er mit diesem Körper, den ihm die Mutter Natur geschenkt hatte, eine große Karriere ohne jegliche berufliche Voraussetzung machen müsse, wenn ihn nur jemand entdecken würde. Für ihn war eine Lösung so gut wie jede andere, da er außer dem athletischen Körper keinerlei Anlagen für irgendeine Arbeit mitzubringen schien.

In diesen Sohn hatte die Mutter, eine Frau mit strengsten Grundsätzen, ganz Herd und Kirche, ihre ganzen Hoffnungen gesetzt: für ihn hatte sie kein Leben als Bauer, wie das seines Vaters und all seiner Ahnen vorgesehen, die dazu verdammt gewesen waren, die Erde zu bearbeiten und auf einem bescheidenen Bauernhof zu verkümmern, den sie in der Gegend von Sterzing besaßen und der ihnen nicht mehr als das Überleben sicherte. Nur das nicht; für den Sohn stellte sie sich eine äußerst brillante Karriere, mindestens als Offizier der österreichischen Armee vor.

Der Knabe hatte über die vier vom Gesetz vorgeschriebenen Klassen hinaus die Schule besucht, gewiss nicht wegen einer besonderen Neigung und auch nicht auf seinen besonderen Wunsch hin. Die Mutter hatte ihn in der Tat gezwungen, das Studium fortzusetzen, ob er wollte oder nicht, auch wenn sie dafür die kirchliche Autorität hintergehen musste. Am bischöflichen Priesterseminar in Brixen hatte sie nicht gezögert zu erklären, dass sie eine gewisse religiöse Berufung am eigenen Sohn beobachtet habe. Doch nach Erreichen des höheren Schulabschlusses, als er das Gelübde ablegen sollte, täuschte er eine dramatische spirituelle Krise vor, die ihn zum Verzicht auf das Klosterleben „zwang". Zur großen Erleichterung aller, muss hier angefügt werden. Die frühe Berufung von Knaben, war ein allseits bekannter Vorwand, der den weniger Begüterten den Besuch einer höheren Schule ermöglichte.

Franz war ziemlich oberflächlich, ein eingebildeter Geck, anmaßend, jedenfalls nicht aus dem Stoff, den sich die Mutter gewünscht hätte: ehrgeizig ja, das war sie auch, nicht aber eitel. Sie hatte ihn einige Male vor dem Spiegel angetroffen, in Pose, wie er mit kritischem Blick seine Gesten begutachtete, die Art aufrecht zu stehen, die Hand zu reichen, eine Verbeugung zu machen. Er schien sich auf eine Rolle vorzubereiten, die er in seinem zukünftigen Leben zu spielen gedachte, ganz wie ein Schauspieler. Gleich nach der

Kindheit, als er heranzuwachsen begann, hatte er begriffen, dass sein Gesicht sein Trumpf war, seine Haltung, seine Statur und seine unvergleichliche Art sich zu verbeugen.

„Von wem hat er das alles gelernt?", hatte seine Mutter sich bekreuzigend gefragt. Aber sie hatte nicht gewagt mit ihrem Mann und noch weniger mit dem Pfarrer darüber zu sprechen.

Dem jungen Mann war es über den Kontakt zu einigen durchreisenden Künstlern gelungen, in der Villa des Barons Einlass zu finden, mehr oder weniger mit dem geheimen Wunsch, die Tochter zu erobern, und wenn nicht diese, so doch eine der anderen reichen Vertreterinnen der Gesellschaftsschicht, der anzugehören er sich wünschte.

Gerade ein Jahr vor dem Ausbruch des Krieges, im Monat August des Jahres 1913, hatte er sich der Tochter des Barons, einer romantischen, einfältigen Sechzehnjährigen geoffenbart, die den Augenblick nicht erwarten konnte, endlich ihre große Liebesgeschichte zu erleben, ganz wie in den Jungmädchenromanen, mit denen sie die Stunden ihrer Langeweile füllte. Doch das Beste passierte gleich darauf, das heißt, als der Vater sich weigerte den jungen Anwärter zu empfangen: die Einbildung, Hauptdarstellerin in einem dieser Romane, mit einem richtigen Gefühlskonflikt zu sein, war milde ausgedrückt, mitreißend.

Der Baron hatte andere Pläne mit ihr. Er kannte in Wien einen Mann reiferen Alters, Ministerialbeamter einer gewissen Bedeutung, der ein ausgesprochenes Interesse an dem Mädchen bekundet hatte. Nichts Besseres konnte es für seine einzige, exaltierte Tochter geben, ständig mit dem Kopf in den Wolken.

Die Mutter hingegen war sofort eingenommen von jenem bezaubernden jungen Mann, hatte seine gesellschaftliche Begabung bemerkt, sein elegantes Auftreten und die tadellose Art, die Uniform zu tragen.

16

Der Baron war völlig aus dem Häuschen. Der Gemahlin, die zugunsten dieser Beziehung zu intervenieren versucht hatte, hatte er erklärt, dass die Anmaßung und auch die unverschämte Forderung eines jungen Mannes, dessen Herkunft man nicht kenne, klare Zeichen der Zeit seien, der Beweis für den Verfall einer Kultur und einer Gesellschaft, die nicht auf das neue Jahrhundert vorbereitet seien, unfähig, sich mit den Traditionen, der Geschichte, der großartigen Vergangenheit des eigenen Landes zu identifizieren. Nie würde er gestatten, dass sich sein edles Blut mit dem eines Plebejers vermische, eines sozialen Emporkömmlings, der nur daran interessiert sei, Karriere in der höheren Gesellschaft zu machen.

Er starb, bevor die beiden heirateten, ein Jahr nach dem Ausbruch des Großen Krieges; er schaffte es nicht einmal mehr, diesen Anwärter zu fragen, welchem Beruf er nachgehe, sofern er einen habe, wie er seinen Lebensunterhalt bestreite, und wie er gedenke, seine zukünftige Familie zu ernähren. Der junge Mann reiste ab, um das Armeekorps zu erreichen, dem er zugeteilt worden war, angetan mit seiner funkelnden Uniform, die nicht nur seine Mutter – äußerst stolz darauf, einen derartigen Grenadier auf die Welt gebracht zu haben – so sehr beeindruckt hatte, dass sie ihn liebevoll betrachtete, sondern auch ganz Sterzing: als er vorbeikam, eilten alle Mädchen an die Fenster, um ihn zu sehen.

Er hatte mehr Glück als viele andere, denn bei Kriegsende kehrte er gesund und unversehrt heim, und eilte sofort nach Innsbruck, noch bevor er sich zu Hause blicken ließ. Die zahlreichen Liebesbriefe des Mädchens hatten ihm, jetzt da der Vater tot war, die Gewissheit vermittelt, vorbehaltlos in ihrer Familie aufgenommen zu werden. Fünf größtenteils an der italienischen Front verbrachte Jahre in den Bergen, in einer dauernden Wiederholung von Vormarsch und Rückzug, mit jenen süßlichen Liebesbriefen in der Tasche, geschrieben von einer, die von der Liebe träumte, ohne sie zu kennen. Er war ihrer so überdrüssig, dass er sie einige Tage mit sich herumtrug, ohne sie zu öffnen, gelangweilt von den unbedeutenden Alltagsgeschichten, die die Tage des Mädchens ausfüllten, weit weg von der Realität, die er zu leben gezwungen war, den Tod immer in der Nähe, und die Gewissheit einer Niederlage vor Augen, deren Ausmaß noch niemand vorhersehen konnte.

Hatte er bisher nach einem sozialen Aufstieg nur als Bestätigung gewisser, eher eingebildeter als realer Rechte seinerseits getrachtet, so hatte diese Gesellschaft, die ihm so erstrebenswert erschienen war, nun jede Attraktivität für ihn verloren. Alles was zählte, war das Geld und nichts sonst. Wenn er je einen romantischen Traum gehabt hatte, dann hatte ihm der Zusammenbruch des Regimes an das er immer geglaubt und mit dem er sich identifiziert hatte, jede Illusion genommen, jeden Wunsch nach Revanche an der Gesellschaft. Nun wollte er einzig sein materielles Wohlbefinden sichern, ohne irgendein Risiko, möglicherweise ohne in die aktuellen politischen Umwälzungen verwickelt zu werden. Man hörte in der Tat von einem Anschluss Südtirols an Italien, und noch bevor das geschah, gelang es ihm das Mädchen zu heiraten.

Wie er befürchtet hatte, lag die Villa und alle umliegenden Besitzungen bald auf italienischem Territorium, gerade knapp hinter der Brennergrenze. Entschlossen sich in Gossensaß niederzulassen, beeilte sich Herr Pichler die italienische Staatsbürgerschaft zu beantragen, um möglichen Konflikten mit der neuen Autorität vorzubeugen.

Es kamen drei Söhne zur Welt: Franz 1920 und Joseph 1921, während Toni zehn Jahre später, 1931, zur Welt kam. Andere Kinder, zwischen 1920 und 1931 geboren, starben bald, von den nicht zu Ende gebrachten Schwangerschaften ganz zu schweigen.

Niemand konnte jemals sagen, ob es eine glückliche Ehe gewesen war, aber die Menschen im Ort betrachteten sie, ausgehend von der engen Abfolge der Schwangerschaften, als solche.

Herr Pichler entdeckte auf eigene Faust, dass die Welt jenseits der Berge, jenseits der Alpen, eine sehr weite war, bedeutend interessanter, als das Leben, das sich in diesem kleinen Landnest abspielte, das mittlerweile nicht mehr Ziel hochkarätiger Touristen wie früher war. Auch hier hatte der Große Krieg seine Schatten geworfen, und das neue faschistische Regime betrachtete gewisse Persönlichkeiten des kulturellen Lebens jenseits der Alpen mit ziemlich argwöhnischem Auge. Gelangweilt und vor allem genervt von den Auseinandersetzungen mit der Familie, begann er unter Nutzung der materiellen Möglichkeiten, die ihm zur Verfügung standen, viel zu reisen. Alleine. Und das bereitete vor allem der Schwiegermutter Sorgen. Weniger der Gemahlin, die völlig in der Erziehung der Söhne und der Verwaltung, der vom Vater hinterlassenen Erbschaft aufging. Der Mann hätte ihr, inzwischen wusste sie es, nur weitere Schwangerschaften aufgehalst, und sie, eingedenk ihrer angegriffenen Gesundheit, wartete beinahe mit Ungeduld darauf, dass er sich wieder auf Reisen begebe, um mindestens weitere sechs Monate Ruhe zu haben. Bei alledem hatte sie nicht die Kraft und vielleicht auch nicht die nötige Erfahrung, das beträchtliche Familienvermögen zu wahren, entmutigt auch von den häufigen Reisen ihres Mannes und seiner Gleichgültigkeit dem Dorfleben gegenüber. Ziemlich bald hatte sie das Desinteresse des Ehemannes nicht nur für den Besitz, sondern auch für sie selbst bemerkt. Sie wollte es nicht einmal ihrer Mutter gestehen, die mindestens zwei Mal im Jahr für einige Monate zu Besuch kam. In jenen Tagen war es nicht einfach, von den zuständigen Ämtern eine Genehmigung zu erhalten, nach Italien ein- und nach Österreich auszureisen: das neue faschistische Regime sah die engen Beziehungen zwischen den Südtirolern, jetzt Altoatesini genannt, und ihren ehemaligen Landsleuten, den Österreichern, nicht gerne. Sie hatte auch akzeptieren müssen, dass die Söhne die ausschließlich italienische Schule besuchten – in Gossensaß gab es keine andere –, dass sie ihre Muttersprache verlernten (auch wenn sie zu Hause immer deutsch sprachen, auf die Gefahr hin, dass sie angezeigt würden, da es auch im Privaten absolut verboten war), und dass sie die Balilla-Uniform anzogen, eine für sie völlig inakzeptable Angelegenheit. Im Übrigen führte sie ein ziemlich zurückgezogenes und einzelgängerisches Leben, spärliche Kontakte zu einigen Familien des kleinen Dorfes aufrecht erhaltend, während die Persönlichkeiten aus der Welt der Kunst, die ungarischen Freunde, die österreichischen Adeligen, die zu anderen Zeiten die Villa belebten, von der Erdoberfläche verschwunden schienen.

Mit kaum mehr als vierzig Jahren wurde sie von einer Grippe überrascht, die sich innerhalb weniger Tage zu einer akuten Lungenentzündung auswuchs, alles in Abwesenheit des Gatten, der wieder einmal in Frankreich weilte. Herr Pichler, durch ein Telegramm informiert, begab sich sofort auf die Heimreise, konnte aber nur mehr dem Begräbnis beiwohnen.

Er weinte während der ganzen Zeremonie, dabei von allen Dorfbewohnern bewundert, und weit mehr noch von der Schwiegermutter, die sich die ganze Zeit fragte, von woher diese Tränen wohl kommen mochten: war es möglich, dass er ihre Tochter dermaßen geliebt hatte? Nun rührte sie das Spektakel dieses großen Leids mehr als der Tod der eigenen Tochter, während die drei Knaben, verstört durch die Vorfälle, nicht wussten, wie sie sich verhalten sollten.

Sowie das Begräbnis zu Ende war, sagte die alte Baronin, dass sie nach Innsbruck zurückkehren wolle. Sie befürchtete in der Tat, dass sie der Schwiegersohn mit dem ganzen Haushalt und der Erziehung der Söhne betrauen wolle: in ihrem Alter, sagte sie, bedürfe sie der Ruhe, und die Buben seien in einem besonders lebhaften Alter. Solle er sich um sie kümmern, vielleicht mit Hilfe eines Hauslehrers.

In Folge einer Verfügung der italienischen Regierung, war die Schule mit deutscher Unterrichtssprache vor rund zehn Jahren abgeschafft worden, eine Maßnahme, die innerhalb kürzester Zeit alle ehemaligen einheimischen Lehrer in die Arbeitslosigkeit trieb, die dann durch andere, italienischer Herkunft, ersetzt wurden, um den Italienisierungsprozess der ganzen Region, so hieß es, zu beschleunigen. Die beiden größeren Jungen hatten das Problem umgangen, indem sie im bischöflichen Knabenseminar Vinzentinum in Brixen studierten, die einzige Anstalt, an der der Unterricht in deutscher Sprache erlaubt war, allerdings mit Abschlussexamen in italienischer Sprache, während Toni, der noch die Grundschule besuchte, in Gossensaß geblieben war. Ein deutscher Hauslehrer hätte ihm den Besuch der Katakombenschule erspart, einer Geheimschule, die im Pfarrhaus oder Privathäusern überall in ganz Südtirol abgehalten wurde, damit die Kinder in ihrer Muttersprache Lesen und Schreiben lernen konnten. Aber nein, für Herrn Pichler war das die große Gelegenheit: endlich konnte er seinen Traum verwirklichen und in seinem Haus französisch sprechen! Deshalb also gab er, weniger als ein Jahr nach dem Tod der Gattin, eine Anzeige in einer großen französischen Zeitung auf: „Südtiroler Gutsbesitzer sucht französische Gouvernante für seine drei mütterlicherseits verwaisten Söhne", gefolgt von den notwendigen Informationen.

II

Es gab einen Briefwechsel: Mademoiselle Louise erklärte darin in bestem Französisch, Gouvernante zweier Mädchen in einer Familie russischer Adeliger zu sein, die sie in Wien kennengelernt hatte und mit der sie nach Frankreich ausgewandert sei; dass sie Sehnsucht nach den Alpen verspüre, die sie an die ferne Heimat erinnerten und so weiter. Weiters berichtete sie von sich, dabei sorgfältig die wahren Gründe ihrer Entlassung ausklammernd: die adeligen Russen hatten wenige Tage nach dem Anschluss Österreichs an Deutschland 1938 um politisches Asyl in Frankreich angesucht. Angesichts der Beziehungen der Familie und auch der beträchtlichen Summe Geldes, der Juwelen und Kunstgegenstände von großem Wert, die sie aus Russland mitbringen konnten, bekamen sie das Visum. Die Gouvernante konnte ihnen problemlos folgen, auch weil die Mädchen sehr an ihr hingen. In Wirklichkeit wollten die Eltern nur die ersten Momente der Anpassung überbrücken, um sich dann eine französische Gouvernante zu suchen. Nach einigen Monaten Aufenthalt in Frankreich, erklärten sie ohne große Umschweife, sie wollten keine Nationalsozialistin im Hause haben, ganz überzeugt davon, dass eine Österreicherin unbedingt eine Nationalsozialistin sein musste. Hitler war Österreicher, und die Österreicher hatten den Anschluss mit Jubelgeschrei gefeiert. Sie hatten der Kundgebung auf dem Heldenplatz beigewohnt und waren entsetzt geflüchtet.

Die Proteste Louises fruchteten nichts.

Sie hatte gerade noch Zeit, sich um ein Zimmer umzusehen, während eine Gouvernante nach der anderen vorstellig und angemessen begutachtet wurde, die sie dann zu gegebenem Zeitpunkt ersetzen sollte. Nach einigen Monaten stand sie ohne Arbeit da, mit wenig Geld, das sie zu besse-

ren Zeiten auf die Seite gelegt hatte, und keinerlei Zukunfts-
aussicht. Jeden Tag las sie im Bistro in verschiedenen Zeitungen die Stellenangebote, doch es waren harte Zeiten, niemand suchte eine Hauslehrerin für die eigenen Kinder. Als
sie bereits entschlossen war, den Dienst als Gesellschafterin
bei einer älteren, hilfsbedürftigen Dame anzutreten, las sie
von dieser Stelle in Gossensaß. Sie wusste nicht einmal, wo
das war und erst nach langem Suchen, entdeckte sie dieses
Pünktchen in den Alpen auf der Landkarte. Sie dachte, dass
dieses Winkelchen Welt ideal für sie wäre, wie auch immer
die Entlohnung und die Arbeitsbedingungen sein mochten.

Sie bewarb sich um die angebotene Stellung und wartete
ungeduldig auf Antwort. Es folgte ein Briefwechsel mit Fragen und beidseitigen mehr oder weniger zufriedenstellen-
den Erklärungen, bis der Brief mit der offiziellen Anstellung
kam. Damit bekam sie problemlos ein Visum für Italien und
nach der Durchquerung Frankreichs, eine Reise die kein
Ende nehmen wollte, überquerte sie in den ersten Dezem-
bertagen bei Ventimiglia die Grenze. Sie wollte eine Fahrt
durch Deutschland und Österreich vermeiden: sie wusste
von der Strenge der Kontrollen der Nazi-Polizei und bereits
der Gedanke sich auf deutschen Boden zu begeben, auch
bloß zur Durchreise, verursachte ihr Übelkeit. Darum zog
sie den längeren, aber sicheren Weg vor. Als sie den Grenz-
übergang Ventimiglia überquert hatte, war sie beruhigt:
jetzt konnte ihr nichts Unangenehmes mehr zustoßen.

Louise machte Eindruck auf Herrn Pichler, und nicht nur
auf ihn.

Wenn sie ins Dorf ging, waren alle Augen auf sie gerichtet. Seit mindestens zwanzig Jahren, das heißt seit dem
Ende des Krieges, verkehrten in Gossensaß keine Vertreter
dieser Spezies mehr. Für die Menschen der alten Generation
war jene Frau eine Reminiszenz längst vergangener Zeiten.

Die Eleganz ihrer Kleider, die Gediegenheit und ihre durch und durch französische Art, so glaubten zumindest die Leute im Dorf, obwohl sie nicht länger als acht Monate in Paris gewesen war, verblüffte buchstäblich alle. Acht Monate Aufenthalt in Paris waren mehr als genug gewesen, um ihre Art sich zu kleiden, zu kämmen, zu schminken zu verändern. Sie hatte sogar die Gangart der Pariser Frauen kopieren gelernt, die jener der Wiener Frauen nicht unähnlich war, aber etwas Leichteres und Pikanteres an sich hatte, und hatte sich so in ein wirklich galantes weibliches Wesen mit nicht unbeträchtlichem Streben nach sozialem Aufstieg verwandelt. So wollte sie auftreten, und die Metamorphose war perfekt gelungen.

In Wien war ihr die Erziehung zugekommen, die jedem Mädchen ihrer sozialen Stellung zustand; Tochter eines ein Jahr nach Ende des Krieges verstorbenen Offiziers der kaiserlichen Armee, war sie in einem Internat für Waisenkinder von Militärs aufgewachsen. Mit zwei Jahren hatte sie die Mutter verloren und bis zum Schulalter war sie bei einer Tante, einer Schwester des Vaters geblieben. Diese unverheiratete und ziemlich alte Tante hatte sie zu erziehen versucht, ihren eigenen Grundsätzen folgend, die eher dem vergangenen Jahrhundert angehörten, sicher aber nicht dem rebellischen Charakter Louises entsprachen. Die täglichen Auseinandersetzungen waren vorprogrammiert. Von dem dauernden Kleinkrieg ermüdet und mit Unterstützung der zuständigen Autorität gelang es der Tante, sie der Obhut des Fachpersonals jenes Internats mit militärischem Charakter zu überantworten. Bei der Tante verbrachte sie gerade einmal die Sommer- und die Weihnachtsferien. Louise verließ das Heim mit ihrem schönen Diplom als Erzieherin, das ihr die Arbeit bei einer österreichischen Adelsfamilie ermöglichte, deren Verhältnisse die Anstellung einer Gouvernante für ihre Kinder noch erlaubte.

Zehn Jahre verschiedener Anstellungen bei einander ähnelnden Familien, und schließlich das Angebot im Gefolge einer Familie adeliger Russen nach Frankreich auszuwandern. Das war also ihr kurzer Lebenslauf, dessen Kindheit ohne Eltern sie verschwieg, die Elendigkeit ihrer, in einem für seine äußerst strengen Erziehungsmethoden bekannten Waisenhaus, verbrachten Jugend, auf die die Erniedrigungen als Bedienstete verschiedener Herrinnen, zumeist eifersüchtig und voller Argwohn der jungen und schönen Gouvernante gegenüber, folgten. Die Avancen der Hausherren, und nicht selten auch ihrer Freunde. Mittlerweile bereits achtundzwanzig, hielt sie sich für eine alte Jungfer, zum Alleinsein verdammt, ohne eigene Familie. Verschiedene Abenteuer mit den jeweiligen Hausherren, mehr oder weniger geheim gehalten, hatten sie gelehrt, den Männern zu misstrauen. Viele Versprechen, Schwüre, einige wertvolle Geschenke, mehr hatte sie nicht erreichen können, und immer die Notwendigkeit, die Beziehungen abzubrechen und die Anstellung zu wechseln.

Sie stürzte sich in dieses Abenteuer, ohne zu wissen, was sie erwartete, allein in der Hoffnung sich der Geschichte zu entziehen, die sich überall in Europa zusammenbraute, bedrohlich und immer bedrückender. Bei der Ankunft an jenem winzigen, halb vergessenen Bahnhof, wo außer ihr niemand ausgestiegen war, spürte sie, dass sie an einen sicheren Ort inmitten der Berge angekommen war, der sie, gerade weil derart abgeschottet, beschützen würde.

Herr Pichler, mittlerweile an die fünfzig, war ein gefälliger Mann, mit einem Benehmen, das mit dem ihrer adeligen Herrschaften vergleichbar war, da hatte sich also nichts geändert. In der Tat genügte ein Blick von ihr, um zu verstehen, mit wem sie es zu tun hatte. Sie bemerkte außerdem, mit einer gewissen Genugtuung, den Eindruck, den sie auf ihn gemacht hatte. Louise hatte die nötige Erfahrung, um die Situation einzuschätzen, die Qualitäten eines Mannes abzuwägen, in jeglicher Hinsicht. Jetzt musste sie die Buben kennenlernen und auch von ihnen akzeptiert werden. Darauf legte sie Wert.

Herr Pichler begleitete sie aus dem Bahnhof hinaus, wo eine ziemlich antiquierte Geländekutsche auf sie wartete (Louise war überrascht, kein Automobil vorzufinden), er lud das Gepäck auf und half der jungen Frau auf das, für den engen, beinahe knöchellangen Rock (mit einem Schlitz, der gerade einmal einen kurzen Schritt ermöglichte, aber trotzdem die Gelegenheit bot, das Bein bis fast zum Ansatz des Strumpfbandes zu zeigen), ziemlich hohe Trittbrett. Herr Pichler bemerkte mit Genugtuung, dass die Beine der jungen Gouvernante schlank und gut geformt waren. Nicht schlecht, dachte er.

Die Straße zur Villa war in einem ziemlich schlechten Zustand, und das Fräulein spürte, wie ihr das belegte Brot und der brühend heiße Kaffee, den sie am Bozener Bahnhof dazu getrunken hatte, wiederholt aufstießen. Es war dies alles, was sie den ganzen Tag über gegessen hatte, doch ihr Magen, seit langem schon gewohnt, sich mit wenig zu begnügen, protestierte nicht allzu sehr.

Die Villa verschlug ihr die Sprache. Wunderschön, Säulen, Türmchen, Balkone und anderes mehr, und ein wunderbares Panorama. Wie ein Märchenschloss.

Die Kutsche hielt vor einem kleinen Treppenaufgang; der erste Eindruck war der, einer allgemeinen Vernachlässigung. Man merkte, dass seit längerem eine Frauenhand fehlte. Sie schaffte es gerade einmal den Fuß aus der Kutsche heraus und auf den Boden zu setzen, wobei Herr Pichler, ihr die Hand reichend, behilflich war, vielleicht auch in der Hoffnung, noch ein Stück Bein zu Gesicht zu bekommen, als ein kleines Hündchen, ein Bastard mit buntem Fell, ihnen aufgeregt bellend entgegenkam. Sowie er die Fremde sah, blieb er wie angewurzelt stehen und sein freudiges Gebell verwandelte sich in etwas Drohendes: er knurrte und zeigte seine spitzen Zähne.

»Monet, genug! Still! Kusch!«, schalt ihn der Herr sofort, ungehalten über diesen Empfang, sich bei Mademoiselle Louise entschuldigend, nicht wissend, wie er ihr dieses Verhalten erklären sollte. Dieser Hund ist sonst äußerst gutmütig, sagte er, es müsse etwas passiert sein. Aber er schien nicht sehr überzeugt zu sein. Dieser Hund war mitnichten gutmütig, und das wusste er seit langem.

Angelockt vom Gebell Monets, waren inzwischen die Söhne herbeigeeilt, neugierig die neue Gouvernante kennenzulernen. In ihrem Alter hätten sie einen Mann als Erzieher nötiger gehabt als eine Frau, und tatsächlich hatten sie protestiert, als sie vom Kommen der Französin erfuhren. Der Vater hatte erklärt, dass sie in der derzeitigen politischen Situation keine Wahl hätten: entweder einen italienischen Hauslehrer – und das wollte niemand – oder einen französischen, vielleicht auch einen deutschen, doch wisse er nicht, wie die italienischen Behörden darauf reagiert hätten. Ein Mann, hatte er dann hinzugefügt, ist in einem Haushalt mit so vielen Männern nicht zu gebrauchen, deshalb sollte man doch lieber eine Frau nehmen. Die Buben hatten zugestimmt, da sie doch, seit sie die Oberschule besuchten, den größten Teil des Jahres in Brixen waren; bei alledem war aber der Gedanke, nach Hause zu kommen und eine alte, hässliche und autoritäre Jungfer vorzufinden, nicht sehr angenehm. Statt einer solchen stellte sich nun eine mondäne junge Frau vor, schön, elegant und halb so alt, wie sie befürchtet hatten.

Louise stellte sich gleich vor und reichte ihnen die Hand, nachdem sie den Handschuh ausgezogen hatte: »Je m'appelle Louise, et toi, comment t'appelles tu?«, begann sie bei Franz, dem ältesten, ein inzwischen junger Mann von achtzehn Jahren, der erst einmal schlucken musste, so sehr war ihm der Mund ausgetrocknet. Dann war der zweite, Joseph, sechzehn Jahre alt und ein bisschen unbefangener an der Reihe, und schließlich der kleine Toni, dem sie zur Begrüßung mit der Hand über das Haar strich. Es war klar, dass sie sich nur um ihn würde kümmern müssen, vielleicht acht Jahre alt, ein schüchterner Knabe mit traurigen Augen, beinahe unfähig zu lächeln. Zwei kerzengerade, wenn auch ziemlich reservierte Jungen, ein trauriges Kind und dazu ein Vater voller Anmaßung, das war die neue Familie.

Zum Glück aber keine Hausherrin.

Am Tag danach kehrten die beiden Jungen nach Brixen zurück, während Toni im Dorf blieb, wo er die Grundschule besuchte.

Louise gewöhnte sich schnell an die Gewohnheiten des Hauses. Am Morgen hatte sie die Aufgabe den Haushalt zu organisieren, darauf achtend, dass die zugeteilten Aufgaben auch ausgeführt wurden. Sie hatte bei den verschiedenen adeligen Herrschaften den Umgang mit dem Personal gelernt: Abstand bewahren, sich nicht anfreunden, streng bis zu einem gewissen Grad und wenn möglich gerecht. Ihre erste Aufgabe war es, das Haus sowohl innen wie außen vom Schmutz zu befreien, der sich angesammelt hatte, seit die Hausherrin verstorben war; die Wäschekammer, den Keller und die Küche aufzuräumen. Louise war eine energische Frau und wusste zu kommandieren, vor allem aber wusste sie, was sie wollte. In kurzer Zeit hatte sie alles im Griff. Herr Pichler, mit der Ausrede sie beraten und ihr behilflich sein zu wollen, war immer um sie, die wenigen Geschäfte vernachlässigend, die noch seiner bedurften.

III

Am Abend, wenn Toni früh zu Bett ging, weil er am nächsten Morgen zur Schule musste, hatte der Hausherr sie mehr als einmal gebeten, ihm Gesellschaft zu leisten, mit ihm ein Glas Wein im gelben Salon zu trinken, so genannt wegen der Farbe der Tapeten an den Wänden und des Sofas und der Polstersessel im späten Empirestil. Es war auch das einzige wirklich geheizte Zimmer im ganzen Haus, da ein wunderschöner Ofen im Wiener Stil, der eine Unmenge an Holz verschlang, es immerhin ermöglichte, eine gewisse Anzahl von Stunden dort zu sitzen, ohne dass beim Aufstehen sämtliche Glieder vor Kälte erstarrt waren.

In der Villa, zu anderen Zeiten bloß Sommerresidenz des Barons, gab es wenige Zimmer, in denen schon am Morgen eingeheizt wurde, ein wenig aus Nachlässigkeit, vielleicht aber auch aus Sparsamkeit, da die an sich sehr dekorativen offenen Kamine eine große Menge von Holz bei äußerst dürftigen Resultaten verbrauchten. Außerdem besaßen nicht alle Zimmer einen Ofen. Also fror man im Winter, wenn der Schnee die Felder mit einer dicken Schneedecke zudeckte, in diesem Haus erbärmlich, und es schien, als ob die hohen Berge näher rücken würden, um mit ihrer Kälte das ganze Tal in die Zange zu nehmen.

Und der Winter in dieser Gegend war sehr lang.

Obwohl die Hausarbeit viele Stunden ihres Tages ausfüllte, fühlte Louise häufig die Last der Zeit mit zermürbender Langsamkeit verrinnen. Sie hatte die Gefahr der Einsamkeit nicht bedacht, der Stille, an die sie, die immer in großen Städten gewohnt hatte, nicht gewohnt war, die begrenzten Möglichkeiten, die das Dorf mit nur einem Gemischtwarenladen, ohne Kinosaal, oder sonst einem Ort der Unterhaltung bot.

»Ist es zumindest im Sommer ein bisschen weniger kalt in diesem Haus? Gibt es eine Jahreszeit, zu der man sich etwas leichter kleiden kann?«, fragte Louise, während sie den Wollschal enger um die Schultern wickelte. Sie hatte festgestellt keine Kleider zu haben, die für die Kälte dieser Gegend und besonders dieses Hauses warm genug gewesen wären. Herr Pichler lächelte beim Gedanken, sie noch leichter bekleidet zu sehen. Louise hatte eben an diesem Abend zugestimmt, bei ihm im Salon zu sitzen, auch um den Moment so weit wie möglich hinauszuziehen, an dem sie auf ihr Zimmer hätte gehen müssen, in dem erst am späten Nachmittag der Kamin eingeheizt wurde, um ihr zumindest das Ausziehen zu ermöglichen, ohne in ein krampfhaftes Zittern zu verfallen, wie es ihr bereits in der ersten Nacht passiert war. Ohne das Bett in Betracht zu ziehen, kälter noch als ein Sarg.

»Auch die Sommerkleider sind hier einigermaßen fest. Vergessen sie nicht, dass wir uns mehr als tausend Meter über dem Meer befinden. Aber auch diese Mauern werden sich im Sonnenschein erwärmen, sie werden sehen. Und draußen die grünen Wiesen, die Berge ohne Schnee, die Sonne, sie werden merken, wie rein die Luft ist, dies ist auch ein Luftkurort, deswegen kommen viele Touristen, vor allem Ausländer hierher.«

Louise schien nicht überzeugt. Erst seit kurzem hatte sie ihr Zimmer in Besitz genommen, nachdem sie es putzen und die für sie unbrauchbaren Möbel hatte wegbringen lassen. Jetzt bemerkte sie, dass ihre Kleider, die Wäsche und der ganze Rest, einige Tage zuvor aus Paris angekommen, bereits einen eigenartigen Modergeruch angenommen hatten. Sie hatte sich beeilt, sofort überall getrockneten Lavendel auszulegen, jedoch ohne Ergebnis, im Gegenteil, auch dieser war von dem Geruch durchdrungen! Doch das Schlimmste war, dass die Kleider, die sie aus den Schränken holte, feucht waren, so dass sie erschauerte, wenn sie sie bloß berührte. Bald schon hatte sie den Eindruck, dass diese Feuchtigkeit langsam auch in ihre Knochen kriechen würde.

»Ich habe genug von den Fremden! Ginge es nach mir, dann würden mir die Österreicher reichen.«

»Haben sie schlechte Erfahrungen mit Ausländern gemacht? Ich bin mit den Russen und auch mit den Franzosen immer gut gefahren. Die Italiener ... ach, schweigen wir besser. Die Politik verdirbt selbst die ehrlichsten Menschen, und die Italiener spielen viel lieber mit der Politik, als am Spieltisch der Kasinos. Im Übrigen habe ich wenig Kontakt zu den Faschisten im Ort, gerade so viel wie sein muss. Erzählen Sie mir von sich: Sie haben geschrieben, sie hätten viele Jahre in Wien und Paris gearbeitet. Bei welchen Familien haben Sie gelebt, was für Menschen waren das?«

Louise wusste nicht, was antworten. War es angebracht offen zu reden, von den Erfahrungen zu erzählen, beinahe alle negativ, die sie in den verschiedenen Häusern, in denen sie gearbeitet hatte, gemacht hatte? Mit Ausnahme einer einzigen Familie, bei der sie nicht einmal ein Jahr hatte bleiben können, da das Kind gestorben war, das sie betreuen sollte, hatte sie nur Lügen, Intrigen, hysterische und überhebliche Frauen kennengelernt, und vor allem zudringliche, wenn nicht gar gewalttätige Hausherren. Jeder von ihnen hatte versucht in ihr Bett zu kriechen, zuerst mit Schmeicheleien, später ohne um Erlaubnis zu fragen, überzeugt ein Recht darauf zu haben, nur weil sie ihr drei Mahlzeiten am Tag garantierten und ein mageres Gehalt, das sie ihr manchmal nicht einmal auszahlten.

Bevor sie das Internat verließ, hatte man ihr beigebracht, wie man sich vor eventuellen Übergriffen der Hausherren schützen konnte, doch die erhaltenen Ratschläge hatten wenig genützt. Und so hatte sie zwei Mal gekündigt, und weitere zwei Mal ist sie mit der Anschuldigung der Hausherrin, sie habe den Ehemann verführen wollen, vor die Tür gesetzt worden. Konnte sie ihm das alles erzählen?

»Die Familien waren mehr oder weniger immer von derselben Sorte: Vater, Mutter und zwei oder drei Kinder. Die Kinder waren immer das kleinste Problem. Es waren immer die Eltern, die mir Schwierigkeiten bereiteten, mit überzogenen Forderungen, Anweisungen und Gegenanweisungen, und ... und ..., ich wüsste nicht, was erzählen.«

»Und sagen Sie mir: Haben Sie nie daran gedacht zu heiraten, eine eigene Familie zu gründen?«

»Gedacht schon, ja gedacht ... Ich muss sagen, dass ich es mir verschiedene Male überlegt habe, doch ein Mädchen ohne Mitgift, ohne jegliche soziale Position ... *enfin*, es ist nicht einfach einen Mann zu finden, der bereit ist, sich eine mittellose Frau zu nehmen!«

»Und findet sich da kein Platz für die Liebe bei Ihnen? Glauben Sie, dass es keine Männer gibt, die bereit sind aus Liebe zu heiraten?«

Louise wusste nicht, was sie antworten sollte. Auf das Wort Liebe reagierte sie allergisch. Zu oft hatte sie es Männer aussprechen hören, die unter Liebe immer andere Dinge verstanden. Auf den Trick mit den Gefühlen fiel sie nicht mehr herein.

»Ich bezweifle nicht, dass es Männer gibt, die bereit sind, aus Liebe zu heiraten, nur, dass mir noch keiner untergekommen ist, zumindest bis zu diesem Augenblick.«

Sie war erst seit einigen Wochen in diesem Haus, und schon war von Liebe die Rede! „Wie viele Worte werde ich mit Herrn Pichler gewechselt haben", dachte sie, „immer ging es dabei um den Haushalt, und jetzt, wo wir gerade im Salon sitzen, um ein Glas Wein zu trinken, sieh an, da taucht dieses Wort auf."

An jenem Abend, sperrte sie zum ersten Mal, nach einem Moment der Unschlüssigkeit, die Tür ihres Zimmers ab: sie wollte keine nächtlichen Überraschungen. Sie kannte die Folgen. Und außerdem war sie fest entschlossen, so lange als möglich in diesem Haus zu bleiben.

Doch sie hatte sich getäuscht. Weder versuchte jemand ihre Tür zu öffnen, noch klopfte jemand oder versuchte sonst wie in ihr Zimmer zu gelangen. Jene Nacht und die folgenden Nächte blieben ruhig. Herr Pichler ließ nicht die Augen von ihr, ganz so, als wolle er sie studieren, um zu verstehen, wie weit er gehen könne.

Inzwischen nahte Weihnachten und die Jungen kamen von Brixen nach Hause zurück, um die Ferien bei der Familie zu verbringen. Im Hause wurden die üblichen Vorbereitungen getroffen, und auch Louise fand sich in der Küche beim Backen von großen und kleinen Keksen mit Toni wieder. Der Bub hatte sich an sie gewöhnt, suchte ihre Nähe, auch die körperliche, und häufig drückte er sich an sie, wie ein liebebedürftiges Kätzchen. Louise verstand ihn. Auch sie hatte als Kind diese Sehnsüchte gehabt. Deshalb behielt sie ihn, wenn er von der Schule nach Hause kam, immer in der Nähe, sie umsorgte und herzte ihn, indem sie ihm bei den Aufgaben half, obwohl sie die italienische Sprache nicht konnte, aber sie nutzte die Gelegenheit, sie gemeinsam mit ihm zu lernen. Herr Pichler hatte dieses sofort entstandene Vertrauensverhältnis zwischen der neuen Gouvernante und seinem jüngsten Sohn gleich bemerkt. Er spürte, dass sich die Frau einen kleinen Verbündeten geschaffen hatte, und verstand nicht, ob aus einer ehrlichen Neigung heraus, oder um die Einsamkeit zu verjagen. Häufig fragte er sich, was dieser, von wer weiß welchen Erfahrungen geprüften Frau durch den Kopf ging; sie war sicher verletzt – das hatte er auf Grund der zurückhaltenden Reaktionen bemerkt, wegen der Distanz, die sie sofort zwischen sie beide setzte –, vielleicht auch gedemütigt wegen ihrer untergeordneten Position.

Wenn sie zu Tische saßen, der eine der anderen gegenüber, Toni zwischen sich, blickte er sie fest an, doch hinter den schwarzen Augen der Gouvernante, nur darauf bedacht zu beobachten, ob der Junge wohl seinen Teller leerte, ob er zu trinken hatte, ob er noch etwas wünschte, stand etwas wie ein Veto: sie erlaubte niemandem einen Blick hinter die durch und durch professionelle Fassade zu werfen, hinter der man die Bemühungen ahnen konnte, die wirklichen Gefühle nicht durchscheinen zu lassen.

Nur manchmal, wenn sie alleine war und sich unbeobachtet fühlte, verfinsterte ein Schleier tiefer Trauer für einen Moment ihre auch sonst so ernsten Augen. Seltene Momente der Schwäche, auf die sie sofort mit einem ärgerlichen Zucken reagierte.

Als die beiden älteren Brüder kamen, gab es eine klare Verteilung der Fronten: auf der einen Seite Mademoiselle Louise und Toni, auf der anderen die drei Männer, seltsam unsicher, verlegen und auf irgend eine Weise von der Vertrautheit ausgeschlossen, die in der Zwischenzeit zwischen der Frau und dem Kind entstanden war. Es genügte eine kleine Streiterei mit den größeren Brüdern, und Toni rannte sofort zur beschützenden Gouvernante; auch der Vater bemerkte ziemlich schnell, nicht mehr so viel Macht über seinen Sohn zu haben. Es gab eine Änderung der Kräfteverhältnisse zugunsten des Jüngsten: er hatte das Recht neben der Gouvernante zu sitzen, ihr bei den kleinen Obliegenheit im Haushalt zur Hand zu gehen, er bekam am Abend die Liebkosungen, wenn er zu Bett ging, ihm las sie vor dem Einschlafen aus einem französischen Buch die Fabeln von Perrault vor, ganz so, als ob sie ihm die ersten Kindheitsjahre zurückgewinnen wolle, als die Mutter, meist in einem Zustand tiefster Schwermut, ihn vernachlässigte und oft der Obhut einer Bäuerin im Ort überließ.

Der Vater und die beiden Burschen hätten sich über ein wenig jener Wärme gefreut, über einen Bruchteil der Zuwendung, die dem Kleinen vorbehalten war, doch wussten sie nicht, wie sie die Aufmerksamkeit der Frau auf sich lenken sollten, jeder sich wegen der Eifersucht schämend, die zu empfinden er nie zugegeben hätte. So kam es, dass vor allem die beiden Größeren immer häufiger den jüngeren Bruder neckten und damit das Einschreiten Louises und auch des Vaters provozierten, der sich seinerseits auf die gegnerische Front schlug. Louise war sich der Machtspiele nicht bewusst, die sich in den Herzen der Familie abspielten; sie begriff nur, dass sie den Kleinen vor den Übergriffen der älteren Brüder schützen musste, aber sie merkte nicht, dass sie auf diese Weise Tonis Situation verschlechterte.

Jene Weihnachtsferien waren voller Spannung, ein fortwährendes Verschieben der Kräfteverhältnisse, einmal auf die eine, einmal auf die andere Seite, und sie immer gemeinsam mit Toni in der Mitte, einmal bedrängt vom Vater in Allianz mit den älteren Söhnen, dann wieder in anderen Konstellationen. Als die beiden Burschen nach Brixen aufbrachen, kehrte wieder Ruhe ein. Erst da wurde Louise die dicke Luft der zwei letzten Wochen bewusst.

Der Monat Januar war ziemlich kalt. Es schneite mehrere Tage und Nächte ununterbrochen. Die Straßen, die Bäume, die ganze Welt wurde von einer sehr dicken Schneeschicht bedeckt. An einigen Morgen musste man aus dem Fenster steigen, um die Tür öffnen zu können und einen Weg bis zur Straße zu schaufeln. Niemand wunderte sich. Für diese Gegend war so viel Schnee normal.

Louise war Schnee gewöhnt, in Wien gab es ihn auch, nicht aber in solchen Mengen. Jetzt fühlte sie sich mehr denn je isoliert, vom Rest der Welt abgeschnitten, beinahe in eine Totenstille versunken. Am Morgen, wenn sie die Vorhänge ihres Fensters öffnete, warf sie einen Blick auf die verschneiten Berge, in den manchmal blauen, beinahe durchsichtigen, öfter aber grauen, undurchdringlichen Himmel, und sie hätte sich gerne wieder hingelegt, wenn sie gekonnt hätte.

Mittlerweile lud sie Herr Pichler jeden Abend nach dem Essen zu einem Glas in den gelben Salon ein. Die junge Frau kam mit einem Buch in der Hand, das sie meistens auch zu lesen vermochte, die Füße auf den Ofen gestützt, einen Schal um die Schultern. Der Mann prüfte sie schweigend und wusste nicht wie beginnen.

»Ich seh' Sie immer lesen. Es ist selten, eine Frau lesen zu sehen.«

»Ich bin erstaunt. Alle Bücher, die ich lese, habe ich hier gefunden, in ihrer Bibliothek; in diesem zum Beispiel, befindet sich noch das Lesezeichen dessen, der es zum letzten Mal in der Hand hielt.«

»Welches Buch ist das? Lassen Sie mich sehen. Ach, *Die Brüder Karamazow*, kenne ich nicht, es muss meiner Frau gehört haben.«

»Sie haben Ihre Frau nie lesen sehen?«

»Ich verbrachte die Wintermonate an der Côte d'Azur, dieses Klima hier machte mich schwermütig, auch wenn ich daran gewöhnt sein sollte. Aber was kann man in einem Nest wie diesem tun, wo die Nächte unendlich sind, die Stille und die Einsamkeit unerträglich, beklemmend wäre richtiger. Mir gefällt es unter Menschen zu sein. Meine Frau wollte nicht weg von hier, musste die Kinder betreuen, das Vermögen verwalten, und ich weiß nicht, was sonst noch. Vielleicht zog sie es vor zu lesen. Ich weiß es nicht.«

Aus dem gelangweilten und ziemlich verärgerten Ton seiner Stimme, konnte man heraushören, dass dieses Thema nicht sein Wohlgefallen fand.

Louise wollte, plötzlich neugierig geworden, ein Bildnis der Gattin sehen. Herr Pichler zog entgegenkommend, wenn auch bereits etwas ungeduldig, ein Fotoalbum aus einer Schublade und begann darin zu blättern. Es handelte sich vor allem um Abbildungen der Familie seiner Frau, de Onkel, den Großeltern und Eltern.

»Da ist sie sechzehn, so wie ich sie kennengelernt habe.«

Er hielt ein und beobachtete selbst das vergilbte Bild eines Mädchens in einem Kleid aus weißem Tüll, die Hände in Handschuhen aus Atlas im Schoß versammelt. Ein tiefer Ausschnitt lenkte von den mageren jugendlichen Schultern ab, das samtene Korsett, so schien es, warf an einem Träger einige Falten. Sehr weite Ärmel aus Tüll verbargen die Arme. Ein schönes, einfältiges Antlitz, die Augen auf das Objektiv gerichtet und ein unbestimmtes, bedeutungsloses Lächeln. Die strohblonden Haare hinten zusammengebunden, eine überbordende Welle verdeckte einen Teil der Stirn.

Dieses Mädchen, das das Ende des Krieges abwartete, um ihn zu heiraten, die ihm jede Woche schmachtende Briefe in Internatsmanier schrieb, voller verliebter Gefühle, die er nie zu teilen vermochte.

»Haben Sie diese Frau geliebt?«

Herr Pichler hatte eine derart direkte Frage nicht erwartet. Er war gereizt, auch weil er, zu seinem Verdruss, einige Schweißtropfen auf seiner Stirn spürte. Auch als Kind begann er zu schwitzen, wenn er log, aber nur auf der Stirn, während der Rest des Gesichts erbleichte, aber unschuldig und entspannt wirkte. Wie viel Übung hatte es ihn gekostet, sich diese Maske zuzulegen! Und jetzt legte diese Unbekannte, mit einer einzigen Frage nur, ohne Rücksicht, den Finger in die offene Wunde.

»Sicher habe ich sie geliebt, sonst hätte ich sie nicht geheiratet.«

Und während er antwortete spürte er die ganze Falschheit dieses Satzes. Er wagte es nicht, ihr in die Augen zu sehen, in der Befürchtung, dass sie darin die Wahrheit lesen könnte, die er sich selbst nie eingestanden hatte. Sein Ton war hart, autoritär, mit einem Unterton wie „was erlaubst Du Dir?".

Er schloss das Album energisch. Louise ließ sich von dieser Veränderung, von der plötzlichen Distanz, die dieser Ton zwischen ihnen schuf, nicht beeindrucken.

»Schade, ich hätte gerne die Fotografien der Hochzeit und die Ihrer Söhne gesehen.«

Wenn auch widerwillig, so öffnete Herr Pichler das Album doch wieder, und Louise begann darin zu blättern, ruhig, wie eine Frau, die darin geübt war, die Stimmungsschwankungen ihrer Herren zu erdulden, ohne sich davon beeindrucken zu lassen. Es interessierten sie vor allem die letzten Seiten. Sie fand dieselbe junge Frau wieder, mit einem Kind im Arm, das Gesicht voller Erwartungen und eine Frage in den Augen. Es folgten andere Fotografien, auf denen man die Entwicklung der Person sah, nicht nur die physische: sie zeigten sie nicht aufrecht stehend, etwa neben einem offenen Fenster, vielleicht in Erwartung von jemanden oder von etwas, sondern in einem Lehnstuhl sitzend, im Garten, mit den beiden Buben, auf jeder Seite einen. Kein Lächeln und keine Frage mehr in den Augen, nur die Standhaftigkeit und auch die Ruhe deren, die alles vom Leben begriffen hat und sich nichts mehr von ihm erwartet.

»Mir scheint, dass Ihre Frau wirklich viel las..., man sieht's an ihrem Gesichtsausdruck.«

Herr Pichler sah die seit langem vergessene Fotografie an und verstand nicht, wie die Gouvernante hätte erraten können, dass seine Frau eine gute Leserin gewesen war, was er in Wirklichkeit gar nicht wusste. Er hatte sie nie lesen sehen und wusste nicht, ob diese Bücher in der Bibliothek des Studierzimmers tatsächlich der Gattin gehört hatten oder dem Schwiegervater. Eine für ihn völlig belanglose Angelegenheit. Er jedenfalls hatte nie auch nur eines dieser Bücher aufgeschlagen.

»Ich glaube, dass auch für sie die Tage und vor allem die Abende im Winter sehr lange gewesen sein mussten – ich habe mich nie gefragt, wie sie ihre Zeit verbrachte, hier, in diesem Haus. Manchmal kam ihre Mutter oder eine Freundin aus Innsbruck, jedoch häufiger im Sommer, zur schönen Jahreszeit. Dann machte man lange Spaziergänge ... im Sommer war auch ich hier.«

Er schwieg, sah sich gelangweilt, leicht irritiert mit der Gemahlin und der Schwiegermutter auf einem Bergpfad, seine Frau erneut schwanger, langsam, schwerfällig. Stets war sie in anderen Umständen. Er hatte sie immer so in Erinnerung und machte ihr einen Vorwurf daraus. Die Kinder liefen zwischen den Bäumen voraus; sie verschwanden aus seinem Blickfeld, um sich in Felsspalten zu verstecken und zum Scherz um Hilfe zu rufen. Er ging alleine, hinter den beiden Frauen, an ihren Gesprächsthemen völlig desinteressiert, die sich beinahe ausschließlich um das Haus und die Kinder drehten.

Er verspürte keine Sehnsucht nach jenen Tagen: er erinnerte sich nur zu gut daran, wie er die Stunde der Abreise herbeiwünschte und nicht erwarten konnte die Alpen zu überqueren und andere Leute um sich zu sehen.

Jetzt versank er in seinem Lehnstuhl und ließ Louise alleine im Album blättern. Er zog es vor, jene zwanzig Jahre der Langeweile, der Leere zu vergessen.

Als er jenes unschuldige, sentimentale Mädchen kennenlernte, präsentierte sich das Leben auf ganz andere Weise. Niemand ahnte damals, dass sie an der Schwelle einer anderen Epoche standen, dass sie bereits in der Vergangenheit lebten. Der Große Krieg hatte nicht nur drei europäische Kaiserreiche hinweggefegt, sondern auch die Illusion, dass die Welt sich auf unabsehbare Zeit gleich weiterdrehen würde, dass nichts das Gleichgewicht von Jahrhunderten hätte durcheinander bringen können. Es war ein Kataklysmus, weit schlimmer als selbst die Französische Revolution, mit Umwälzungen von damals nicht überschaubarer Tragweite. Der österreichische Adel: hinweggefegt; der russische Adel:

hinweggefegt. Die soziale Schicht, die die Welt auch nach der Französischen Revolution beherrscht hatte, jene, die er respektiert und beneidet hatte, existierte nicht mehr: beseitigt war sie, nicht mehr öffentlich anerkannt, in Österreich war das Tragen von Adelstiteln verboten worden. Eine neue Vorstellung von Gleichheit zwischen den sozialen Schichten war geboren worden, und die Revolution in Russland hatte dem Volk die Illusion einer Macht gegeben, die es niemals zuvor im Verlaufe der Jahrhunderte besessen hatte. Der Kommunismus stellte ein für ihn indiskutables Konzept dar: gleiche Rechte? Was sollte er, Besitzer des halben Dorfes, mit seinen Bauern zu schaffen haben? Er vergaß nur zu gerne, dass sein Vater Bauer gewesen war, und dass er selbst in sehr einfachen Verhältnissen aufgewachsen war.

Überzeugt, mittlerweile dem Adel anzugehören, verachtete er die neue italienische Führungsschicht, zusammengesetzt aus Möchtegernintellektuellen, Journalisten, Schreiberlingen, Leuten ohne Stammbaum. Und noch schlimmer, aus selbsternannten Politikern wie in Deutschland, die auf Plätzen herumschrien; Handelsvertreter neuer Ideologien, Vertreter eines Volkes, die darauf bestanden, einer höheren Rasse anzugehören. Die Rasse. Ein Thema großer Aktualität. Das war übrigens nicht einmal eine neue Geschichte, man hatte davon schon vor dem Krieg gehört. Es wurde sogar ein Verzeichnis erstellt, eine Art Reinheitsrangliste, etwas, das vor allem die sogenannten Mischehen betraf, zur Hälfte, zu einem Drittel und so weiter, bis in die entferntesten Generationen mit einem besonderen Augenmerk auf die niederen Rassen, Semiten, Roma. Da hatte er ein interessantes Thema gefunden, wie viele andere in Europa. Ohne zu berücksichtigen, dass die Vorstellung einer höheren Rasse anzugehören, ihn mitnichten störte, ganz im Gegenteil.

Und um all diese Neuigkeiten zu erfahren, musste man nicht einmal unter Menschen gehen oder die Zeitungen lesen. Der Rundfunk, dieses wunderbare Propagandamittel,

brachte die Nachrichten, die Ansprachen, die Begeisterungs-
stürme der Massen direkt ins Haus. Auch inmitten der Berge.

Nach dem Tod seiner Frau sah er sich gezwungen, Ordnung
in die eigenen Finanzen zu bringen, da ihm zum ersten Mal
die vielen Lecks bewusst wurden, die seit langem die vom
Schwiegervater geerbte Substanz angegriffen hatten.

Ein Blick zurück bedeutete für ihn jedes Mal, von der In-
stabilität des Ganzen Kenntnis zu nehmen, von der Vorläufigkeit des Lebens selbst und vor allem vom Scheitern all
seiner Hoffnungen auf Wohlstand und, warum denn nicht,
auf Glück.

In den Rauch seiner Pfeife gehüllt, schwieg er weiter, die
Anwesenheit der Gouvernante ganz vergessend, die inzwischen das Album an seinen Platz gelegt und ihr Buch aufgeschlagen hatte; sie hatte verstanden, dass Herr Pichler keine
Lust mehr hatte weiterzusprechen. Nach ein paar Stunden
des Schweigens, erhoben sie sich, beinahe als hätten sie sich
abgesprochen, und begaben sich jeder auf sein Zimmer.

Die Tage, die einen gleich den anderen, verrannen. Louise
hatte das Haus in Ordnung gebracht, vom Dachboden bis in
den Keller, unterstützt von der Dienstmagd und dem Gärtner, der im Winter nichts anderes zu tun hatte, als Holz für
die Öfen zu hacken und diese tagsüber in Gang zu halten. Es
war nicht leicht gewesen, sie zu überzeugen, auch wegen
der Kälte, die sich im Gemäuer der Zimmer eingenistet hatte. Sicher, es wäre angebracht gewesen, den Großputz im
Frühjahr, oder noch besser im Sommer zu machen, doch
Louise bebte vor Ungeduld. Sie wollte den ganzen Tag arbeiten, um nicht ein Opfer der Melancholie zu werden, ein Ge-
mütszustand, den sie aus der Zeit des Internats kannte, als
sie das Gefühl hatte, die Zeit würde nie vergehen, als sie ihre
Mitschülerinnen beneidete, bloß weil sie irgendeine unbe-

deutende Beschäftigung hatten, der sie eine, ihrer Meinung nach, völlig ungerechtfertigte Bedeutung beimaßen. Also hatte sie zu lesen begonnen. Alle Bücher der kleinen Schulbibliothek waren durch ihre Hände gegangen. Langweilten sie aber, als sie sie zum zweiten Mal las, wegen ihres moralistischen Hintergrunds, der ihr bei der ersten Lektüre nicht aufgefallen war. Sie träumte von neuen Büchern, in denen von einem anderen Leben erzählt wurde, dem ihren näher stehend, von großen romantischen Geschichten, die nicht gut ausgingen.

Sie war ungeduldig, das Leben, das sie außerhalb jener Mauern erwartete, kennenzulernen. Die Zukunft: eine Abfolge von Unbekannten, mit der sie sich so schnell als möglich auseinandersetzen wollte. Jetzt war sie gekommen, ihre Zukunft, in diesem Haus voller Spinnweben, verloren in einem Panorama schneeweißer Berge, mit einem traurigen Kind und einem Mann, der selbst nicht wusste, was er mit dem eigenen Leben anfangen sollte – um das zu verstehen, hatte sie nicht lange gebraucht – und mit vielen Romanen voller Sünden, Mörder, unmöglicher Liebschaften wie jene Anna Kareninas oder der Madame Bovary, Tragödien, die sicher nicht damit vergleichbar waren, was auf der übrigen Welt passierte, und was sie ziemlich direkt betraf.

IV

Die Ankunft des Frühlings fiel mit den Osterferien der Buben zusammen; das Erwachen der Natur in jener Gegend hatte etwas Überwältigendes, Explosives in sich. Die Wiesen wurden von einem auf den anderen Tag mit grünem Gras und bunten Blumen überzogen, die Bäume schüttelten, wie im Zauber, die ganze in den langen Wintermonaten angehäufte Kälte ab und bekleideten sich mit zarten Blättern. Auch die Vögel, dunkle Wolken von zahllosen kleinen Wesen, kehrten aus dem Süden zurück, auf dem Weg zu den bekannten Orten, reich an jenem Futter, das sie für die Aufzucht ihrer Brut brauchten, die bald die wiedergefundenen Nester bevölkern würde. Auch in der alten Villa in Gossensaß begann im April neues Leben.

Louise ließ sich von der Begeisterung der beiden Jungen mitreißen, die mit einigen Freunden aus Brixen gekommen waren, um gemeinsam einige unbekümmerte Tage zu verbringen, vielleicht die letzten, die ihnen vergönnt sein würden. Franz hatte das Abitur vor sich, und gleich darauf den Militärdienst.

Bereits seit Monaten betrachtete sie sich unzufrieden im Spiegel: ihr revolutionärer Haarschnitt hatte nichts Revolutionäres mehr an sich. Die Haare waren unerbittlich gewachsen, vom Pagenschnitt war sehr wenig mehr übrig geblieben, und die Ankunft von so viel Jugend stürzte sie in die Krise. Plötzlich fühlte sie sich alt. Im Dorf gab es keinen Damenfriseur und nun dachte sie an nichts anderes mehr, als nach Brixen, einem größeren Ort als Gossensaß, zu fahren, wo sie hoffte einen zu finden.

Hier trugen die Frauen aus Tradition das Haar lang, zu einem Zopf geflochten und dann auf dem Kopf oder im Nacken aufgerollt und festgesteckt, je nach Alter, eine zeitlose Mode, die auch aus einer objektiven Notwendigkeit heraus von der Mutter an die Tochter weitergegeben wurde, denn wo sollten sie in den Bergen eine Friseuse finden? Es wurden gerade mal die Spitzen geschnitten, um das Haar zu kräftigen. Jedes Mädchen war stolz darauf, langes, starkes Haar zu haben. Deshalb hatte es bei ihrer Ankunft hier nicht eine einzige Frau, gleich welchen Alters, aber auch keinen Mann gegeben, der in ihrer Frisur nicht eine Provokation gesehen hatte, wenn nicht gar einen Bruch mit gesellschaftlichen Konventionen. In Wirklichkeit war es eine Mode, die mit gewissen Verhaltensregeln brechen wollte, die vor Jahrhunderten festgeschrieben worden waren. Die Frisur Louises nannte sich in der Tat „Bubikopf".

Franz bot sich an, sie nach Brixen zu begleiten, und, sollten sie dort kein Glück haben, mit ihr weiter bis nach Bozen zu fahren.

Sie fuhren ziemlich früh los und mitten am Vormittag waren sie bereits angekommen. Sie fanden einen Herrenfriseur, der bereit war Louises Haare zu schneiden. Doch er schien von seinen eigenen Fähigkeiten nicht gänzlich überzeugt zu sein und sagte, dass er in der Tat keinerlei Erfahrung mit der Frauenmode habe. Zögernd fügte er hinzu, dass er nur die Spitzen sehr langer Haare zu schneiden vermöge, und auch das immer nur in Anwesenheit der Mutter oder des Gatten getan habe.

Ihnen blieb also nichts anderes übrig, als nach Bozen zu fahren.

Es war das erste Mal, dass sie allein waren, ohne den Vater oder die ständige Anwesenheit Tonis, der sehr an der Gouvernante hing, eifersüchtig auf jeden, der sich ihr näherte.

Franz genoss jetzt die Gesellschaft der jungen Frau, war von ihr fasziniert, verführt gar. Die Läden hatten wegen der Mittagspause bereits geschlossen und während sie aufs Aufsperren warteten, beschlossen sie in einem Kaffeehaus in der Nähe des Bahnhofs etwas zu trinken. Sie setzten sich an ein Tischchen, irgendwie verlegen wegen der neuen Situation, und vielleicht sahen sie sich zum ersten Mal auf eine andere Art als bisher in die Augen. Es mochte wohl wegen der Besonderheit der Situation jenes Augenblicks gewesen sein, wegen des wunderschönen, sonnigen Tages, weil sie alleine in Bozen waren, der eine der anderen gegenüber, ganz nahe, beinahe in einer gewissen Intimität vereint. Tatsache ist, dass etwas ausgelöst wurde, ein elektrischer Kontakt, ein Kurzschluss, in dem sie sich einen Augenblick lang verloren. Louise fing sich sofort, sie verstand, in welchen Abgrund sie zu stürzen im Begriff war und zog sich zurück, augenblicklich.

Nicht so Franz, unerfahren aber voll von Begeisterung, typisch für blutige Anfänger. Er fing Feuer und war sofort überwältigt. Er war überhaupt nicht bereit, einen Schritt zurück zu machen. Im Gegenteil. Er stürzte sich kopfüber in dieses neue Abenteuer, ohne sich über die möglichen Folgen auch nur einen einzigen Gedanken zu machen. In Wirklichkeit hatte er während der langen Wintermonate häufig an diese eigenartige Frau gedacht, die jetzt in seinem Haus wohnte: er sah sie ungeduldig zwischen den Zimmern umherstreifen, in denen früher seine Mutter gelebt hatte, sah sie dieselben Dinge berühren, dieselben Türen öffnen, dieselben Schubladen, dem Familienleben einen absolut anderen Rhythmus gebend, und die Stabilität, das Gleichgewicht durcheinander bringend, das ihn bis dahin so gestützt hatte.

Sie fanden einen Damenfriseur, der sich richtig ins Zeug legte, die Wünsche Louises zu befriedigen. Das Ergebnis war nicht besonders zufriedenstellend. Der Nacken war nicht mehr frei, die beiden Schnörkel an den Wangen weg, nicht mehr Mode, sogar die Stirnfransen trage man nicht mehr, erklärte der junge Figaro und auch trage man die Haare nicht mehr glatt. Einige Wellen seien auch notwendig. Bei alledem war das Ergebnis eine neuerliche Verwandlung des ziemlich kantigen Gesichts der jungen Frau, jetzt durch die

Wellen weicher gemacht, die der Meister durchgesetzt hatte, Modezeitschriften in der Hand, die beweisen sollten, dass er im Recht war. Es fehlte nicht viel und er hätte auch noch die Haarfarbe ändern wollen, weil laut ihm blond à la Jean Harlow ein Muss war!

Während dieser langwierigen Behandlung dachte Louise über die Bedeutung der Haartracht der Frauen im Laufe der Jahrhunderte nach, über die Symbole, die sich darunter verbargen, über die nonverbalen, aber doch sehr deutlichen Botschaften, die sie vermitteln wollten. In der Haartracht war es möglich einen Spiegel der Zeiten zu sehen, aller Zeiten: eine Geschichte der Gesellschaft mittels der Haarmode der Frauen und der Männer. Nie hatte sie über die Bedeutung dessen nachgedacht, was oberflächlich als „Mode" bezeichnet wurde, ihre Funktion und vor allem, von wem sie diktiert wurde. Die Nachfrage nach langem, gewelltem Haar war eine richtiggehende Rückkehr zur Weiblichkeit der Hausfrauen, zum Frauenbild der „ausschließlich" Mutter möglichst vieler Kinder, vom militärisch-autoritären Mann gewollt. Sie dachte an das faschistische Regime in Italien und an das noch schlimmere nationalsozialistische in Deutschland und nun auch in Österreich. In dieser Art Gesellschaft konnte es keine Frau mit Ansprüchen auf Unabhängigkeit geben, mit gleichen Rechten und Pflichten, eine Frau eben, mehr Mann als Frau – nach den alten Vorstellungen von Weiblichkeit und Männlichkeit –, mit kurzem, glattem, leicht zu pflegenden Haar, um arbeiten und sich den Lebensunterhalt verdienen zu können. Eine Emanzipation, die sie von der Notwendigkeit befreite, sich von einem Mann aushalten zu lassen, mit dem dazugehörigen Akt der Unterwerfung unter seinen Willen und häufig auch seiner Willkür.

Louise ließ sich nicht überzeugen, ihre Haare wie die der Jean Harlow bleichen zu lassen; ihr Frauenideal war nicht die dumme und verführerische Blondine, unfähig mit dem eigenen Kopf zu denken, auf sich zu schauen. Sie kehrte so brünett nach Hause zurück, wie sie weggefahren war, aber mit einem Schnitt nach der neuesten Mode.

Am Abend, auf der Rückfahrt, konnte Franz nicht die Augen von ihr lassen. Er fand sie wunderschön und wer weiß, was er dafür gegeben hätte, mit einer Hand über ihr glänzendes und leicht gewelltes Haar zu streichen. Wie hatte er doch den Friseur beneidet, der während des Nachmittags die Gelegenheit gehabt hatte ihren Kopf anzufassen, ihr Gesicht zu streifen, die Schultern, in ihre Haare zu greifen. Er, neben ihr, wie ein treuer Hund, hatte alle Handgriffe des Friseurs beobachtet, von Eifersucht zerfressen, aufgewühlt von neuen Gefühlen, von einer plötzlichen Blässe ins grundlose Erröten wechselnd. Jetzt im Zug starrte er sie beharrlich an, nach ihren Augen haschend.

»Pourquoi me regarde ainsi?« Louise sprach außer Haus immer französisch, weil sie die italienische Sprache noch nicht beherrschte und sie wusste, dass Deutsch verboten war, vor allem in öffentlichen Lokalen. Franz antwortete auf Italienisch, es mit seinem schulmäßigen, wenig geübten und beinahe vergessenen Französisch vermischend.

»Ich habe nie eine so schöne Frau gesehen ... vous êtes très belle, Mademoiselle Louise, e... je vous aime!«

Louise schüttelte ungläubig den Kopf und lächelte.

»Si vite? Sais-tu ce qu'est l'amour? Tu as oubliè que dans quelques jours tu devras retourner à l'ècole..."

»Das ist eine richtige Grausamkeit, mich an die Schule zu erinnern! Doch kann ich jeden Sonntag kommen ... wann immer ich will. Und an den Rest will ich nicht denken.«

Beleidigt verschloss er sich in sich selbst.

Aber er fuhr fort, sie verstohlen anzusehen, angezogen von einer unbekannten Kraft, die jede seiner bisherigen Erfahrungen überstieg: niemals noch hatte er eine solche Verwirrung, diesen unaufschiebbaren Wunsch verspürt, den Körper einer Frau zu berühren, ihren Atem zu spüren, die Stimme, die Wärme zu fühlen. Er war von einer Art Fieber befallen und hätte er dieser ungestümen Kraft freien Lauf gelassen, die sich in ihm rührte, er hätte wie ein brünstiger Rehbock oder Hirsch geröhrt; er hatte einige gesehen, beziehungsweise gehört, zu anderen Zeiten, als er noch eine ungenaue Vorstellung von den Gründen hatte, die die Tiere dazu trieben, auf solche Art zu brüllen.

Aber gleichzeitig war er euphorisch, explodierte vor Glück. Die Liebe: das Zauberwort, das im Internat unter verschiedenen Bedeutungen zirkulierte, das nur in der Literatur und besonders in der Poesie eine sehr überhöhte, spirituelle Bedeutung hatte, während sie in der Sprache seiner Schulkameraden auf etwas allein Körperliches, beinahe Schmutziges herabsank, das in der Einsamkeit oder höchstens mit gewissen Frauen zu zelebrieren war, bei denen das einzige was zählte, das Geld war. Die Perspektive einer möglichen Vereinigung von Spiritualität und Körperlichkeit versetzte ihn in Ekstase.

Louise saß schweigend neben ihm und nahm jeden seiner Gedanken wahr, das heißt, sie hörte seine Gedanken, als ob ihnen Stimme verliehen würde. Sie kannte diesen Ausbruch der Gefühle nicht. In Wirklichkeit hatte sie verschiedene Beziehungen gehabt, in denen die Liebe eine marginale Rolle gespielt hatte. Sie hatte sich nie ernsthaft verliebt, ist nie Sklavin einer Leidenschaft gewesen, und außer einer starken körperlichen Anziehung, hatte sie nie andere Gefühle hervorgerufen, die diese Bezeichnung verdienten. Und jetzt, sie sah es, versprach dieser verliebte Junge Welten voller unbekannter Zärtlichkeiten, etwas, das sich den großen romantischen Geschichten annäherte, die sie sich in der Jugend erträumt hatte: eine wahre Liebe, eine überwältigende Leidenschaft, und sie Objekt dieser Leidenschaft.

Sie stiegen aus dem Zug, als es bereits finstere Nacht war. Er nahm ihre Hand und zog sie auf dem Weg hinter sich her. Sie gingen schnell, nachts war die Kälte stärker zu spüren als am Tag und ab einem bestimmten Punkt begannen sie zu laufen, ohne zu wissen warum, aber sie waren sich einig. Und sie lachten, grundlos, einfach froh zu laufen.

Als sie, bevor sie die Villa erreichten, an der letzten Steigung angekommen waren, verlangsamten sie außer Atem aber noch lachend die Schritte. Dann hörten sie auf zu lachen, und gleichzeitig drückte Franz sie an sich und versuchte sie zu küssen. Louise wehrte sich, indem sie den Kopf erst nach links und dann nach rechts drehte, während er völlig ausgerastet ihre Haare, den Hals, das Gesicht mit Küssen übersäte, bis er den Mund erwischte. Dort hielt er ein, aber nur einen Augenblick, weil sich Louise sofort von ihm losriss.

»Mais que fais-tu? Es-tu devenu fou?«, und rannte weg.

Vor dem Haus wurde sie von Monet aufgehalten, der wütend aus dem Zwinger herausgerannt kam. Er hatte sich noch nicht an sie gewöhnt. Franz packte ihn am Halsband, während sie ins Haus lief.

»Was hast du denn? Hör sofort auf, Monet!« Er war so erregt, dass seine Stimme nicht zu erkennen war.

Er fand seine Freunde im Salon vor. Sie spielten Karten. Keiner bemerkte seine Erregung, seinen Zustand der Überreizung; nur der Vater schaute ihn überrascht an. Ahnte er etwas? Wenige Minuten vorher, hatte er die Gouvernante ins Haus stürzen sehen, auf dem Weg in ihr Zimmer, hatte sie ihm beiläufig von der Stiege aus ein „Gute Nacht" zugerufen, ohne sich auch nur umzudrehen. Und er hatte so darauf gewartet, seine Meinung zur neuen Frisur abgeben zu dürfen. Er sah sie hinaufgehen, war sprachlos, enttäuscht.

Der Junge schien außer sich, wollte sich nicht am Spiel der Freunde beteiligen, sah unablässig auf seine Uhr, beinahe als könne er das Ende des Abends nicht erwarten, ungeduldig alle ins Bett zu schicken, um alleine zu bleiben.

Alleine?

Herr Pichler beobachtete ihn weiter, im Versuch zu verstehen, was vor sich ging, denn er hatte das Gefühl, dass etwas zu geschehen im Begriff war.

Die Nacht war noch nicht ganz um, als die Tür zu Louises Zimmer von einer leichten Hand geöffnet wurde. Schon seit einiger Zeit hatte sie aufgehört sie abzuschließen. Jemand trat ein, man hörte nur das Knarren des Holzfußbodens, der die verstohlenen Schritte dessen verriet, der barfuß darauf herumschlich, im Finstern den Boden vor sich ertastend.

V

Mitte September öffneten die Schulen wieder die Tore und Toni nahm seinen Schulranzen, seufzte, weil die Ferien zu Ende waren und damit die Freiheit, den ganzen Tag draußen zu sein, mit den Freunden zu spielen und sich nicht um die Aufgaben sorgen zu müssen.

Auch Joseph kehrte nach Brixen ins Vinzentinum zurück. Das Haus leerte sich und es blieben die Freunde aus, die häufig gekommen waren, um einige Tage mit ihnen zu verbringen. Franz hatte bereits vor zwei Monaten den Militärdienst in Rom angetreten und schrieb manche Ansichtskarte mit dem Vatikan drauf, der Piazza Venezia und anderen touristischen Orten. Wenige Worte, immer nur Grüße aus der Hauptstadt und jedes Mal mit Francesco unterschrieben.

Herr Pichler und die Gouvernante hatten es sich zur Gewohnheit gemacht, am Abend die Nachrichten im Rundfunk zu hören, durchaus besorgniserregende Nachrichten, wenn auch vom politischen Informationsdienst ziemlich verwässert; es schien, als habe Polen Deutschland provoziert und dieses, in die Enge getrieben, habe seinerseits eine Lektion erteilen wollen, mit der Begründung, den Frieden in Europa aufrecht erhalten zu müssen. Am 1. September fiel es mit einem Blitzangriff, der ganz Europa überraschte, in den westlichen Teil des Landes ein. Auch Russland ließ sich nicht lumpen und marschierte zwei Wochen später im besten Einverständnis mit Deutschland in den östlichen Teil Polens ein und sie teilten es untereinander auf, eine Hälfte für jeden. Die anderen europäischen Nationen sahen besorgt zu, während Frankreich und England, gemeinsam mit Australien, Deutschland den Krieg erklärten. In den anderen Ländern begann das Wettrüsten. Italien schlug sich sofort zu den nichtkriegführenden Staaten, beschloss aber schon einmal neue Gesetze zur Kriegswirtschaft.

Die Stimmung war ziemlich aufgeheizt, jeder befürchtete das Schlimmste, niemand aber wäre in der Lage gewesen zu erraten, welche Fortsetzung das Abenteuer haben würde.

In jener Ecke der Welt, von den Bergen eingeschlossen, in der Ruhe des beinahe verwaisten Hauses, konnte keiner der beiden das Ausmaß der Gefahr ermessen, die sich direkt vor ihrer Tür zusammenbraute. Polen war ja so weit weg, und der Krieg, der dort stattfand, ging sie nichts an – doch wie lange noch?

Außerdem hatte Louise ganz andere Sorgen. Mittlerweile war sie sicher schwanger zu sein. Sie war nicht zum Arzt gegangen, um einen Skandal zu vermeiden, aber inzwischen waren die Anzeichen ziemlich deutlich, sie hatte keine Zweifel mehr.

An jenem Abend, nach den Nachrichten, beschloss sie mit Herrn Pichler zu reden.

Sicher war ihm aufgefallen, mit welcher Häufigkeit Franz nach Hause gekommen war, bevor er nach Rom abreiste. Er hätte blind sein müssen, um die Veränderung des Sohnes nicht zu bemerken, seine Aufmerksamkeiten ihr gegenüber, die Art wie er sie ansah, der elektrische Strom, der zwischen den beiden floss, wenn sie beieinander waren. Sogar Toni, mit der den Kindern eigenen Feinfühligkeit hatte mehr als einmal die Spannung, die Ungeduld, die Nervosität Louises bemerkt, wenn er ihr, gemäß seiner Gewohnheit, nicht von der Seite wich. Er fühlte sich abgelehnt, häufig unter irgendeinem Vorwand von ihr abgewiesen, weil sie mit Franz alleine sein wollte und er wurde zornig, wenn er fühlte, dass die Verbindung zwischen den beiden völlig anders war, als die, die zwischen ihm und der Gouvernante bestand. Einmal schrie er sie vor Zorn weinend an: »Du bist verliebt ... glaubst du, ich habe es nicht verstanden?«

Für Louise war es ein Schlag. Bis zu jenem Moment hatte sie gedacht, dass es Franz war, und nur Franz, der verliebt war. Sie war zu vernünftig, um sich ein derartiges Gefühl zu einem zehn Jahre jüngeren Burschen zu gestatten. Sie hätte es als Schwäche gesehen, ein absolut unzulässiges Nachgeben. Sicher, sie hatte ihm erlaubt sie zu lieben. Sicher, sie hatte diese Liebe genossen. Sicher, es hatte ihr auch gefallen und es hatte Momente großer Glückseligkeit gegeben, aber... Da war ein großes ABER. Sie wusste, dass es sich nur um wenige Wochen handeln würde, eine Geschichte ohne Zukunft, trotz der Beteuerungen des Jungen; sie wusste, dass die Jahre beim Militär ihn verändern würden, und dass auch sie sich ändern würde. Auch ihre Zukunft war in Nebel gehüllt. Bei seiner Abreise war sie überzeugt gewesen, dass die Geschichte an ihrem Ende angelangt war, und jedes Mal, wenn der Postbote kam, verbot sie sich, ihr Herz fester pochen zu spüren. Und wie sie übrigens vorausgesehen hatte, kam nie ein Brief aus Rom. Die große Liebe war nichts anderes als ein Strohfeuer, ohne Folgen. Und das war der Punkt. Louise hatte gedacht, das kurze Abenteuer im Laufe weniger Wochen zu vergessen, doch etwas zwang sie umzudenken: ein neues Leben hatte sich in ihr eingenistet.

Herr Pichler schaltete das Rundfunkgerät aus und zündete sich eine Pfeife an, während Louise ihm eine Glas Wein einschenkte.

»Und Sie, trinken Sie nicht?«, fragte er verwundert.

»Danke, das macht mir einen schweren Magen.« Sie hätte gerne weiter geredet, doch fehlten ihr die Worte.

»Seit einiger Zeit sind Sie so abwesend, wie von einem quälenden Gedanken verfolgt, ja, ich würde sagen quälend ... ist da etwas, was Sie beunruhigt? Kann ich Ihnen behilflich sein?«

»Ich wüsste nicht, wer mir behilflich sein könnte; ich glaube, dass das im Augenblick ziemlich schwierig wäre ... denn Tatsache ist, dass ich ein Kind erwarte.«

Herr Pichler nahm die Pfeife aus dem Mund und verharrte einen Augenblick so, unschlüssig, ob er sie wieder in den Mund stecken oder auf dem Tischchen ablegen sollte. Das war eine Geschichte, die er nicht vorhergesehen hatte; er legte die Pfeife auf den Aschenbecher.

»Ich glaube, dass ich nicht fragen muss, wer der Vater ist.«

Louise schüttelte nur den Kopf. Nein, es war nicht notwendig.

Es folgte ein langes Schweigen. Herr Pichler nahm die Pfeife wieder in die Hand, selbst nicht wissend, was tun oder was sagen, und machte einen Zug; zum Glück war sie erloschen, so war er damit beschäftigt sie wieder anzuzünden, und konnte damit den Moment der Verlegenheit überbrücken.

»Was gedenken Sie zu tun? Wie glauben Sie diese Situation zu lösen? Sind ... sind Sie sicher?«

Er hörte, dass jedes Wort, das er aussprach falsch war, fehl am Platz, nicht angebracht. Normalerweise wird eine solche Nachricht von Worten wie „Glückwunsch ... Kompliment ... was für eine schöne Neuigkeit!" begleitet, aber gerade diese Worte wollten ihm nicht über die Lippen kommen. Andererseits konnte er nicht den ganzen Abend lang schweigen. Abgesehen davon, dass ihn die ganze Angelegenheit sehr beunruhigte. Im Grunde genommen war er ja irgendwie darin verwickelt, es war ja unter seinem Dach passiert, und sein Sohn steckte da mitten drin.

»Weiß er es? Ich meine, haben Sie es ihm gesagt, bevor er abgereist ist?«

»Ich habe selbst erst seit einigen Wochen Gewissheit und wollte nicht ... ich wollte zuerst mit Ihnen reden.« Endlich sah sie ihm in die Augen.

Herr Pichler senkte erneut die Pfeife, völlig verwirrt von diesem Blick. Er hatte noch nie in den Augen einer Frau eine derartige Entschlossenheit gesehen, eine Standhaftigkeit, die ihn vor eine Verantwortung stellte, auf die er nicht vorbereitet war.

Er begann sich in seiner Haut unwohl zu fühlen.

»Was erwarten Sie von mir? Glauben Sie, dass ich da was machen kann? Sie haben nicht bedacht... Waren Sie sich der Gefahr nicht bewusst, die Sie liefen? Sie sind kein Kind mehr... Sie hätten vorher daran denken müssen!«

Während er sprach wurde seine Stimme immer härter und er ärgerte sich gleichzeitig über sich selbst. Die ganze Geschichte begann ihn zu beunruhigen und zwar auf ganz erhebliche Weise.

Louise erhob sich, entschlossen nicht weiter zuzuhören und ging aus dem Zimmer. Ohne Eile, aber zielstrebig. Herr Pichler blickte ihr erstaunt nach.

Allein geblieben, zündete er, während er nachdachte, seine Pfeife wieder an. Gewiss hatte er bemerkt, dass sein Sohn verliebt war, hatte auch die Schwäche der Frau bemerkt. Seit mehr als einem halben Jahr lebte er mit dieser Frau unter einem Dach, doch hatte er noch nicht verstanden, aus welchem Holz sie geschnitzt war: Suchte sie ein Abenteuer? Suchte sie ein Plätzchen fürs Leben? Welche Absichten hatte sie? Und Franz? Wie hatte er sich in eine Geschichte mit einer so viel älteren Frau einlassen können? Gewiss, dass Louise jemand besonderer war, hatte er gleich verstanden, eine gewisse Zeit lang, hatte er den einen oder anderen Gedanken daran verschwendet. Doch sie hatte ihn auf Distanz gehalten, jede mögliche Annäherung unterbunden. Bei dem Jungen hingegen hatte sie sich gehen lassen. Ist es seine Jugend gewesen, die sie angezogen hatte, seine Unerfahrenheit – hatte sie sich wahrhaftig in seinen Buben verliebt? Mit seinen zwanzig Jahren war Franz das Abbild seiner selbst im gleichen Alter: groß, gut gebaut, ein schönes Gesicht, feine Manieren.

Sein Sohn.

Sein Sohn, der Vater wird!

Nein. Er durfte ihm nicht erlauben, sich die Zukunft zu ruinieren... Vater mit Zwanzig! Er hatte noch das ganze Leben vor sich, und wer weiß, wie viele Bekanntschaften er noch würde machen können, die seinem Alter und seinem sozialen Status eher entsprachen.

Und Louise? Wie konnte man diese Angelegenheit auf ehrenhafte Weise regeln?

So verlor die Besetzung Polens durch Deutschland und Russland vom einen auf den anderen Moment an Bedeutung; andere Ereignisse privater Natur gewannen den Vorrang. Er war mächtig beeindruckt. Bis vor wenigen Stunden hatte er nichts anderes getan, als über mögliche Auswirkungen auf Europa nachzudenken und vor allem auf seine kleine Welt an der Grenze zu Österreich, jetzt Ostmark, zwischen einem vor Lust brennenden Italien, die Karten mit den Großmächten neu zu mischen und einem ziemlich starken Deutschland, das die Karten bereits auf den Tisch gelegt hatte. Zudem war die Lage Südtirols noch nicht ganz geklärt: Hitler hatte versprochen die Dinge in Ordnung zu bringen, doch wusste man nicht, was er mit „in Ordnung bringen" meinte.

Am Tag darauf traf er die Gouvernante, als sie Toni für den Gang zur Schule ankleidete. Unergründlich, ihm gegenüber abweisend, freundlich zum Buben, liebevoll gar. Den ganzen Tag über war sie so. Am Abend, nachdem sie Toni zu Bett gebracht hatte, zog sie sich auf ihr Zimmer zurück. Herr Pichler wartete im Salon auf sie, um mit ihr die letzten Nachrichten im Rundfunk anzuhören. Sie kam nicht und sie fehlte ihm.

Er fuhr fort zu überlegen, wie sein Leben sein würde, abermals allein, ohne diese unverzichtbar gewordene Gesellschaft, an die er sich problemlos gewöhnt hatte, die er als Bereicherung betrachtete, eine angenehme Neuerung und eine nicht zu unterschätzende Abwechslung. Mittlerweile hatte er aus verschiedenen Gründen aufgehört die Winter an der Côte d'Azur zu verbringen. Vor allem wollte er Toni nicht in den Händen eines Hausmädchens lassen, das zwar vertrauenswürdig, aber bestimmt nicht in der Lage war, ihn nach seinen Grundsätzen zu erziehen, auch waren seine Finanzen nicht mehr die von einst. Die Einnahmen überstiegen die Ausgaben nicht, und häufig hatte er Schwierigkeiten die Schulden zu begleichen, die er gemacht hatte, als seine Gattin noch gelebt hatte, und als er noch den Eindruck hatte, dass es nicht notwendig wäre Buch zu führen, denn das Vermögen und die Besitzungen warfen mehr ab, als die Familie benötigte.

Es war bereits der zweite Winter, den er zu Hause verbrachte und er spürte die ganze Langeweile der schweigsamen Berge, den Nebel und das schlechte Wetter; er fühlte sich bedrückt von der Kälte und vor allem von der extremen Einsamkeit dieses Dorfes, das allein im Sommer zum Leben erwachte.

Louise hatte eine Brise neuen Lebens mitgebracht, etwas Exotisches, obgleich sie Österreicherin war, vor allem aber eine Aura der Weiblichkeit, die in jenem Haus fehlte, seit seine Gattin gestorben war. Aber selbst seine Gattin hatte dem ganzen Haushalt nicht diese persönliche Note gegeben, wie es hingegen die Gouvernante in kürzester Zeit zustande gebracht hatte.

An diesem Abend, allein mit der rauchenden Pfeife, im üblichen Lehnstuhl sitzend, fühlte er plötzlich die ganze Einsamkeit und Sinnlosigkeit des eigenen Lebens. Er hatte niemanden, mit dem er die letzten Rundfunknachrichten hätte besprechen können, die Sorgen, die Zweifel, die daraus erwuchsen. Aber nicht nur das: es fehlte ihm ihre physische Anwesenheit, der Duft ihres Körpers, das Rascheln ihres Kleids, die elegante Geste mit der sie ihm das Weinglas oder irgendeinen anderen Gegenstand reichte; die Art das Haupt zu neigen, um Toni zuzuhören, der ihr irgend ein kleines Geheimnis ins Ohr flüsterte; ihre Stimme, klar, bestimmt und mit der Meinung eines Menschen, der wusste was er sagte. Nein. Er durfte sie nicht wegen dieser Episode mit seinem Sohn verlieren, hatte er doch schon den ganzen Sommer über ein Auge zugedrückt: eine jugendliche, mehr als verständliche Schwärmerei, nach all den in einem Knabeninternat wie dem Vinzentinum verbrachten Jahren. Eine Geschichte, die beide bald vergessen haben würden, wären da nicht diese Nachwirkungen. Ein Kind. Nachwirkungen, er überraschte sich bei diesem Gedanken, lebenslange Nachwirkungen. Ein Bubenstreich von Franz, während sie, trotz ihrer Erfahrung ... denn es war klar, dass es sich bei ihr nicht um einen ahnungslosen Neuling in Liebesdingen handelte. Oder war es aus Berechnung geschehen? Konnte es sein, dass Louise eine von denen war, die vortäuschten verliebt zu sein, um dann einen unvorsichtigen Jungen zu erpressen? Er hatte seine Erfahrung in diesen Dingen. Auch wenn er, über den Daumen gepeilt, in einem ersten Moment die neue Gouvernante anders eingeschätzt hatte. Das Leben hielt aber immer dort seine Überraschungen bereit, wo man sie am wenigsten erwartete. Er seufzte, unzufrieden mit sich und der Welt, und beschloss zu Bett zu gehen.

Am nächsten Tag wiederholte sich dieselbe Geschichte: Louise war unzugänglich für ihn, voller Zuneigung für Toni, und er am Abend erneut alleine im Salon.

Nachdem er eine gute halbe Stunde gewartet hatte, stand Herr Pichler entschlossen auf, ging zu ihrem Zimmer und klopfte an. Nach einigen Minuten öffnete Louise.

»Brauchen Sie etwas?«, fragte sie höflich wie eine Untergebene, von der man außerhalb der Arbeitszeit einen Dienst einforderte.

»Warum kommen Sie nicht in den Salon hinunter ... wie jeden Abend? Fühlen Sie sich nicht wohl ... brauchen Sie Ruhe?«

Louise sah ihn an, um zu verstehen, welches seine Absichten sein mochten. Was wollte er wirklich? Ohne ein Wort schloss sie die Tür hinter sich, stieg die Treppe hinab und ging zum gelben Salon. Sie setzte sich an den üblichen Platz und wartete, dass auch er Platz nehme. Noch wusste sie nicht, was folgen würde. Sollte sie so tun, als ob nichts wäre? Den Ton und die Worte vergessen, die sie vor zwei Tagen in diesem Raum gehört hatte?

Herr Pichler nahm die Pfeife und begann sie zu stopfen, vielleicht um Zeit zu gewinnen, oder auch nur, um etwas zu tun, das ihm ermöglichte, sich ihren erwartungsvollen Blicken zu entziehen. Dann zündete er die Pfeife an und begann in die Luft blickend zu rauchen, mit gespielter Gleichgültigkeit den Rauchwölkchen folgend, ohne die mindeste Notwendigkeit zu verspüren, das Gespräch wieder aufzunehmen, das in Wirklichkeit seine Gedanken besetzt hielt. Louise verstand: er wandte die typische Vogel-Strauss-Taktik an, die sie so gut kannte, weil sie sie andere Male in ähnlichen Situationen bei anderen Männern gesehen hatte, die unfähig waren sich zu erklären und Stellung zu beziehen.

Sie räusperte sich, bevor sie zu besprechen begann, auch um ihn daran zu erinnern, dass sie hier war, im selben Raum.

»Mir scheint vorgestern Abend verstanden zu haben, dass Sie der Meinung sind, dass in bestimmten Situationen immer die Frau der Wirklichkeit Rechnung zollen muss, während der Mann – und es ist überhaupt nicht wahr, dass es, so wie Sie mich glauben machen wollten, eine Frage des Alters ist – nicht für seine Taten verantwortlich gemacht werden kann ... denn, wie auch immer, die Folgen würden ihn nicht betreffen!«

Herr Pichler hörte ihr aufmerksam, überrascht und zunehmend ungeduldig zu.

»Fräulein Louise, ich bitte Sie, schlagen Sie doch nicht diesen Ton an! Ich habe nicht gesagt, dass ...«, er verhedderte sich. »Sagen Sie mir, worauf Sie hinaus wollen.«

»Ich will nirgendwo hin. Ich dachte nur, ein wenig Verständnis und auch Hilfe zu finden. Sie wissen ganz genau, dass ich alleine bin, von meiner Arbeit lebe und in dieser Situation ein Kind für mich die Unmöglichkeit darstellen würde, weiterarbeiten zu können ... *enfin*, ich weiß nicht, wie lange Sie mir erlauben werden hier zu bleiben, unter diesen Umständen, ob und wann Sie mich vor die Tür setzen werden ...«

Sie schwieg und starrte ihn mit einer bestimmten Frage in den Augen an: Was wird aus mir in wenigen Monaten werden? Sie sprach es nicht aus, aber er hörte die Frage, als hätte sie sie laut ausgesprochen.

Herr Pichler nahm die Pfeife aus dem Mund, legte sie auf den Aschenbecher, klopfte den inzwischen verkohlten Inhalt heraus, und verharrte einige Minuten gedankenverloren. Endlich verschränkte er die Arme vor der Brust. Er war nicht darauf vorbereitet, er hatte nicht vorhergesehen, welche Richtung das Gespräch nehmen würde, doch seine Geduld verflog augenblicklich.

»Ich hatte nicht vor, Sie vor die Tür zu setzen, wie Sie sagen. Soweit habe ich nicht gedacht, aber Sie haben Recht, die Zeit vergeht viel schneller, als wir glauben, weshalb wir gut daran tun, Maßnahmen zu ergreifen, bevor es zu spät ist.«

»Ich weiß, was Sie unter Maßnahmen verstehen, aber ich bin überhaupt nicht bereit „gewisse" Maßnahmen zu treffen. Ein Leben zu töten, dessen einzige Schuld es ist, auf die

Welt kommen zu wollen ... Nein. Daran will ich nicht denken.«

Herr Pichler unterbrach sie: »Sie haben mich falsch verstanden. Ich habe nicht davon gesprochen, ein Leben zu töten, das auch mein Blut wäre, das meines Sohnes ...« Wiederum fühlte er sich auf dem falschen Fuß erwischt.

»Wir müssen eine für alle Seiten zufriedenstellende Lösung finden. Ich glaube, dass es gut wäre, in Ruhe darüber zu reden, ohne sich aufzuregen...«, aber er merkte, dass er es war, der sich aufregte, gerade er.

Louise musste sich ihre Gedanken gemacht haben, vielleicht hatte sie Entschlüsse gefasst, die sie ihm noch nicht mitteilen wollte, wer weiß wegen welcher typisch weiblichen Strategie. Sie wollte sich keine Blöße geben. Sie überließ ihm den ersten Schritt. „So sind die Frauen", dachte er, ‚sie beschließen für sich, was sie tun wollen und vermitteln dann den Männern die Illusion, dass sie es seien, die entscheiden.'

Louise schwieg lange. In Wirklichkeit hatte sie keine Lösung gefunden, wie sehr sie die Situation auch gedreht und gewendet hatte; deshalb also setzte sie ein wenig Hoffnung in ein mögliches Eingreifen seinerseits, obwohl sie selbst nicht wusste, was sie von einem Mann wie ihm erwarten sollte.

»Haben Sie Franz informiert?«

»Nein. Er weiß nichts, das habe ich Ihnen bereits letztes Mal gesagt. Wir schreiben uns nicht.«

Vor seiner Abreise hatte Franz ihr mindestens einen Brief pro Woche versprochen, wenn nicht gar zwei; sie hatte ungläubig gelächelt, und die Tatsachen hatten ihr Recht gegeben. Trotz ihrer Erfahrung mit Männern, hatte sie den Beteuerungen des Jungen ein bisschen geglaubt, vielleicht wegen seiner Einfältigkeit, seiner mangelnden Erfahrung – konnte es sein, dass sich die große Liebe im Laufe weniger Wochen erschöpft hatte? Sie hätte vom ersten Augenblick an begreifen müssen, dass es sich um eine typische Schwär-merei eines unerfahrenen Jungen handelte. Und er hatte von der großen Liebe seines Lebens gesprochen. Worte.., Worte, die man ausspricht ohne zu denken.

Herr Pichler nahm die Pfeife wieder in die Hand, un-schlüssig, ob er sie wieder stopfen oder das Rauchen blei-ben lassen sollte. Er beschloss hingegen die Schnapsflasche zu holen. Er goss sich ein Gläschen ein, ohne der Gouver-nante welchen anzubieten und trank ihn in einem Schluck. Jetzt stecke ich in einem schönen Schlamassel, dachte er. Seine früheren Affären hatten ihm mehr als genug Unan-nehmlichkeiten bereitet, jetzt musste er sich auch noch um die seines Sohnes kümmern.

»Ich glaube, es ist besser ihm nichts zu sagen«, schloss er nach einigen Minuten, ohne selbst zu wissen warum. Er hat-te die vage Hoffnung, dass sich alles ohne größere Unan-nehmlichkeiten für seine Familie einrenken lassen könnte, dass alles bleiben könnte wie bisher.

Plötzlich dachte er, dass zu anderen Zeiten ähnliche Si-tuationen mit einer mehr oder weniger vorgegaukelten Hochzeit geregelt wurden, die den Schein wahrte und das Gewissen aller beruhigte, vor allem das der Männer. Hätte er einen ledigen Angestellten gehabt, einen Sekretär, einen Verwalter oder Ähnliches, wie zu Zeiten seines Schwieger-vaters, als man noch im Überfluss lebte, hätte er so jeman-den einen entsprechenden Vorschlag machen können, viel-leicht eine üppige Mitgift ... aber das war einmal! Er seufzte, während er dieser unmöglichen Fantasterei nachhing. Jetzt hatte er keinen Angestellten mehr, abgesehen von dem einen oder anderen Bauern, der Hausmagd, dem Gärtner und Faktotum und eben der Gouvernante. Die Zeiten hatten sich zum Schlechteren gewendet. Einmal abgesehen davon, dass Louise sicher nicht die Frau war, die bereit gewesen wäre, den erstbesten zu heiraten, nur um den Schein zu wahren ... zu emanzipiert, zu willensstark; auch die Frauen hatten sich verändert und gewiss nicht zum Besseren, schloss er daraus.

»Ich glaube, dass dem zumindest heute Abend nichts weiter hinzuzufügen ist.«

Louise unterbrach sein sorgfältiges Überlegen, nicht wissend, was sie von dem langen Schweigen halten sollte. Sie stand auf und ging auf ihr Zimmer.

Herr Pichler blieb noch im Salon. „Es muss eine Lösung gefunden werden", dachte er erneut, „eine, die für alle gut ist. Ein Kind in diesem Haus? Ich kann es mir nicht vorstellen. Sie wegschicken ... sie könnte nach Wien zurückkehren, oder sonst wohin; sie hatte gesagt, sie habe irgendwo eine Tante. Ich würde ihr etwas Geld geben, das ist klar. Aber Himmelherrgott, war es notwendig, ein Kind zu zeugen? Dieser liederliche Junge, der ihr nicht einmal schrieb ... was ist das bloß für eine Jugend? Vielleicht hat er in Rom bereits eine italienische Stellvertreterin gefunden. Wie der Vater, so der Sohn. Ich habe aber meinen Vater nicht in Schwierigkeiten gestürzt."

Er nahm die Pfeife wieder in die Hand, als wäre sie ein Rettungsanker, stopfte sie erneut und zündete sie an. „Ein Kind in diesem Haus. Und was würde Toni sagen ... und die Leute? Die reden so schon. Es gibt keinen einzigen Menschen im Dorf, der nicht überzeugt ist ... Sie würden alle denken, dass das Kind von mir ist, das ist sonnenklar! Dass ich nicht vorher daran gedacht habe. Der Junge kommt mit einer reinen Weste davon, und der Vater, der alte Sünder, bezahlt die Zeche."

Zum ersten Mal musste er zum Schluss kommen, einen Fehler begangen zu haben, als er beschloss eine junge französische und auch noch hübsche Gouvernante einzustellen. Um wie vieles besser wäre es gewesen, eine Lehrerin aus der Umgebung zu nehmen, besser noch einen Mann, mit dem er am Abend zumindest hätte Schach spielen können, anstatt derartige Gespräche zu führen.

Je mehr er darüber nachdachte, desto mehr ärgerte er sich. In die Falle, genau, in eine Falle hatte ihn der einfältige und unschuldige Sohn manövriert.

Und sie hatte ihn ganz offensichtlich verführt. Da war er sich sicher.

Wer weiß, was sie sich im Gegenzug erwartete, und während er das dachte, sah er wieder ihre Augen, mit diesem seltsamen Ausdruck der Standhaftigkeit, vermischt mit einer Art Anklage. Er erinnerte sich an ihre ersten Worte: Die mit der Wirklichkeit konfrontierten Frauen, Opfer ... nicht gerade Opfer, er erinnerte sich nicht mehr recht, wie sie die Frauen definiert hatte, nur den letzten Teil: die Männer sind nicht gezwungen, die Folgen zu tragen. Alles falsch. Was war denn das hier dann? Er war zur Verantwortung gezogen worden, obwohl ihn keinerlei Schuld traf. Doch irgendwie, wenn auch nur sehr undeutlich, fühlte er eine gewisse Verantwortung dieser jungen Frau gegenüber. Sein Sohn hatte sie in diese Lage gebracht und sich aus dem Staub gemacht. Er, als reifer Mann, als Familienvater konnte sie nicht mit diesem Problem alleine lassen. Beunruhigt erhob er sich und ging auf sein Zimmer.

Wie sie richtigerweise gesagt hatte, hätte sich an diesem Abend eh' nichts mehr richten lassen.

VI

Eigenartigerweise träumte er in jener Nacht von seiner Frau. Als er erwachte, erinnerte er sich nicht mehr, in welchem Zusammenhang, doch er wusste, dass er von ihr geträumt hatte. Er blieb lange im Bett. In all den Jahren des Zusammenlebens und auch nach ihrem Tod, hatte er nie von seiner Frau geträumt. Was hatte das für eine Bewandtnis? Warum träumte er jetzt von ihr? Welche Bedeutung konnte das haben? Träume waren für ihn nie wichtig gewesen; er träumte selten und vergaß sofort. „Nur die Frauen dichten etwas hinein", dachte er, „sie haben nichts Besseres zu tun, als Träumereien nachzuhängen." Er verstand nicht, warum er sich über eine derartige Nichtigkeit Gedanken machte. Als er hinunterging, um zu frühstücken, war Toni bereits zur Schule gegangen und die Gouvernante wegen der alltäglichen Obliegenheiten unterwegs.

Er trank seinen Kaffee, spürte eine Schwere im Kopf, im ganzen Körper; er hoffte sich eine Grippe geholt zu haben. Die hätte ihn für eine gewisse Zeit außer Gefecht gesetzt. Ja, diese Geschichte der Gouvernante beschäftigte ihn über Gebühr, und es handelte sich dabei um keine Einbildung.

Einen Rat. Er musste sich Rat bei jemandem holen.

Die Kaffeetasse noch in der Hand, stand er auf, bereit das Haus zu verlassen; der Pfarrer, das war ein Mensch, der ihm immer sympathisch gewesen war. Einmal ist er zu ihm gegangen, um sich mit ihm zu besprechen, wie er mit Toni verfahren sollte, der in die italienische Schule ging, und auf Deutsch weder lesen noch schreiben konnte. Er hatte ihn gebeten, ihm einige Deutschstunden zu geben, alleine. Er wusste, dass im Widum Deutschkurse für die Kinder gehalten wurden, doch wollte er ihn nicht mit den anderen zusammen wissen. Er wusste, sollten sie von den Carabinieri erwischt werden, würde auch er als Vater und Vormund unter die Räder kommen.

Eine halbe Stunde später saß er im Pfarrhaus vor einer weiteren Tasse Kaffee und plauderte mit dem Pfarrer über Gott und die Welt. Um Zeit zu gewinnen. Allerdings gaben die sich überschlagenden Ereignisse im restlichen Europa Anlass genug zu unendlichen Diskussionen.

Eine Atempause nützend, ergriff Herr Pichler das Wort, den Tonfall seiner Stimme ändernd: »Ich habe Sie aufgesucht, weil ich Ihren Rat in einer Familienangelegenheit brauche. Es ist überflüssig, Ihnen zu sagen, wie wichtig es ist, dass sie so lange als möglich Stillschweigen bewahren.«

Der Pfarrer spitzte die Ohren. »Ich denke, dass dies der richtige Ort ist; die Kirche Gottes ist die verschwiegenste Zuhörerin ... und weiß die Geheimnisse des Nächsten, sagen wir von Amts wegen zu hüten. Überflüssig Ihnen das zu sagen, reden Sie wie in der Beichte. Wenn ich Ihnen helfen kann, ich stehe zu Ihrer vollen Verfügung.«

Herr Pichler fühlte sich plötzlich unsicher. Er hatte die Neugierde des Prälaten bemerkt, ein einfacher Mann guten Gemüts, immer offen für die spirituellen und manchmal auch materiellen Bedürfnisse seiner Schützlinge, ein wenig roh, ohne die offene Weltanschauung, die hingegen er sich im Laufe der Jahre seiner Auslandsreisen angeeignet zu haben glaubte.

Er holte sehr weit aus, das heißt, bei der Notwendigkeit, die Söhne aufs Internat zu schicken, damit sie eine höhere Schule besuchen konnten; dass er ihnen nicht immer nahe sein konnte, und sie deshalb nicht nach den von der christlichen Moral diktierten Grundsätzen erziehen könne ... und an diesem Punkt wurde ihm bewusst, dass er alles etwas straffen musste. Er verließ den breiten Weg und nahm eine Abkürzung, direkt auf des Pudels Kern zusteuernd: er sprach vom vergangenen Sommer, von der Schwäche des zum ersten Mal verliebten Jungen.

Der Priester unterbrach ihn gleich ziemlich grob: »Spielt die Frau eine Rolle, die in Ihrem Haus lebt? Ich habe sie nie im Gottesdienst gesehen, und ... sie hat nie gebeichtet.«

Herr Pichler nickte. »Genau so ist es, und jetzt erwartet sie ein Kind.«

Nun, da die Katze aus dem Sack war, atmete er befreit auf.

Der Pfarrer nahm das Kreuz, das an einer Kette auf seiner Brust hing, küsste es und bekreuzigte sich. »Eine Todsünde, Gott bewahre.«

Es war nicht klar, wer von den beiden die Todsünde begangen hatte, doch keiner der zwei Männer hegte einen Zweifel.

»Das also sind die Tatsachen. Wie Sie wissen, ist mein Sohn in Rom beim Militärdienst und weiß von nichts. Gestern Abend erst habe ich von dieser Angelegenheit erfahren.« Er schwieg.

Auch der Pfarrer verfiel in ein langes Schweigen. Es schien, als bete er um Rat von oben.

»Da geht es um eine unschuldige Seele, man darf das nicht vergessen. Auch die Frucht einer Sünderin hat eine unschuldige Seele. Unsere Aufgabe ist es, das werdende Leben zu schützen und seine Seele zu retten.«

Er starrte ihn an. Dachte er vielleicht, Herr Pichler habe die Absicht, sich des Ungeborenen zu entledigen?

»Das ist klar. Das Kind ... sicher. Aber mein Sohn ist gerade einmal zwanzig. Ich kann ihn nicht zur Heirat zwingen ...«

»Nicht Ihren Sohn, es ist nicht notwendig, dass Ihr Sohn sie heiratet, aber man muss eine für alle ehrenvolle Lösung finden.«

»Deshalb bin ich zu Ihnen gekommen, ich brauche Ihren Rat.«

Der Pfarrer seufzte. Heilige Einfalt! Alle dachten, er habe eine Lösung für die Probleme der ganzen Welt, während nur er wusste, wie schwer es war, auch nur einen einzigen guten Rat zu erteilen. Das Risiko lag allein auf seiner Seite. Mittlerweile wusste er, dass die Hand Gottes nicht immer auf seinen Ratschlägen ruhte. Oftmals genügte eine kleine Unachtsamkeit vom Höchsten, ein abschweifender Blick vielleicht, um etwas Wichtigeres zu erretten, und sein Rat, mit den besten Absichten dieser Welt erteilt, verwandelte sich in Unheil. Und er hatte eine Menge diesbezüglicher Beispiele. Gott sprach nicht immer durch seinen Mund, davon war er inzwischen überzeugt.

»Das Beste wäre, einen braven Menschen zu finden, der bereit wäre sich zu opfern; um dem Kind seinen Namen zu geben; die Mutter wird dankbar sein müssen, das versteht sich von selbst. Haben Sie mit ihr darüber gesprochen?«

»In Wirklichkeit habe ich nicht an eine solche Lösung gedacht ... auch weil es sich im Grunde um mein Blut, um das Blut meiner Familie handelt!«

Er wusste, dass er log. In Wirklichkeit hatte er wohl an diese Möglichkeit gedacht und sie wegen ihrer Undurchführbarkeit gleich wieder verworfen. Außerdem war dem Pfarrer nicht bewusst, was für eine Art Frau diese Gouvernante war: ihr irgendeinen Mann vorschlagen, dem sie hätte dankbar sein müssen? Reine Utopie!

»Und außerdem, Hochwürden, vergessen Sie, dass sich die Zeiten geändert haben. Glauben Sie wirklich, dass es heutzutage einen Mann gibt, der bereit ist, für die Glorie des Herrn eine Frau, sagen wir in außergewöhnlichen Umständen, zu heiraten? Und welche Ehe soll dabei herauskommen? Und ... und die Frau! Wir befinden uns im zwanzigsten Jahrhundert, das darf man nicht vergessen, und auch die Frauen haben das Recht zu entscheiden, zu wählen ...«

»Eine Frau, die sich, wie Sie sagen, in besonderen Umständen befindet, hat, glaube ich, keinerlei Recht zu wählen. Ihre Wahl hat sie bereits getroffen, gegen die Moral, den Glauben in Christus ... und schuldig vor sich selbst, vor allem aber dem Ungeborenen gegenüber; soll sie einen vaterlosen Bastard zur Welt bringen? Hat diese Frau die Folgen bedacht?«

Der Pfarrer war in Fahrt geraten und glaubte offenbar sich auf der Kanzel zu befinden, während er eine Predigt über das sechste Gebot hielt.

Herr Pichler hob die Hand, um ihn zu unterbrechen. Er hatte nicht mit einer derartigen Reaktion gerechnet. Jetzt wurde ihm klar, dass er in Wirklichkeit selbst nicht wusste, was er sich erwartet hatte. Diese Angelegenheit konnte nicht von einem Pfarrer gelöst werden. Die Idee, sich an ihn zu wenden, war ein Fehler gewesen. Wann hatte sich der gute Mann jemals mit der Notwendigkeit konfrontiert gesehen, gegen das sechste Gebot verstoßen zu müssen? Er schaute ihn an und sah ihn, wie ein Mann einen anderen Mann sieht, ohne Talar. Er war alt, mager, vom sexuellen Gesichtspunkt aus gesehen verwelkt, mit dem resignierten Blick von jemandem, der es gewohnt war, zu verzichten, auf vieles, und von unterschiedlichster Art. Ein Leben lang.

»Ich werde zusehen, die Situation auf ehrenvolle Weise für alle zu lösen, und ... sollte es notwendig sein, werde ich mich erneut an Sie wenden, Hochwürden.« Und er verabschiedete sich.

Verheiraten, er musste einen Ehemann für Sie finden, irgendeinen.

Leicht gesagt.

Er ging nach Hause, sonderbare Gedanken wälzend, die ihn überraschten, ihn irritierten, über alle Maßen beunruhigten.

Zu Hause kam ihm Louise entgegen und es war wie ein Blitz. Wie viel Licht hatte diese Frau in sein Leben gebracht, wie viel Harmonie und Eleganz. Und wie viel Ruhe. Zum ersten Mal genoss er es, zu Hause zu bleiben; er fühlte sich in seinen eigenen vier Wänden empfangen wie nie zuvor.

Bis vor wenigen Jahren war es das Haus seiner Frau gewesen, und er ein zeitweiliger Gast. So hatte ihn seine Gemahlin behandelt, die bald nach der Hochzeit nur auf den Augenblick wartete, dass er sich entfernte, verreiste, in ferne Länder. Eine freudlose Frau, enttäuscht, voller Wehmut, zurückgezogen in eine hoffnungslose Einsamkeit, immer und immer wieder von den kleinen Dingen des Alltags aufgesogen, wie schon als Mädchen. Er begriff es in diesem Augenblick, wegen der Art mit der ihm Louise entgegenkam, ein Lächeln auf den Lippen, die Körperhaltung freundlichen Empfang ausdrückend und etwas, das er nicht zu erklären gewusst hätte, das er aber mit großer Deutlichkeit fühlte: hier war er nicht nur der Hausherr, hier war er auch willkommen!

In diesem präzisen Augenblick beschloss er, dass er sie heiraten würde, die Louise, und dass er sie immer bei sich behalten würde, sie und das Kind.

Deshalb also hatte er von seiner Frau geträumt. Ein Zeichen, vielleicht eine Botschaft für ihn, die er bis zu diesem Augenblick nicht verstanden hatte.

Jetzt hing alles von ihm ab, von seiner Überzeugungskraft und, warum nicht, auch von seiner Verführungskunst.

Das war es gewesen, was ihn auf dem Weg beunruhigt hatte: Louise zu verlieren, sie irgendeinem Idioten zu geben, der bereit war, sie zu heiraten. Denn trotz der vorhin vor dem Pfarrer gehegten Zweifel, konnte er nicht glauben, dass sich auch nur ein einziger Mann geweigert hätte, eine Frau wie Louise, wenn auch in besonderen Umständen, zu heiraten. Es wäre nicht das erste Mal gewesen, er wusste es. Vor allem unter den Bauern maß man die Moral mit einem ziemlich elastischen Maß, und die Heirat hatte nichts mit einem galanten Abenteuer zu tun. Er hatte seine Erfahrungen. Und er dachte an seine Frau, von der er gerade in dieser Nacht geträumt hatte. Hatte er sie aus Liebe geheiratet? Wie viele zusätzliche Interessen waren mit der Tochter des Barons verbunden? Wäre sie nicht die Tochter des Barons gewesen, hätte er sie vielleicht gar nicht einmal wahrgenommen. Eine ziemlich harte Schlussfolgerung, wenn man bedachte, dass er drei Söhne mit dieser Frau hatte, ohne die zu berücksichtigen, die im Kindesalter oder bereits vor der Geburt gestorben waren. Aber hatte das Zeugen von Kindern etwas mit Liebe zu tun?

Von diesem Gedanken getroffen, hielt er an der Türschwelle inne, und er fühlte, wie sich ein Knoten in ihm löste: schließlich hatte ihm diese farblose Frau ein einigermaßen ruhiges Leben gesichert, hatte ihm drei Kinder geschenkt, ein Haus, Besitzungen, eine Position in der Gesellschaft. Zum ersten Mal spürte er ein Gefühl der Dankbarkeit ihr gegenüber.

Er verließ noch einmal das Haus und ging auf den Friedhof. Im Dorf sollten sie an ihn als einen guten, immer noch trauernden Ehemann voller Respekt vor der Mutter seiner Kinder denken; sie würden ihm seinen nächsten Schritt eher verzeihen. Es genügte ein Paar neugieriger Augen, und innerhalb weniger Minuten würden alle von seiner Anwesenheit auf dem Friedhof Kenntnis erhalten.

Erleichtert seine Pflicht erfüllt zu haben – flüchtig hatte er ein Weiblein Wasser zum Gießen eines Grabes auf der anderen Seite des Friedhofs holen sehen, aber das genügte – ging er hinaus und stieg die Stufen hinunter, schön in der Mitte, damit ihn alle sehen konnten.

Beim Mittagessen war er außergewöhnlich nett zu Toni und der Gouvernante und brachte den Rest des Nachmittags damit zu, alle Möglichkeiten und die notwendigen Vorkehrungen zu studieren, um sein Vorhaben genau zu planen. Er fühlte sich um zehn Jahre verjüngt. Eine Frau zu verführen war nie ein Problem für ihn gewesen. Er hatte großes Vertrauen in sich selbst. Er zählte auf die eigene Erfahrung und weit mehr noch auf die jeder Frau angeborene Schwäche, die er sehr gut kannte. Davon war er überzeugt.

Während er an den Eroberungsplänen feilte, fühlte er vielleicht zum ersten Mal seine tiefe Verachtung für die Frauen, für die Frauen im Allgemeinen: treulose, wankelmütige Kreaturen, immer bereit nur an den eigenen Vorteil und die eigene Sicherheit zu denken. Trotz ihrer Abhängigkeit, ihrer Zerbrechlichkeit, erreichen die Frauen immer was sie wollen, mit oder ohne Emanzipation. Seit sich die Erde dreht. Die Männer immer hinterdrein, in Wirklichkeit Sklaven dieser schwächlichen Geschöpfe. Denn trotz allem sind sie schwach!

Je mehr er nachdachte, desto mehr irritierte es ihn.

Sicher, er hätte auch eine emanzipierte Frau wie Louise untergekriegt, sie wäre nicht die erste dieser Gattung gewesen, die er verführte. Die positive Seite der Emanzipation der Frauen ist, so dachte er, dass es am Ende keine Vorhaltungen, kein Heulen, keine Erpressungen gab. Das war es, warum Louise Franz nicht schrieb. Sie erwartete sich nichts von ihm. Sie hatten sich in dem Moment getrennt, als er abfuhr.

Also gut, beschloss er, also werde ich der sein, der Louise heiratet, um die Ehre meines Sohnes zu retten ... und um nicht eine gute Gouvernante zu verlieren!

Am Abend, nach dem Abendbrot, schritt er zum Angriff. Bevor er die Pfeife anzündete, fragte er Louise, die dieses Mal ohne Aufforderung mitgekommen war, mit großer Freundlichkeit, ob sie der Rauch störe.

»Nein. Sie können ruhig rauchen. Im Gegenteil, den Pfeifenrauch rieche ich sehr gerne.«

Sie schlug das Buch auf, das sie mitgebracht hatte. Hatte sie etwas gemerkt? Spürte sie, dass ein anderer Wind wehte? Den ganzen Tag über war das Verhalten des Herrn Pichlers sonderbar gewesen, es war, als hätte er beschlossen, eine andere Seite seines Charakters zu zeigen, jene verführerische, die er den Damen der gehobenen Gesellschaft vorbehielt; die wenigen Male, die sie ihn in Gesellschaft anderer Frauen beobachtet hatte, hatte sie bemerkt, wie er sich veränderte, wie anders seine Augen leuchteten, die weiche, verlockende Stimme, der ganze, beinahe völlig vornüber gebeugte Körper, genau so, wie damals, als er sie vom Bahnhof abgeholt hatte. Welche Absichten hatte er? Was führte er im Schilde? Sie ging in Deckung, bereit jeden Angriff abzuwehren.

Herr Pichler fühlte, dass sie sofort in die Defensive ging, und fragte sich, was er falsch gemacht hatte. Es würde nicht leicht werden, diese Festung zu erobern. Er verstand es sofort und war irritiert. Seinem Sohn hatte ein einziger Tag genügt, um in ihr Bett zu kriechen, und nun spielte sie mit ihm die Zimperliche.

Louise beugte den Kopf über das Buch, entschlossen mit der Lektüre des Romans fortzufahren, die sie, wer weiß wie viele Tage zuvor, unterbrochen hatte. Jetzt versuchte sie sich zu konzentrieren, auch weil sie keinerlei Lust hatte, mit ihm weiter zu diskutieren, wie sie die eigenen Probleme lösen sollte. Hatte sie doch bereits begriffen, dass von dieser Seite nur Kritiken und Erwägungen, nur dazu gut, sein eigenes Gewissen zu beruhigen, kamen.

»Heute habe ich viel über diese ganze Angelegenheit nachgedacht und bin zum Schluss gekommen, dass einer von uns, ich meine jemand von der Familie ... kurz und gut, dass es angebracht ist, dass einer von uns seine Verantwortung übernimmt, auch um zu zeigen, dass eine Frau in keinem Fall mit den Folgen allein gelassen werden darf ...«

Er wusste nicht weiter, auch weil Louise den Blick zu ihm erhoben hatte. Jetzt beobachtete sie ihn, neugierig geworden und überrascht. Was war denn das für eine Rede? Sie ließ das Buch in den Schoß sinken und öffnete den Mund, um etwas zu sagen, musste es sich aber anders überlegt haben, da sie ihn wieder schloss, ohne zu sprechen. „Das schon ist eine Neuigkeit", dachte sie. „Worauf will er hinaus?"

»Fräulein Louise, ich bitte Sie, helfen Sie mir, kommen Sie mir entgegen ...«

»Ich wüsste nicht, wie ich Ihnen entgegenkommen könnte. Ich verstehe auch nicht, wie jemand aus der Familie ... nein, wahrlich, ich verstehe nicht, was Sie sagen wollen.«

Herr Pichler merkte, dass er falsch angefangen, den Karren vor die Pferde gespannt hatte; jetzt wusste er nicht, wie er fortfahren sollte.

»Ich möchte nur sagen, dass ich bereit bin, die ganze Verantwortung an Stelle meines Sohnes zu übernehmen. Dass ich bereit bin, das Kind anzuerkennen, ihm unseren Namen zu geben ... und was sonst noch dazu gehört.«

»Das heißt, sie denken daran, das Kind als das Ihre anzuerkennen? Habe ich recht verstanden?«

»Sie haben recht verstanden. Ich erkenne ihn als meinen Sohn an und werde ihn erziehen, wie ich meine Kinder erzogen habe, ohne Unterschied.«

Jetzt sah er sie an, als wolle er sagen: „Das hast du nicht erwartet, nicht wahr? Ich kann ein großherziger Mann sein, großzügig, offen, ohne Vorurteile ..."

Endlich fühlte er sich zum ersten Mal seit Tagen wirklich wohl in seiner Haut. Er hatte eine Mordsfigur gemacht, so, dass der emanzipierten Frau nun die Worte fehlten. Ein wahrer Triumph.

»Und der Name der Mutter wird verschwiegen? Und das Kind wird in diesem Haus aufwachsen, mit Ihnen ... ohne mich, ohne Mutter?«

Da erwuchsen also weitere Schwierigkeiten.

»Sicher wird es in diesem Haus aufwachsen, und mit Ihnen, nicht nur mit mir, ein Kind braucht vor allem die Mutter. Glauben Sie, ich wüsste das nicht? Und die Geburtsurkunde ... ich werde sehen, wie ich auch diese Angelegenheit regeln kann. Ich werde mit dem Pfarrer reden. Er wird mich zu beraten wissen.«

»Erwarten Sie von mir, dass ich mich Ihnen an den Hals werfe und vielleicht noch vor Freude jube? Was erwarten Sie von mir?«

Louise musste zugeben, dass sie noch nicht an eine ähnliche Lösung gedacht hatte und jetzt wusste sie nicht, wie sie reagieren sollte. Doch eigenartigerweise fühlte sie sich bedroht.

»Ach, die Frauen! Sie denken gleich, dass ich Dankbarkeit erwarte und wer weiß welche anderen Dienste. Ich habe nur gesagt, dass ich es für meine Pflicht halte, Verantwortung zu übernehmen und ... Schluss, ohne Dank und ohne Freudensprünge.«

Wer weiß, warum er sich ärgerte, und das Wohlgefühl verschwand. „Dieses Weib ist wahrlich ein harter Knochen", dachte er und hätte am liebsten die Tür aufgerissen und wäre gegangen. Wenn es im Dorf nur einen einzigen Ort gegeben hätte, wo man ungestört einige Stunden hätte verbringen können, er wäre gleich fortgegangen, doch wollte er sich nicht im einzigen Gasthaus neben einen Säufer setzen, der mit den Händen auf den Tisch haut und mit versoffener Stimme herumgrölt.

Um auf andere Gedanken zu kommen, schaltete er das Radio ein. Die Nachrichten waren fast zu Ende, alles schien zur Normalität zurückgekehrt zu sein, die Tatsache ausgenommen, dass die Russen Leopoli besetzt hatten. Es schien eine nebensächliche Nachricht zu sein, doch Louise fuhr plötzlich hoch: »Lemberg. Die Russen haben Lemberg besetzt«, und sie sank wieder in ihren Sessel zurück.

Herr Pichler sah sie erstaunt an. Er wusste von Lemberg, hatte während des Großen Krieges manchen Kameraden davon reden hören, und als er Leopoli hörte, begriff er nicht, dass es sich um dieselbe Stadt in Galizien handelte, einem

Teil des ehemaligen österreichisch-ungarischen Kaiser-reichs.

»Sie kennen Lemberg? Dieses Judennest?«

Louise erbleichte. »Ich bin dort geboren. Mein Vater war gerade dort Garnisonsoffizier, und meine Mutter war aus Lemberg. Sie starb als ich zwei war und mein Vater brachte mich nach Wien, zu einer verheirateten Schwester. Dann brach der Krieg aus, und ich sah ihn nicht wieder. Ich kann mich nicht an Lemberg erinnern, doch leben noch alle Verwandten meiner Mutter dort.«

»Das wusste ich nicht. Es tut mir Leid. Unter den Russen werden sie es nicht leicht haben.« Und nachdenklich zündete er die Pfeife an. Lemberg war voller Juden, das wussten alle, und wenn nun Louises Mutter ...? Er sah sie an und suchte gewisse typische Merkmale dieser Menschen: die Nase, die Gesichtsform, die Augen, die Linie der Augenbrauen, die Haarfarbe. Gewiss, sie hatte dunkle Haare, aber wie viele Frauen hatten dunkle Haare, obwohl sie keine Jüdinnen waren. Und der Rest ... nun, er hätte es nicht sagen können.

Louise schlug das Buch wieder auf. Sie konnte sich nicht konzentrieren. Sie konnte nicht weiterlesen, als wäre nichts geschehen. Sie war beunruhigt: erst diese plötzliche Wandlung des Herrn Pichler, die sie sich wirklich nicht erwartet hatte, dann diese Nachricht aus Lemberg, die sie in eine weit entfernte, völlig vergessene Vergangenheit führte. Sie hatte den Eindruck, als würde die Welt in ihren Grundfesten erschüttert: Lemberg vielleicht zerstört, ihre Leute gewiss in einem Konzentrationslager, die Nachrichten waren bis zu ihr vorgedrungen, und dieser Mann, fähig sie mit Gesten äußerster Großzügigkeit zu überraschen ... aber handelte es sich wirklich um Großzügigkeit?

Und diese eindeutige Reaktion auf die Lemberger Juden.

VII

Einige Tage später erfuhren sie von der schweren Bombardierung Warschaus: die Stadt wurde auf Hitlers Anordnung dem Erdboden gleich gemacht. Am 27. und 28. September, zwei Tage und zwei Nächte hintereinander, und eine große Stadt, reich an Geschichte und Menschen, war ein Trümmerhaufen.

»Na denn, ein weiteres Judennest zerstört; auf der einen Seite Hitler, auf der anderen die Russen ... ich glaube, dass die Stunde der Befreiung Europas von der Judenpest geschlagen hat«, triumphierte Herr Pichler. Louise erhob sich ganz bleich aus dem Lehnstuhl, und zog sich, auf ein plötzliches Unwohlsein hinweisend, auf ihr Zimmer zurück.

Tags darauf schien sie ein Schatten ihrer selbst zu sein, abwesend, verängstigt, beinahe so, als würde sie aus der Nähe bedroht. Sie sagte, sie habe starke Magenschmerzen, während ein ständiges Gefühl der Übelkeit sie hinderte irgendetwas zu sich zu nehmen. Sie hatte ein kränkliches Aussehen und schleppte sich ruhelos von einem Zimmer ins andere. Herr Pichler schlug ihr vor, mit ihm nach Sterzing zu fahren, wo sie vom Gemeindearzt hätte untersucht werden können, der sie beraten und ihr möglicherweise mit einer Arznei hätte helfen können. Louise wollte sich nicht von der Stelle rühren. Der Gedanke, sich auf den Weg zu machen, auch wenn es sich nur um etwa zehn Kilometer handelte, versetzte sie in Aufregung.

Doch die Angst, die sie beherrschte, hatte andere Ursachen: seit sie vom Fall Lembergs erfahren hatte, hatte sie jenes Gefühl der Sicherheit verloren, das sie in all den Monaten ihres Aufenthalts in Gossensaß begleitet hatte. Mehr noch hatte ihr aber der Kommentar des Herrn Pichler die Augen geöffnet.

Jetzt begriff sie, dass selbst im hintersten Winkel der Welt sich niemand seinem Schicksal entziehen konnte. Ein uralter Urteilsspruch über ihr Volk, eine grundlose Verfolgung, der man sich unmöglich zu entziehen vermochte. Ein ewiger Fluch, ewig wie die menschliche Ungerechtigkeit.

In jener Nacht erwachte sie mit sehr starken Schmerzen; sie merkte, dass sie zwischen ihren Schenkeln nass war. Sie verlor Blut. Sie erhob sich schwerfällig und weckte die Dienstmagd, die im Nebenzimmer schlief, eine Frau, zu der sie vom ersten Tag an kein gutes Verhältnis gehabt hatte. Seit ihrer Ankunft hatte sich diese in der Tat entthront gefühlt, und akzeptierte es weiterhin nicht, von ihr Anordnungen entgegenzunehmen. Louise zahlte es ihr ihrerseits mit gleicher Münze heim. Sie fand sie grob, dumm, geschwätzig und schon einmal hatte sie versucht sich ihrer zu entledigen, um sie durch eine andere Frau, irgendeine Frau, zu ersetzen, die in jedem Fall besser als diese gewesen wäre. Doch der Hausherr hatte sich widersetzt. Es handelte sich um das alte Dienstmädchen seiner Gemahlin, und ihre Entlassung hätte eine Menge unnötiges Geschwätz verursacht.

Nun kostete es sie nicht wenig, sie zu rufen, doch die Schmerzen waren unerträglich, sie brauchte Hilfe.

»Was gibt's? Warum wecken Sie mich mitten in der Nacht?«

Louise konnte beinahe nicht sprechen. Sie hätte Gott weiß was dafür gegeben, sich nicht an sie wenden, und vor allem nicht gestehen zu müssen, dass sie schwanger war. Sie wusste, dass tags darauf das ganze Dorf sich nicht ohne eine gewisse Genugtuung die große Neuigkeit zuflüstern würde. Die Menschen im Ort hatten sie nie als eine der ihren akzeptiert. Nach beinahe einem Jahr, sahen sie sie immer noch als Fremde an, als eine, die es von, wer weiß wo, dahergeschneit hatte, um in der Villa des Barons die Herrin zu spielen. Immer noch war die Erinnerung an den alten Hausherrn vor allem bei den Älteren im Dorf lebendig geblieben, und auch die Villa hatte ihren Beinamen behalten. Louise wurde beobachtet und wegen allem, was sie tat oder unterließ, kritisiert, und alle hatten bemerkt, dass sie nie in die Kirche ging, nie an den Prozessionen teilnahm, dass sie, wenn sie aus dem Haus ging, das nur tat, um zum Bahnhof zu gehen, wo sie den Zug nach Brixen oder Sterzing bestieg, weil sie in Gossensaß nichts fand, was ihrem Geschmack entsprach. Man beobachtete ihre Abfahrten und Ankünfte und wusste sogar, was sie eingekauft hatte. Und jetzt diese Neuigkeit!

Louise bat sie den Hausherrn zu rufen, denn sie wagte es in diesem Zustand nicht, die Treppe hinunterzusteigen.

»Warum gehen Sie nicht selbst? Ich bin doch nicht Ihr Dienstmädchen ... mich mitten in der Nacht wegen so was zu wecken!«

Erst jetzt bemerkte sie, dass das Nachthemd der Gouvernante blutbefleckt war und begriff. Sie stand widerwillig auf, ging hinunter, weckte den Gärtner, und schickte ihn ins Dorf um die Alte, die es gewohnt war, den Frauen im Ort in solchen Situationen zu helfen.

»Herr Pichler wird es früh genug erfahren. Ein Mann ist in solchen Dingen nur im Wege.« Und sie ging, warmes Wasser zu besorgen.

Am nächsten Morgen stand Louise nicht auf.

Herr Pichler kam beinahe schüchtern auf ihr Zimmer, er habe gehört, dass ihr nicht wohl sei, so habe die Dienstmagd gesagt, und er wolle wissen, ob sie etwas brauche.

»Ich habe es verloren ... mein Kind, es war ein Bub. Ich habe ihn heute Nacht verloren. Er hat nicht auf diese Welt kommen wollen ... auf eine Welt voller Feinde«, flüsterte sie mit derart schwacher Stimme, dass Herr Pichler sich zu ihr hinunterbücken musste, um sie zu verstehen.

»Sagen Sie das nicht, das ist nicht recht. Ich hatte ihn akzeptiert ... ich wäre ihm nie ein Feind gewesen. Wie können

Sie so etwas denken? Ich verstehe, Sie sind erschüttert, aber ich bitte Sie trotzdem ...«

Er wusste nicht, wie weiter. Louise schloss die Augen, wünschte sich zutiefst tot zu sein, nie auf die Welt gekommen zu sein.

»Ruhen Sie sich jetzt aus. Inzwischen lasse ich den Arzt aus Sterzing holen. Es ist notwendig, dass Sie eine kompetente Person untersucht.«

Völlig durcheinander verließ er das Zimmer.

So hatte sich das Problem schließlich gelöst, konnte er sich nicht verkneifen zu denken. Er hatte sogar Mitleid mit der Frau, wegen der erduldeten Schmerzen, doch musste er zum Schluss kommen, dass es so besser für alle war. Auch für sie. Die Natur hatte vorgesehen und alles wieder ins Lot gerückt.

Den ganzen Tag über hatte er ihr bleiches Gesicht vor Augen, den ausdruckslosen Blick, die schmalen Hände, die sich nervös an die Bettdecke klammerten.

Der Arzt hatte ausrichten lassen, dass er am nächsten Tag kommen werde. Er war zu sehr mit seinen eigenen Patienten beschäftigt.

Herr Pichler befürchtete indiskrete Fragen. Andererseits war es gar nicht nötig zu fragen, wer denn der Vater sei; er war der einzig Verantwortliche, niemand sonst, das wäre die Meinung des ganzen Dorfes gewesen, und sicherlich auch des Arztes. Ein Gedanke, der ihn übrigens überhaupt nicht störte. In seinem Alter wäre er mehr denn je imstande gewesen eine Frau zu schwängern, wenn er nur gewollt hätte.

Er kümmerte sich darum, dass der Kranken eine kräftige Brühe gebracht wurde, und ließ dafür ein schönes Huhn schlachten, die Entrüstung der Magd einfach ignorierend, die niemals eine derartige Köstlichkeit für eine zubereitet hätte, die sie als ihresgleichen ansah. Dann besuchte er sie, um zu erfahren, ob sie sich zu erholen beginne, und um sie diskret zu fragen, ob die Blutung aufgehört habe.

Louise bedankte sich für die Brühe, die sie nicht hinuntergebracht hatte. Sie sagte, dass sie so bald als möglich aufstehen werde, doch ihre Stimme klang müde, ohne jene Kraft, die ihn immer fasziniert hatte. Sie schien nicht bloß das Kind sondern auch den Lebenswillen verloren zu haben.

Er überraschte sich selbst mit einem Satz, der ihm über die Lippen rutschte, ohne dass er rechtzeitig einhalten hätte können: »Auf, auf, nur Mut ... Sie werden sehen, Sie werden noch viele Kinder haben ...«

Louise zog die Augenbrauen zusammen und schaute ihn fragend an. Was wollte er damit sagen ... viele Kinder?

Bis zu jenem Augenblick hatte sie sich verboten nachzudenken. Sie hatte all die Stunden im Halbschlaf zugebracht, im Versuch, die Erinnerung an diese furchtbare Nacht zu verscheuchen, an diese Alte, die wortlos ihre Schenkel gespreizt und rücksichtslos in ihrer tiefsten Intimität herumgewerkelt hatte. Und am Ende dieser Satz: „Also, meine Schöne, jetzt bist du von deiner Last befreit. Bezahlen kannst du später."

Und sie ist mit der blutigen „Last" eingewickelt in ein Handtuch, gegangen: ihr Kind. Wohin wird sie es geworfen haben? Und bei diesem Gedanken hatte sie sich übergeben müssen.

»Für Menschen wie mich, ist es besser keine Kinder zu haben.«

Sie schloss die Augen, und er begriff, dass sie allein sein wollte.

Herr Pichler,
ich fühle, dass ich an einem Punkt angelangt bin, da ... (der Satz war durchgestrichen. Der ganze Brief war mit Bleistift geschrieben).

Verzeihen Sie mir, ich will von vorne beginnen, doch fehlt mir die Kraft, erneut aufzustehen, um ein neues Blatt Papier zu holen.

Ich bin verwirrt und fühle mich sehr schwach. Ich weiß nicht, ob ich es schaffen werde, diesen Brief zu Ende zu schreiben. Ich fühle aber, dass ich Ihnen schreiben muss und hoffe, dass Sie die Geduld aufbringen werden, ihn zu lesen.

Ich bin auf der Suche nach einem Unterschlupf hierhergekommen, doch diesen Sommer habe ich mich in eine Geschichte hineinziehen lassen, die ich von Anfang an hätte meiden sollen. Jetzt hat sich diese Angelegenheit erledigt, und mit ihr endet auch mein Leben. Ich weiß es und bin dankbar dafür.

Ach, ich weiß nicht, wie fortfahren, doch will ich, dass Sie den wahren Grund kennen, der mich hierher geführt hat, an diesen verlassenen Ort in den Bergen. Jetzt weiß ich, dass es keinen Ort auf Erden gibt, wo man sich verstecken kann; man kann dem eigenen Schicksal nicht entfliehen, und mein Schicksal, so wie das Schicksal meines ganzen Volkes ist es, Opfer eines göttlichen Gesetzes zu sein, das vor ungefähr zweitausend Jahren festgeschrieben worden ist. Wir sind dazu verdammt verfolgt und gedemütigt zu werden, um Asyl zu betteln, den Rest der Menschheit um Erlaubnis zu bitten, leben zu dürfen.

Ich wollte aber nicht davon schreiben. Verzeihen Sie, Herr Pichler, ich nehme an, Sie glauben, dass das der Wahn einer Sterbenden ist. Vielleicht deliriere ich, ich fühle das Fieber und habe Schwierigkeiten, diese wenigen Worte zu Papier zu bringen, doch werde ich nach niemandem rufen. Erst jetzt verstehe ich, dass dies meine große Gelegenheit ist: in einem Bett zu sterben, würdevoll, wie ein menschliches Wesen, ohne Ansehen des Glaubens und der Rasse. Ja, ich habe das Wort Rasse verwendet. Leider hat die Welt vergessen, dass wir alle derselben Menschenrasse angehören, wie Einstein einmal erklärt hat.

Beginnen Sie zu verstehen, wen Sie für ungefähr zehn Monate unter Ihrem Dach beherbergt haben? Wer an Ihrem Tisch gegessen, wer Ihren lieben Toni umsorgt hat? Sagen Sie ihm, dass ich ihn vom ersten Tag an geliebt habe, dass er mich nicht vergessen soll, zumindest er nicht. Heute ist er gekommen, für wenige Minuten ... der liebe Bub.

Hätten Sie mich in Ihrem Haus aufgenommen, wenn Sie von meiner Herkunft gewusst hätten? Ich muss sagen, dass ich es bezweifle, trotz aller Zeichen der Großzügigkeit der letzten Tage; doch Sie wussten ja nichts von meiner Zugehörigkeit zu der von Ihnen so verachteten Rasse.

Der Brief endete an dieser Stelle. Am nächsten Tag fand ihn die Hausmagd.

Louise war bereits kalt.

Zu Weihnachten kam Franz kurz auf Urlaub, auch um am Referendum, beziehungsweise an der Option teilzunehmen, bei dem die Südtiroler aufgerufen waren zu entscheiden, ob sie bei Italien bleiben oder eine neue Heimat im Dritten Reich suchen wollten: Mussolini, in Absprache mit Hitler, dachte, auf diese Weise das Südtirolproblem zu lösen.

Die ganze Familie Pichler optierte für Deutschland. Trotz der Vergütungsvereinbarungen für Optanten, die beschlossen hatten Italien zu verlassen, fiel die Villa und der gesamte Rest der Besitzungen – in Wirklichkeit ziemlich zusammengeschrumpft im Vergleich zu früher – 1941 an das Ente Nazionale per le Tre Venezie.

Die Familie Pichler ließ sich in Österreich nieder und Franz reiste ab, an die Ostfront.

Ein Tag in Bozen

Nie hätte sie sich in einer so weit nördlich gelegenen Stadt wie Bozen eine derartige Hitze erwartet. Andererseits hatte sie bereits früh morgens auf dem Bahnhof von Florenz die ersten Vorwarnungen gespürt, und die Fahrt war ein Auf und Ab zwischen heiß und kalt, da die Klimaanlage die Fahrgäste wohl zum Narren halten wollte. Jetzt, während sie aus dem Zug stieg, hatte sie das Gefühl, als würde sie endgültig in einen Backofen steigen. Sie blieb unter dem Vordach auf dem Bahnsteig stehen, bereits erschöpft, hatte die beiden schweren Koffer und eine Reisetasche mühevoll neben sich aufgestapelt, und suchte mit ihren Blicken jemanden, der ihr behilflich sein konnte. Im Nu hatte sich der kleine Haufen Reisende verflüchtigt, der Zug war weitergefahren, und sie stand alleine da, auf einem menschenleeren Bahnsteig, auf einem Bahnhof, der sie ihrem Schicksal zu überlassen schien.

»Gepäckträger, Träger«, rief sie mit schriller Stimme.

Zwei Polizeibeamte auf der anderen Seite der Geleise blieben stehen, um sich eine Zigarette anzuzünden. Miranda rief sie.

»Entschuldigung, können Sie mir einen Träger schicken?«, und aus ihrem Akzent hörte man ihre Herkunft heraus, da sie alles mit deutlicher Aspiration in der Stimme aussprach, jeden Konsonanten behauchend, bei dem es etwas zu behauchen gab, so wie es nur eine Toskanerin kann. Die beiden Männer sahen sie teilnahmslos an, zuckten mit den Schultern. Sie gaben ihr ein abschlägiges Zeichen, ohne sich überhaupt umzusehen, wussten sie doch, dass es da keine Gepäckträger gab.

»Und was mache ich dann?« Alleine hätte sie diese beiden Koffer keinen Meter schleppen können, und da war ja auch noch die Treppe zur Unterführung.

Nachdem sie einen Blick in beide Richtungen geworfen hatten, überquerten die beiden Beamten die Geleise, die sie von der Frau trennten und näherten sich ihr.

Miranda dachte: „Guter Gott, auch die Polizisten haben ein Herz!"

Ohne ein Wort nahmen sie die Koffer und gingen denselben Weg zurück, bedeuteten ihr aber, ihnen nicht zu folgen, sie solle die Unterführung nehmen. Miranda ließ es sich nicht zwei Mal sagen, nahm die große Tasche und hastete die Treppe hinunter, um auf der gegenüberliegenden Seite wieder hinaufzusteigen. Hier traf sie die beiden Beamten mit ihren Koffern wieder.

»Wo wollen Sie hin ...?«, sagte einer der beiden, ziemlich gelangweilt.

Ist das etwa der Bozener Akzent? Kommt mir eher wie der aus dem Veneto vor, dachte Miranda.

»Ich möchte die Koffer in die Gepäckaufbewahrung geben und ... danke, Sie sind wirklich sehr freundlich.«

Die beiden Männer gingen, miteinander einig, in die dem Ausgang entgegengesetzte Richtung, und gaben die beiden Koffer am Empfangsschalter der Gepäckaufbewahrung ab. Miranda bedankte sich noch einmal, und die Polizisten, nachdem sie mit den Fingerspitzen an die Mütze getippt hatten, entfernten sich, während sie irgendetwas murmelten, was ein Gruß sein konnte. Für diesen Tag konnten sie ihr Gewissen im Reinen wähnen: mit wenig, mit sehr wenig Aufwand hatten sie ihren Auftrag erfüllt, „Dienst" an den Bürgern zu tun, so wie das Gesetz es befahl.

Miranda ging schließlich auf den Bahnhofsplatz hinaus. Auch da eine Affenhitze, Autos, einige Autobusse, wenig Menschen auf der Straße. „Es ist Mittagszeit", dachte sie, „und niemand ist so verrückt, bei dieser Hitze ins Freie zu gehen." Sie spürte ein Zwicken im Magen: Hunger. Sie spürte oft den Biss des Hungers, vor allem, wenn sie aufgeregt war und sie war fast immer aufgeregt. Sie war aber auch hungrig, wenn sie glücklich war, die wenigen Male, wo ihr das passierte und auch, wenn sie ruhig war, und, schlussendlich, bei jeder Gelegenheit. Sie hatte immer Hunger! Zum Glück konnte sie essen so viel sie wollte. Sie war in der Tat gertenschlank, oder besser so wie jemand, der schon lange aufgehört hatte sich zu ernähren. Wer sie kannte, konnte deshalb eine gewisse Überraschung nicht verbergen, wenn man sie Unmengen an Essbarem verschlingen sah, die jeden gewöhnlichen Sterblichen in Schwierigkeiten gebracht hätten, und sie dann mit dem Figürchen verglich, an dem nirgendwo ein Gramm Fleisch mehr dran war, als notwendig.

»Wo steckst du das ganze Zeug nur hin?«

»Ich bin halt eine verkappte Dicke«, sagte sie dann, wie um sich zu entschuldigen, auch, weil sie sich inzwischen an das Staunen gewöhnt hatte, das sie bei anderen hervorrief.

»Du Glückliche, du kannst es dir erlauben!«, war immer die Antwort, vor allem der Frauen, meist Sklavinnen der neuesten Diät, die das Verschwinden einiger überflüssiger Kilo in wenigen Wochen versprach.

Angesichts der ständigen Nervosität und des frenetischen Aktivismus', die sie in ihrem Leben begleiteten, verbrauchte sie eine Unmenge an Kalorien. Sie aber war überzeugt, einen Bandwurm zu haben, auch, weil sie, wenn sie nicht aß, richtige Magenkrämpfe bekam. Nie aber ist sie zum Arzt gegangen.

»Und woher sollte ich die Zeit dazu nehmen? Was kann mir der Arzt denn sagen? Es ist doch keine Krankheit, Hunger zu haben.«

Sie machte sich auf die Suche nach einem Restaurant.

Sie überquerte den Bahnhofsplatz und ging eine von Bäumen gesäumte Straße entlang, zu beiden Seiten Rasen und Sträucher, bis sie auf einen großen Platz mit einer Statue in der Mitte kam. Zu ihrer Rechten sah sie eine Art Garten, oder besser gesagt eine Reihe großer Tontöpfe mit kümmerlichen Bäumchen, die die Tische eines Restaurants zu verdecken versuchten. Ohne zu überlegen ging sie auf diese Straßenseite, trat unter eine Laube und sah sich um. Alle Tische waren besetzt. Sie beschloss ins Restaurant hineinzugehen und befand sich auf einem Schlag in einem Lokal, in dem die Zeit seit mindestens fünfzig Jahren stehen geblieben zu sein schien. Schwere Vorhänge bedeckten die großen Fenster, dicke, staubige Teppiche dämpften die Schritte, dunkle, schwere Möbel, große Lehnsessel mit rotem Samt bezogen, Lampen, die ein schummriges Licht verbreiteten: eine atemraubende Atmosphäre ganz wie am Ende des vorigen Jahrhunderts. Für einen Augenblick hatte sie den Eindruck, sich im falschen Film zu befinden.

„Wo bin ich nur gelandet?", fragte sie sich, mit dem Gedanken spielend, den Rückzug anzutreten. Ein älterer Kellner im Frack, ziemlich müde und schlecht beieinander, kam ihr zeremoniös entgegen und fragte, ob er ihr helfen könne. Er sprach Italienisch mit einem eigenartigen Akzent, den sie im ersten Moment nicht einordnen konnte. Ein bisschen wie ein Fremder, einer aus Deutschland, überlegte sie einen Augenblick, sie hatte ihre Erfahrungen.

Sie sagte, beinahe als wolle sie sich entschuldigen, sie wolle zu Mittag essen. Der Kellner begleitete sie in einen Speisesaal im Hause, auch dieser im Halbdunkel, wo sie einige festlich gedeckte Tische mit weißen Tischdecken sah, die bis auf den Boden reichten, Kristallgläser, Silberbesteck und frische Blumensträußchen, was sie über die Maßen erstaunte. Ihr erster Gedanke war, um einen Tisch im Freien unter der Laube zu bitten, vielleicht war da noch einer frei, den sie nicht bemerkt hatte, dann dachte sie an die Hitze und zog es vor drinnen zu bleiben, wo irgendwo auch noch ein Ventilator sein musste, da die Luft angenehmer war.

Der Kellner, sehr höflich, war ihr behilflich beim Hinsetzen, indem er einen schweren, gepolsterten Sessel zurechtrückte und ihn ihr genau im richtigen Moment unter ihr kleines Hinterteil schob. Danach fragte er sie mit äußerst zeremoniösem Gehabe, ob sie etwas zu trinken wünsche. Sie sah sich um. Wenige Leute saßen an den Tischen. Es herrschte tiefste Stille, wie in der Kirche, und wenn jemand sprach, dann tat er es im Flüsterton, den Kopf zu seinem Tischnachbarn neigend, um von den anderen nicht gehört zu werden. Sie dachte an die Gasthäuser in der Toskana, wo die Leute mit lauter Stimme frei heraus herumlärmten, ohne Rücksicht auf die anderen Gäste, und fühlte sich in eine fremde Welt versetzt.

Es war ein luxuriöses Essen: eine Vorspeise aus eigenartigen Klößen aus Brot und Käse, mit sehr viel Butter, die ihr der Kellner angeraten und Knödel genannt hatte; Fleisch vom Rost, anders als ihre *Fiorentina*, aber nicht zu verachten, Salat und einen Berg Bratkartoffeln und als großes Finale, ein Stück Apfelstrudel, von einer derartigen Vorzüglichkeit, dass sie gleich eine zweite Portion bestellte.

Zu ihrer großen Überraschung war die Rechnung nicht so hoch, wie sie erwartet hatte, im Gegenteil, wenn sie den Luxus und die Güte der Speisen in Betracht zog, war sie sogar sehr moderat.

Sie stand auf. Der Kellner eilte sofort herbei, um den Stuhl zurück zu ziehen. Er verabschiedete sie mit einer tiefen Verbeugung, die sie in große Verlegenheit brachte. Sie war an derartige Zeremonien nicht gewöhnt. In Pisa wurde sie nicht einmal in den Luxuslokalen mit derartigem Zuvorkommen behandelt. Galanterie der alten Schule? Enrico, ihr Mann, führte früher dasselbe Zeremoniell auf, aber mehr aus Spaß, um darüber zu lachen. Bei diesen inzwischen fernen Erinnerungen seufzte sie. Schon lange gehörten die Zeremonien und das Lachen nur mehr der Vergangenheit an.

Sie trat auf den Platz hinaus. Eine Hitzewelle überfiel sie und betäubte sie beinahe. Und das nur wenige Schritte von den Dolomiten entfernt.

Sie vergaß den Kellner, die Zeremonien und den Ehemann und machte sich auf die Suche nach einer kleinen Pension, zumindest für die erste Zeit, bis sie eine Wohnung, möglichst möbliert, finden würde. Sie würde das ganze Schuljahr über hier bleiben, sie hätte die Beauftragung auch auf das nächste Jahr verlängern lassen können, wenn sie gewollt hätte.

Miranda hatte gebeten von ihrem Arbeitsplatz in Pisa nach Bozen versetzt zu werden. In Pisa war sie geboren und da lebte sie, und seit sie die Universität abgeschlossen hatte, unterrichtete sie da in der Mittelstufe literarische Fächer. Nahe an die vierzig, die ihr kaum anzusehen waren, war sie eine Frau einer ganz besonderen Eleganz, die durch einen Hauch von Extravaganz und Originalität im Stil und der Farbe ihrer Kleidung herausragte, immer jenseits der von der Mode diktierten Konventionen. Sie war ziemlich schmächtig, ein Figürchen wie aus Porzellan, dessen Proportionen häufig über das wahre Potential an Energie und Willensstärke, über das sie verfügte, hinwegtäuschte. Eine Fülle an gewelltem Haar von einem schönen, hellen Rot, dem Kamm und den geschickten Händen eines jeden Friseurs widerspenstig, der es zu zähmen versuchte, umrahmte ein Gesicht, beinahe wie das eines Mädchens oder eines Frettchens, je nach Situation. Grüne Hexenaugen, hatte ihre Mutter gesagt, als sie noch lebte, die eine lebhafte und wache Intelligenz verrieten. Doch wusste sie diesen Ausdruck hinter einer Art duckmäuserischer Passivität zu verbergen, die sie brauchte, um die Welt, die sie umgab, beobachten zu können, so wie es die Katzen machen, wenn sie sich mit gespielter Teilnahmslosigkeit nach dem nächsten Opfer umsehen:

ihre Opfer waren die Gedanken der anderen, die Welt, die sich hinter jeder menschlichen Fassade versteckt.

Eine nicht sehr verbreitete Fähigkeit zur Selbstbeobachtung und ein ehrliches Interesse an ihren Mitmenschen, hoben sie nicht immer auf positive Art von den Arbeitskollegen an ihrer Schule ab.

Sie bemühte sich ernsthaft, vor allem bei den Schülern, die, oberflächlich betrachtet, aus unerklärlichen Gründen besondere Lernschwierigkeiten hatten. Sie glaubte nicht an die angeborene Faulheit der Kinder. Sie war im Gegenteil davon überzeugt, dass der Wunsch zu lernen, das eigene Wissen zu erweitern, der vitale Antrieb, die unwiderstehliche Kraft für das Wachstum und den Fortschritt eines jeden menschlichen Wesens sei. Fehlt dieser Instinkt, behauptete sie, so bedeutet dies, dass ganz am Anfang etwas falsch gelaufen ist, aus Ignoranz oder mangelndem Feingefühl der Mutter oder wer auch immer sich an ihrer Stelle um das Kind gekümmert hat. Häufig aber nur aus Sorglosigkeit oder Unfähigkeit. Und die Kinder sind nicht verantwortlich dafür; wenn schon, dann sind sie die Leidtragenden.

Diese Theorie wurde von ihren Kollegen häufig in Frage gestellt, stärker aber noch von den Eltern ihrer Schüler, die sich nicht eingestehen wollten, Fehler in den allerersten Lebensjahren ihrer Kinder begangen zu haben, Fehler, die laut ihrer Theorie den angeborenen Wissensdurst aller Kinder in Frage stellten. Keiner der Eltern fühlte sich in irgendeiner Weise für die schulischen Misserfolge der eigenen Kinder verantwortlich, im Gegenteil, alle waren sich einig darin, den Lehrern Inkompetenz und Desinteresse in deren Beruf vorzuwerfen. Eine Tatsache war, dass die Schüler ihrer Klassen zu den besten der Schule zählten, nur wenige blieben sitzen und der Notendurchschnitt war, nicht nur in den literarischen Fächern, immer ziemlich hoch. Sie behauptete, dass das vom kontinuierlichen Einsatz abhing, vom Vertrauen und von der Begeisterung, die sie ihren Schülern zu vermitteln imstande war, von der Tatsache, dass sie ihre Lektionen vorbereitete, ohne, trotz der vielen Unterrichtsjahre, je etwas zu improvisieren. Die Auseinandersetzungen mit ihren Kollegen waren mehr oder weniger vorprogrammiert, vor allem, wenn es darum ging, hinsichtlich besonders problematischer Schüler von allen gemeinsam getragene Entscheidungen zu treffen.

Ein Jahr fern von diesem Umfeld, würde ihr gut tun, hatte der Schulleiter im Einvernehmen mit ihr beschlossen, nicht zuletzt, weil in diesem Schuljahr, 1964-1965, in jener fernen italienischen Provinz Lehrer gebraucht wurden. In der Tat war ein Gesetz verabschiedet worden, das den Pflichtschulbesuch auch in Südtirol um drei Jahre verlängerte.

Es gab da aber für diese Versetzung nach Bozen auch einen Grund privater Natur. Vor einiger Zeit hatte ihr Mann gerade in dieser Stadt eine Zweigstelle seines Transportunternehmens eröffnet, und Miranda hatte sich gedacht, dass nach zirka vierzehn Jahren Ehe der Moment gekommen sei, Klarheit in ihre Beziehung zu bringen, indem zuerst einmal begonnen werden sollte, die räumliche Distanz zwischen ihrem Wohnsitz in Pisa und dem von Enrico in Erding in Bayern, dem Hauptsitz des Betriebs, der immer mehr zu seinem ständigen Wohnsitz geworden war, zu verringern.

Eine Annäherung wäre auch für ihre Beziehung hilfreich gewesen, die nicht mehr so stürmisch und leidenschaftlich war, wie in früheren Jahren. Eine neue Kälte, doch mehr noch als Kälte, eine tödliche Gleichgültigkeit, vielleicht auf die vielen trennenden Kilometer zurückzuführen, legte sich über ihre immer sporadischer werdenden Begegnungen, völlig anders als die Freude des Wiedersehens, das Vergnügen des Beisammenseins, die die ersten Jahre ihrer Beziehung gekennzeichnet hatten. Damals kam es mindestens einmal im Monat aber auch öfter vor, dass sie sich auf halbem Weg begegneten, um auch bloß ein Wochenende miteinander zu verbringen. Enrico war voller Aufmerksamkeiten, Zärtlichkeiten und humorvoller Zeremonien für die kleine italienische Ehefrau; er überschüttete sie mit Geschenken und Briefen, die er schrieb, dann aber nicht abschickte, weil er sie ihr persönlich überreichen wollte, wie er sagte. Und er sprach zu ihr über sie, beinahe so, als wolle er ihr den Grund seiner Gefühle für sie erklären. Miranda ließ sich lieben, überwältigt von der unerwarteten Romantik dieses Deutschen, von seinen manchmal übertriebenen Aufmerksamkeiten, einer liebevollen Überschwänglichkeit, die ihre Erwartung oft überstieg, und sie begriff nicht, wie ihr geschah. Sie konnte nicht zwischen lieben und geliebt werden unterscheiden.

Es war wie ein Doppelleben, denn nach jeder Spritztour, nach jedem Treffen, ging das Leben weiter wie bisher, bis zum nächsten dringenden Anruf, dem Aufschrei der Sehnsucht am anderen Ende der Leitung, dem überwältigende, leidenschaftliche Treffen beinahe jenseits alles Irdischen folgten. Danach benötigte sie einige Tage, um wieder in die Wirklichkeit ihres Lebens zurückzufinden. Eher als einen Ehemann, hatte sie den Eindruck einen verbotenen Liebhaber zu haben, obwohl er darauf gedrängt hatte, so schnell wie möglich zu heiraten und zwar mit einer prunkvollen Zeremonie, wie sie prächtiger nicht hätte sein können.

Miranda hatte sich in die Vorbereitungen hineinziehen lassen, trotz der Kontraste zwischen den beiden Familien, stillschweigend auf Seiten der Deutschen, ziemlich lautstark auf der italienischen Seite. Die beiden Mütter hatten diese Beziehung bekämpft, jede aus anderen Gründen. Ihre Mutter wollte die Tochter nicht verlieren, sagte sie, vor allem nicht an einen Deutschen, dem Feind vom Tag zuvor. Für Miranda war vom ersten Augenblick an klar, dass sie nicht nach Deutschland ziehen würde. Außerdem wollte sie nicht die deutsche Staatsbürgerschaft annehmen; auch wenn sie offiziell den Familiennamen des Ehemannes hatte annehmen müssen, ließ sie sich mit ihrem Mädchennamen ansprechen. Die Ausrede war, dass ihr ihre Arbeit in Italien alle Genugtuung und alle Sicherheit gab, die sie brauchte.

Wenn auch ziemlich undeutlich, so spürte sie in Wirklichkeit doch ein gewisses Unbehagen, das eher mit dem Herzen als mit der Vernunft wahrgenommen wurde. Sie verstand in Wirklichkeit nicht, was sie an ihn band. Der liebende, manchmal besessene Überschwang Enricos, diese Art sie zu überrennen, ohne ihr den Raum zum Denken zu lassen, beziehungsweise über ihre Beziehung und insbesondere über ihre eigenen Gefühle nachzudenken, war vor allem dann, wenn sie voneinander entfernt waren, Auslöser der Unruhe. Trotz alledem genügte ein Anruf, um alle Zweifel hinter sich zu lassen und zu ihm zu eilen, sich von einer Art Erregung oder Trunkenheit der Sinne überwältigen zu lassen. Sie wusste nur, dass sie nicht bereit war, sich mit Leib und Seele ein Leben lang einem Mann anzuvertrauen, der bereits damals die ersten Anzeichen eines ziemlich schwierigen, ausgesprochen fremden Charakters in all seinen Äußerungen zeigte, auch Unterschiede kultureller Natur und in den Sitten desorientierten sie.

Mit Enrico, in Wirklichkeit Heinrich, hatte sie nie diskutieren oder streiten können. Er gehörte zu dieser besonderen Generation von Menschen, denen ein autoritäres Regime ein Erziehungssystem aufgezwungen hatte, darin unterstützt von den pseudopädagogischen Büchern der Johanna Haarer[3], Fachärztin für Lungenerkrankungen, die auf kategorische Weise jede Gefühlsäußerung ausschloss: Feinfühligkeit konnte nur einen schwachen und treulosen Charakter hervorbringen. Die Jungen mussten von den ersten Jahren an

---

[3] Johanna Haarer, überzeugte Nationalsozialistin, schrieb ein Buch über die Erziehung des Neugeborenen, *Die Deutsche Mutter und ihr erstes Kind*, das sich an den in *Mein Kampf* dargelegten Prinzipien orientierte, ein Buch, das bis in die achtziger Jahre des letzten Jahrhunderts Millionen deutscher Mütter beeinflusste.

lernen, dass ein richtiger Mann immun gegen jede Art von Schmerz ist (ein typisches Motto jener Zeit: ein Indianer kennt keinen Schmerz), und, wenn ein solcher da ist, muss man auf die Zähne beißen und Mut beweisen. Besser noch, ihn ignorieren. Leiden jeglicher Art, körperlich oder seelisch, mussten als Schwäche angesehen werden, die sich nur Mädchen erlauben konnten. Von klein auf hatte er jede Gemütsbewegung, jedes Gefühl im Keim zu ersticken gelernt, die eigenen Gedanken für sich zu behalten, niemandem zu trauen, nicht einmal den eigenen Eltern oder den engsten Freunden.

Er war in jener besonderen Zeit zwischen den beiden Kriegen voller Unsicherheiten und Umwälzungen der politisch-sozialen Ordnung aufgewachsen, die der Machtergreifung eines autoritären Regimes vorausging, das von der gesamten Bevölkerung lauthals gewünscht wurde. Im Alter von ungefähr zehn Jahren hatte er eine gewisse Normalität kennengelernt: es wurden Autobahnen gebaut, wodurch viele Arbeitslose einen Arbeitsplatz fanden – niemand aber hatte daran gedacht, dass die Verbindungswege im Kriegsfall die Truppenverschiebungen erleichtern würden – und es waren neue Industriezweige subventioniert worden, mit besonderem Augenmerk auf die Schwerindustrie, die Waffenproduktion, womit man wiederum eine große Zahl von Arbeitsplätzen schuf. Auch er nahm wie der Großteil seiner Generation irgendwie eine Mischung von Besorgnis und Euphorie wahr. Unter der Oberfläche dieses neuen Wohlstands, entstanden aus der Erreichung der Vollbeschäftigung, begann sich ein gewisses Unwohlsein auszubreiten, hervorgerufen von der erheblichen Einschränkung der persönlichen Freiheit, immer offensichtlicherer Unterdrückung eines Teils der Bevölkerung, zumeist Dissidenten anderer politischer oder religiöser Zugehörigkeit, die in die gleich in der Nähe der Städte und zur Abschreckung der restlichen Bevölkerung für alle sichtbar errichteten Lager abgeschoben wurden. Von oben wurden präzise Lebensmodelle vorgegeben, gesund, sportlich, gut organisiert und damit unter ständiger Kontrolle. Neue, strenge Anordnungen sahen die Beseitigung eines guten Teils der Studenten aus Rassegründen vor; nur drei Prozent der Betroffenen war der Besuch der Ober- und Hochschulen erlaubt, und das alles vor den Augen aller, damit ein unbestimmtes Gefühl der Angst verbreitend, das von einer sich ausschließlich positiv darstellenden Realität überlagert wurde.

Es war eine Schattenzone entstanden, die aus verschwiegenen Ereignissen bestand, die man zu ignorieren versuchte, aus einem mehr oder weniger beipflichtendem Schweigen, aus einer gewollten Blindheit, die ein gewisses Unwohlsein hervorrief, zu dem sich niemand, selbst in den eigenen vier Wänden, zu äußern wagte.

Man sprach viel zu oft von Krieg, verherrlichte ihn, berauschte sich an der Vorstellung leichter Eroberungen, neuer, den unterworfenen Völkern abgenommener Reichtümer; die Geschichte gab jenen Recht, die diese Jahre in Angst vor einer nahenden Tragödie apokalyptischen Ausmaßes durchlebten.

Obwohl unter einem eindeutig diktatorischen Regime aufgewachsen, hatte sich Miranda im Gegensatz dazu gerade wegen des dem italienischen Volk eigenen Charakters, vor allem aber wegen der Region, in der sie geboren und aufgewachsen war, einen Spielraum an Skepsis bewahrt, der vielleicht auf den kritischen Blick ihrer Familie zurückzuführen war, die den Faschismus, wenn auch nur im familiären Kreis, auf die Schippe nahm. Ein Miteinander von Umständen, die ihr trotz der schweren Zeiten die Bewahrung eines überschwänglichen und extrovertierten Charakters ermöglichten. Ohne zu berücksichtigen, dass sie eben der Kategorie der Mädchen angehörte, der es seit jeher erlaubt war zu schreien, zu weinen, hemmungslos die Beweggründe des eigenen schwachen Wesens zu zeigen.

Und sie liebte es zu diskutieren, zu klären, zu erklären, auf ihre Weise jede kleinste Gemütsschwankung, jede Verspätung oder Unaufmerksamkeit ihres Mannes zu interpretieren.

»Immer deine verdammte Art alles hinunterzuschlucken, mit Scheuklappen vor den Augen und Stöpseln in den Ohren zu leben.« Das war ihr immer häufiger vorgebrachter Vorwurf, nach den ersten Jahren des Dialogs, der Begegnungen, der Auseinandersetzungen und Aussöhnungen.

Sie waren sich im Keller, zu Hause in Pisa, an einem späten Nachmittag im Sommer 1944 begegnet, genau am 3. September, als ihre Mutter sie hinunter geschickt hatte, um die Matratze und andere Sachen nach oben zu holen, die hinuntergebracht worden waren, um dort die Nächte während der Bombardierungen zu verbringen. Am Tag zuvor waren endlich die Alliierten gekommen und der Guerillakrieg der letzten Zeit hatte ein Ende genommen. Nun würden sie wieder in ihren Betten schlafen können, in der Frische der Bettwäsche, wie zivilisierte Menschen. Nach den erduldeten Unbequemlichkeiten, schien es fast nicht wahr zu sein.

Der Keller erhielt durch das kleine Fensterchen Licht, das auf die Straße ging, eine enge Gasse diesseits des Arno, dunkel und besonders im Sommer sehr schwül. Miranda ging nie gerne in jenen Keller, aus Angst vor den Mäusen, die vielleicht Ratten waren: eine war ihr zwischen den Beinen durchgehuscht, eines Nachts, und sie zitterte beim bloßen Gedanken einer erneuten Begegnung. Aus diesem Grund machte sie jedes Mal, wenn sie hinunterging einen Höllenlärm, indem sie die Tür zuschlug und mit den Schuhen und mit dem zu diesem Zweck an die Wand gelehnten Stock auf den Steinstufen trampelte und trommelte, in der Hoffnung mit diesem Lärm diese Bestien zu erschrecken.

An jenem Nachmittag bemerkte sie sofort, dass die Tür nicht wie immer abgeschlossen, sondern nur angelehnt war. Sie dachte, dass jemand vergessen hatte sie richtig abzuschließen, sicher eine ziemlich zerstreute Nachbarin, die sie kannte, und die auch ihre Sachen holen gegangen war. Es war nicht das erste Mal, dass das passierte. Sie stieg die Stufen weiter hinab, einen Treppenabsatz nur, nicht ohne vorher mit dem Stock gegen die Wand geschlagen, an der Tür gerüttelt, mit den Schuhen wie gewöhnlich auf den Stufen getrampelt zu haben. Auf halbem Weg blieb sie stehen: Ein Mann stand mitten im Keller. Im Halbdunkel jener Stunde und wegen des spärlichen Lichts, das durch das kleine Fenster fiel, konnte sie das Gesicht nicht genau erkennen, aber er hatte offensichtlich eine Militäruniform an.

»Wer ... wer seid Ihr ... was wollt Ihr?« Sie hätte schreien wollen, aber aus ihrem Mund kamen nur diese wenigen Worte und eine kreischende Stimme, die sie nicht kannte. Und dann das „Ihr", so typisch faschistisch. Es irritierte sie gleich. Aber die ganze Situation war absurd, ein Alptraum, von der Angst einmal abgesehen, die sie lähmte. Sie bemerkte, dass sie krampfhaft den Stock in der Hand hielt und einen Moment lang dachte sie, dass sie sich verteidigen könnte.

Der Mann räusperte sich; seit einigen Tagen hatte er nicht mehr gesprochen, und er hatte einen Riesendurst, einen ausgetrockneten Hals und Mund und spröde Lippen.

»Wasser, bitte Wasser«, stotterte er.

„Ein Deutscher, oh Gott, ein Deutscher", war der erste Gedanke Mirandas. Sie hatte in der Schule ein wenig Deutsch gelernt, und verstand ihn genau. Sie blieb auf der Treppe stehen, auf halbem Weg zwischen Tür und Keller, um weglaufen zu können. Plötzlich war sie ruhig, Herrin der Lage: dieser Mann erschien ihr nicht gefährlich und brauchte ihre Hilfe, das hatte sie aus dem Ton seiner Stimme herausgehört. Sie überlegte. Um Wasser zu holen, musste sie hinaufgehen, in den zweiten Stock, wo sie mit ihrer Familie lebte. Ihn hier unten alleine lassen. Sie wusste nicht warum, aber das gefiel ihr nicht.

Der Mann wiederholte flehend: »Bitte Wasser!«

»Ich gehe schon, ich geh' ja schon.«

Ohne zu überlegen rannte sie wieder die Treppe hinauf, stürmte in die Wohnung, lief in die Küche und nahm die Wasserflasche, die sie selbst an einem öffentlichen Brunnen gefüllt hatte, da sie schon lange kein fließendes Wasser mehr im Haus hatten. Einen Moment blieb sie mit der Flasche in der Hand stehen: was sollte sie tun? Sie holte ein Glas aus der Kredenz und füllte es.

»Miranda ... was machst du?«

Das war die Mutter im Nebenzimmer, die die hastigen Schritte der Tochter gehört hatte.

»Ich komme gleich, Mama«, und schon eilte sie zur Tür hinaus, darauf achtend, auf der Treppe das Wasser nicht zu verschütten.

Zum Glück begegnete sie niemandem. Was hätte sie antworten sollen, hätte sie jemand gefragt, was sie mit einem Glas Wasser auf der Treppe mache?

Im Keller hatte sich der Mann nicht von der Stelle gerührt, stand immer noch da, mitten im Raum, den Rücken dem Fenster zugewandt, damit man sein Gesicht nicht erkennen konnte. Von der letzten Stufe aus reichte ihm Miranda das Glas, das er sofort nahm und mit einem Schluck lehrte. „Mein lieber Schwan, was für ein Durst", dachte sie und bereute, nur ein Glas und nicht die ganze Flasche mitgenommen zu haben.

»Danke ... noch Wasser, bitte.«

Miranda dachte: „Moment mal, ich renne nicht noch einmal die Treppe hinauf und herunter, ohne seine Absichten zu kennen ..."

»Was wollen hier … Krieg ist aus!« „Das also ist das Resultat meines ganzen Deutschstudiums", dachte sie gleich, „was für ein Deutsch ist denn das?"

»Der Krieg ist aus, Gott sei Dank!«, wiederholte der Mann. Man bemerkte die Erleichterung in seiner Stimme: der Krieg war aus, zumindest in diesem Teil der Welt.

Erst jetzt bemerkte Miranda, dass der Mann eine Maschinenpistole in der Hand hielt; im Halbdunkel hatte sie nichts gesehen, oder vielleicht hatte sie die Angst und die Überraschung dieses so wichtige Detail übersehen lassen. Es war klar, dass er sich bis zuletzt verteidigt hätte, so sagte er Jahre später, anstatt sich zu ergeben und von den Partisanen erschießen zu lassen. Er senkte die Waffe und machte einige Schritte auf das Mädchen zu. Miranda fühlte sich in Gefahr und wich zurück, einige Stufen hochsteigend.

»Halt, dort bleiben … sonst schreien.«

Der Soldat blieb stehen und wiederholte: »Bitte … noch Wasser und Hose und Hemd. Ich gehe dann fort. Ich tue nichts, ich will nur weg von hier.«

Miranda begriff, nahm das Glas, das ihr der Soldat entgegenhielt, eilte wieder die Treppe hinauf, hastig überlegend, wie sie das Problem lösen könnte, ohne die ganze Familie zu alarmieren.

Ein deutscher Soldat im Keller, wiederholte sie, ein deutscher Soldat im Keller. Ein Alptraum.

Jetzt trat sie geräuschlos ein, ging vorsichtig ins Zimmer der Eltern, suchte ein Hemd und eine Hose des Vaters und dachte, „hoffentlich stimmt die Größe" und eilte wieder die Treppe hinunter. Auf halbem Weg bemerkte sie, dass sie das Wasser vergessen hatte. Das leere Glas hatte sie irgendwo im Zimmer der Eltern stehen lassen. Es war nur ein Augenblick. Dann beschloss sie, es sein zu lassen. Sie kam mit keuchendem Atem in den Keller.

Er war noch dort, wie angewurzelt mitten im Raum. Sie reichte ihm die Sachen, nachdem sie geflüstert hatte: »Ich komme wieder mit Wasser.«

Sie rannte wieder hoch. „Zum dritten Mal diese Treppe … ich krieg noch Asthma!"

»Miranda, was ist los mit dir? Wie lange brauchst du, die Sachen hochzubringen?«

»Ich geh schon, ich gehe ja; ich habe den Kellerschlüssel vergessen.«

Sie nahm die Wasserflasche und stieg wieder die Treppe hinab, diesmal mit normalem Schritt. Vor lauter Eile, war sie in Atemnot geraten.

Die Kellertür war offen, der Mann war verschwunden. Sie spürte sofort, dass er verschwunden war. Sie musste dazu nicht einmal nachsehen. Sie setzte sich auf die letzte Stufe, die Flasche neben sich und versuchte ihre Gedanken zu ordnen. „Wann hatte er sich hier versteckt? Letzte Nacht. Vielleicht im Morgengrauen, als niemand mehr hier war. Wie war er hereingekommen? Haben wir in dem Durcheinander das Haustor offen gelassen … aber das konnte nicht sein. Vielleicht hat er es aufgebrochen. Mein Gott … und wenn ihn jemand entdeckt hat?" Sie zitterte für ihn; bis vor wenigen Stunden noch der so gefürchtete und gehasste Feind, während er jetzt nur mehr ein hilfsbedürftiges menschliches Wesen war.

Warum überkamen sie gerade an diesem Tag so viele Erinnerungen?

Sie blieb einen Moment auf dem Platz stehen und versuchte sich zu orientieren, sie kehrte um, und sah am Ende der Allee den Bahnhof.

Sie versuchte eine immer noch derart gegenwärtige Vergangenheit abzuschütteln und ging in diese Richtung. Vor den Stufen, die zum Nebeneingang des Bahnhofs hinaufführten, eben jenem, wo sich die Gepäckaufbewahrung befindet, sah sie das Hinweisschild eines trotz des vornehmen Namens ziemlich bescheidenen Gasthofs. Sie trat ein. Die Rezeption war sehr primitiv: ein Empfangsschalter zur Rechten, gleich hinter der Tür und alles zusammen ziemlich vernachlässigt; der Teppich abgetreten, die Polstersessel mit rotem Plastik überzogen, zwei mehr als abgenutzte Tischchen in der kleinen Bar zur Linken, staubige Papierblumen und die Atmosphäre einer abgewirtschafteten, längst vergangenen Zeit.

Sie verlangte nach einem Zimmer. Eine junge Frau, mit demselben eigenartigen Akzent des Kellners von vorhin fragte: »Für wie viele Tage?«

Miranda erklärte, dass sie in Bozen eine Wohnung suche und alles davon abhinge. Einen Tag, eine Woche, sie könne es nicht sagen. Es wurde ihr ein Mansardenzimmer zu einem sehr bescheidenen Preis angeboten, das sie, ohne zu diskutieren, akzeptierte. Dann ging sie mit einem Angestellten die Koffer holen. Sie mussten nur die Straße überqueren.

Jetzt war sie frei, einen Rundgang zu machen und die Stadt kennenzulernen. Sie wartete aber, dass sich die Luft ein wenig abkühlte, legte sich aufs Bett und starrte die Holzdecke an, wo sie einige seit langem von ihren Schöpfern vergessene Spinnweben sehen konnte: keine auch nur ein klein wenig vernünftige Spinne hätte das Risiko eingehen wollen, sich in einer derart staubigen Falle zu verfangen. Sie schlief eine halbe Stunde, ohne es zu merken, wegen der Hitze aber auch wegen der Müdigkeit. An diesem Tag war sie sehr früh aufgestanden, um den Zug zu besteigen, der sie von Pisa, über Florenz hierher nach Bozen bringen sollte. Sie verließ schließlich das Hotel, nachdem sie das Nötigste aus ihrer Reisetasche genommen hatte.

Sie ging wieder auf den Platz. Den Weg dorthin kannte sie inzwischen. Sie wollte wissen, wie er hieß, um zumindest einen Orientierungspunkt zu haben: Walther-Platz und sah sich um, auf der Suche nach einem Zeitschriftenladen. Sie entdeckte einen auf der anderen Seite des Platzes, ging hinein und fragte nach Zeitungen mit Immobilienanzeigen. Sie erhielt zwei, *Alto Adige* in italienischer Sprache und *Dolomiten* auf Deutsch. Sie hatte keine Probleme mit den beiden Sprachen. Sie kaufte auch einen Stadtplan, um sich zurechtzufinden.

Sie beschloss einen Kaffee zu trinken, während sie einen Blick in die Zeitungen warf. Dieses Mal fand sie ein freies Tischchen unter der Laube des Restaurants, in dem sie zu Mittag gegessen hatte. Es hieß Greif. Es war noch immer heiß, aber man konnte zumindest atmen.

Sie sah sich gleich die Immobilienanzeigen an, sah einige Angebote, die für sie in Frage kommen konnten. Venedigerstraße, der Name gefiel ihr. Venedig. Was hatte diese Lagunenstadt mitten in den Bergen zu suchen?

Sie fragte den Kellner, der ihr den Kaffee brachte, ob er die Venedigerstraße kenne, und ob er ihr den kürzesten Fußweg dorthin beschreiben könne. Er schien zu überlegen, bevor er antwortete. »Ich glaube, es ist eine dieser Straßen jenseits des Flusses. Sie müssen zuerst über die Brücke ... dann fragen Sie.«

Zumindest wies er ihr die Richtung, die sie einschlagen musste, um zur Brücke zu gelangen.

Vor allem einmal wollte sie die Straße sehen, um die Distanz zwischen Wohnung und Schule abzuschätzen und erst dann würde sie anrufen. Für sie war es wichtig, in der Nähe der Schule zu wohnen, denn sie tat sich schwer, früh aufzustehen, ein kurzer Weg wäre da hilfreich, auch um die Hetzerei am Morgen zu vermeiden; ihre Vespa hatte sie in Pisa gelassen, und jetzt dachte sie daran, sich für die erste Zeit hier ein Fahrrad zu besorgen.

Zum ersten Mal entfernte sie sich aus ihrer Geburtsstadt, wo sie jede Straße, jedes Haus, jede Gasse kannte. Das war bis zu diesem Augenblick der Ort ihrer Sicherheit. Dort fühlte sie sich geborgen, angenommen, geliebt. Jener Boden gehörte ihr, jene Gehsteige, jene Brücken, jener Fluss. Alles gehörte ihr. Gewiss, sie hatte Reisen gemacht, hatte andere Städte kennengelernt, aber sie wusste, dass es nur für kurze Zeit war, dass sie in jedem Fall nach Hause zurückkehren würde, dass ihre Wurzeln anderswo waren, wie die Vögel, die an entfernte Orte ziehen, aber ganz unbewusst wissen, dass ihr Nest immer dort sein wird, wo sie es verlassen haben und wohin sie zurückkehren werden, selbst wenn sie tausende Kilometer in einem zermürbenden Flug zurücklegen müssen.

Der Entschluss, Pisa für ein ganzes Schuljahr zu verlassen, war in einem Moment der existenziellen Krise gefallen. Nach dem Tod der Mutter, war sie mit dem Vater alleine geblieben, einem schweigsamen Mann, mit dem zu kommunizieren sie sich immer schwer getan hatte. Enrico ließ in immer länger werdenden Abständen von sich hören, in seiner Stimme schwang eine gewisse Unduldsamkeit mit, und sie, die sich in der Liebe dieses Mannes gewiegt hatte, der sie auch aus der Ferne Wärme und auch Sicherheit spüren ließ, fühlte sich jetzt verlassen. Sie verstand nicht, warum sie mit einer gewissen Unruhe an ihre Zukunft dachte, ohne Kinder und ohne Mann: die Kinder kamen nicht und ihr fehlten sie nicht, vielleicht weil sie in der Schule buchstäblich von zu vielen Kindern umgeben war; ihr Mann war fern geblieben, entfernte sich immer mehr. In all den Jahren hatte sie nie ihre eigenen Gefühle hinterfragt: sie hatte sich beinahe aus Zufall und ohne sich sehr anzustrengen in einer Beziehung wiedergefunden, die von sich aus faszinierend und ziemlich exotisch war. Mit einem Fremden verheiratet, von dem sie den größten Teil des Jahres getrennt lebte, der immer bereit war lange Reisen zu unternehmen, um mit ihr zusammen zu sein, schien es, als sei er seit einiger Zeit ihrer überdrüssig geworden. Und gerade jetzt überfiel sie eine unbegreifliche Sehnsucht, ein körperliches Verlangen nach diesem Deutschen, von dem sie sich lange Zeit hatte lieben lassen, gerade so als hätte es ihr zugestanden, in Wirklichkeit aber war sie nicht reif gewesen für eine derartige Beziehung.

Außerdem hatte sie in letzter Zeit begonnen den Vater zu beobachten, und dachte dabei an die Beziehung zwischen ihren Eltern, um vielleicht eine Parallele zur eigenen Ehe zu finden. Sie entdecke dabei zu ihrer großen Überraschung, dass der Charakter ihres Vaters eine gewisse Ähnlichkeit mit dem Enricos zeigte: auch er schweigsam, ungeduldig, mit plötzlichen und ungerechtfertigten Wutausbrüchen, die sie als Kind verwirrt hatten; die Eheszenen gar nicht berücksichtigt, mit all den Vorwürfen der Mutter, bestimmter Fehler der Vergangenheit wegen... wegen längst vergangener Geschichten...

Diese Versetzung in die Nähe, wenn auch nur in eine relative Nähe zu Enrico, sollte ein Versuch der Emanzipation von den familiären Vorbildern sein, aber auch eine Bewusstwerdung der eigenen emotionalen Unreife und Unzulänglichkeit. Das Leben ändern, in der Hoffnung größeres Verantwortungsbewusstsein zu erwerben, eine neue Vision des Selbst und ihrer Beziehung zu Enrico, das war es, was sie zu diesem großen Abenteuer getrieben hatte.

Würde sie ihr Vorhaben verwirklichen können?

Zwanzig Minuten später suchte sie immer noch die Brücke über den Fluss. Vielleicht war sie etwas zerstreut vom Nachdenken über ihre derzeitige Lage. Sie fragte jemanden nach der Venedigerstraße. Niemand schien sie zu kennen. Sie beschloss auf dem Stadtplan nachzusehen und begann sich zu orientieren.

Endlich sah sie die Drususbrücke, eine grandiose Brücke, in einem erbärmlichen Zustand, nach offensichtlich faschistischem Geschmack erbaut. Eine Anzahl von Adlern hoch oben auf jedem Pfeiler, Verzierungen mit Rutenbündeln … sie konnte nicht anders, als sich zu wundern. Sie ging die Drususstraße weiter und siehe da, zu ihrer Rechten die Straße, die sie suchte. Sie bog in die Straße ein und sah sich die Villen an, die sich nicht sehr voneinander unterschieden, alle in einem vagen venezianischen Stil gehalten. Sie gefielen ihr gleich. Sie rief die in der Anzeige angegebene Nummer an, und vereinbarte für den nächsten Tag, im Laufe des Vormittags einen Termin. Von dort aus ging sie sofort zur Schule: wenige Minuten, genau das, was sie wollte.

Zufrieden kehrte sie ins Zentrum zurück.

Sie bemerkte, dass die Überquerung der Brücke bedeutete, in eine andere Stadt zu wechseln, in das sogenannte historische Zentrum, aber um welche Geschichte handelte es sich? Sicher nicht um die italienische, das sah man an der Architektur der Wohnhäuser, die sie irgendwie an ein vom Krieg verschontes bayrisches Städtchen erinnerten; man sah es an den ziemlich antiquierten Läden, vor allem aber an den Gesichtern der Passanten, mit den sehr wenig italienisch anmutenden somatischen Zügen. Auch ihre Art sich zu kleiden, beinahe eine traditionelle Tracht, überraschte sie. Sie bemerkte etwas Berglerisches, jedenfalls aber Provinzielles, trotz der Stadt; in Pisa, aber auch in anderen italienischen Provinzstädten, würde man auf den Straßen niemals auf solche Art gekleideten Menschen begegnen.

Sie wurde neugierig und nahm sich vor einige Bücher zu kaufen, die die Gebräuche und Sitten der Südtiroler erklären, und auch ein wenig ihre Geschichte. Sie hatte nur eine ungefähre Vorstellung, wie Italien nach dem Ersten Weltkrieg seine Grenzen bis an den Brenner ausgedehnt hatte.

Auf Italienisch gab es wenig, Gedrucktes schien es vor allem für Touristen zu geben. Die Buchhandlung hatte aber eine große Abteilung von Büchern in deutscher Sprache, was sie über alle Maßen wunderte: sie verstand nicht, für wen diese Bücher sein sollten, etwa für deutsche Touristen? Sie ließ sich von der Verkäuferin beraten, die ein Italienisch mit demselben Akzent sprach, der ihr schon bei ihrer Ankunft aufgefallen war, und erklärte, was sie interessierte.

Bei den deutschen Büchern hatte sie die Qual der Wahl.

Ganz besonders beeindruckte sie der Titel eines dicken Bandes, den ihr die Verkäuferin wärmstens empfahl, *Im Kampf gegen Rom*: Warum im Kampf gegen Rom? Wer war da im Kampf gegen Rom? Sie fragte, und es erschien ihr ganz natürlich, die Frage auf Deutsch zu stellen, ob es denn eine Übersetzung ins Italienisch gebe. Das etwas zu dicke Buch entmutigte sie ein wenig, auch wenn sie mittlerweile seit Jahren gewohnt war, deutsche Literatur in der Originalsprache zu lesen. Die Verkäuferin lächelte und änderte sofort ihr Verhalten. Sie sagte, dass eine Übersetzung angekündigt worden sei, sie wisse aber nicht, wann sie zum Verkauf angeboten werden würde.

Sie kam mit drei Büchern aus dem Laden, froh am Abend etwas zum Lesen zu haben. Während sie durch die Stadt schlenderte, dachte sie darüber nach, wie die Verkäuferin ihr Verhalten in dem Moment geändert hatte, als sie Deutsch zu ihr gesprochen hatte. Sie verstand den Grund nicht.

Sie dachte daran ihren Mann anzurufen und sah sich um, auf der Suche nach einer Telefonzelle. Mit ihm sprach sie Italienisch, wenn sie in Italien waren, Deutsch, wenn sie auf Besuch bei seinen Eltern in Erding war.

Miranda hatte sehr gut Deutsch gelernt. Seit den Fünfzigerjahren sprach sie es mittlerweile fließend, seit er nach Pisa zurückgekehrt war, und vor ihrem Haustor, wer weiß wie viele Stunden, auf sie gewartet hatte. Genau am 3. September 1950.

Beim Nachhausekommen hatte sie einen Mann vor ihrem Haustor auf- und abgehen sehen. Plötzlich war er stehen geblieben, um sie aufmerksam zu beobachten, und wie sie angefangen hatte in ihrer Handtasche zu kramen, um den Schlüssel zu suchen, hatte er sich ihr genähert und gleich darauf erklang eine tiefe, eher schon heisere Stimme in ihrem Rücken, eine Stimme, die sie sofort wiedererkannt hatte, auch wenn sie nicht wusste, wie sie sie identifizieren sollte: »Bitte Wasser!«

Sie hatte sich blitzschnell und ziemlich erschrocken umgedreht. Nein. Sie kannte ihn nicht. Aber die Stimme und diese Worte hallten in ihr wieder, beinahe als hätte sie in all den Jahren auf nichts anderes gewartet.

Er fügte sofort auf Italienisch, mit einem starken deutschen Akzent hinzu: »Tre settembre millenovecentoquarantaquattro. Bitte Wasser!«

Sie hatte in dem finsteren Keller sein Gesicht nicht wirklich gesehen. Sie kannte nur die Stimme und die hätte sie unter tausenden wiedererkannt.

So als sei nichts dabei, war er also sechs Jahre später zurückgekommen. Er hatte einen Strauß roter Rosen hinter dem Rücken hervorgeholt und mit einer manierlichen Verbeugung hatte er gesagt: »Questo per lei, die sind für Sie, con molte grazie.«

Dann hatte er sie in einem Mischmasch aus Deutsch und Italienisch gebeten, ein paar Schritte mit ihm den Fluss entlang zu laufen, oder wo immer sie wolle.

Miranda war verdutzt. Bis zu diesem Augenblick hatte sie noch kein einziges Wort gesagt, hatte ihn nur angestarrt, um endlich das Gesicht dieses seltsamen Individuums zu sehen, das damals, ohne sich zu bedanken, verschwunden war, nur die Wehrmachtsuniform und die Maschinenpistole mitsamt der ganzen Munition zurücklassend.

Im ersten Moment war sie mit ihrer Wasserflasche neben der Kellertür stehen geblieben, dann hatte sie über das Schlamassel nachgedacht, in das sie sich da gestürzt hatte.

107

Sie beschloss zumindest die Kleider zu eliminieren und die Maschinenpistole dort zu lassen, weil sie nicht einmal den Mut hatte sie vom Fußboden aufzuheben. Am Tag danach war die italienische Polizei mit einem amerikanischen Soldaten gekommen. Es folgten Fragen über Fragen, und kurz und bündig eine Hausdurchsuchung auch bei ihnen. Es hatte eine Anzeige eines Wohnungsnachbarn gegeben, der die Maschinenpistole entdeckt hatte. Miranda hatte die Uniform des deutschen Soldaten in einem alten Fass im Keller versteckt. Niemand war auf den Gedanken gekommen da hineinzuschauen, nur die Kisten wurden durchsucht, während ihr Herz wie verrückt schlug. Als wieder Ruhe eingekehrt war, hatte sie diese Sachen zusammengerafft, hatte ein Bündel geschnürt, um es wegzuwerfen. Wohin? Es schien die einfachste Sache der Welt, doch war sie durch die ganze Stadt geirrt, um einen verborgenen Winkel zu suchen, besser noch eine finstere Gasse. Doch so wie sie sich anschickte das verfluchte Bündel fallen zu lassen, tauchte jemand wie aus dem Nichts auf und beobachtete sie argwöhnisch, beinahe so, als ob sie die Absicht hätte eine Bombe zu legen. Einer der beängstigendsten Tage ihres Lebens, der eine Unzahl von nächtlichen Alpträumen verursacht hatte. Ohne die Beunruhigung der Mutter zu bedenken, die die Kleider ihres Mannes nicht mehr finden konnte. Erst einige Wochen später hatte sie den Mut aufgebracht, die Wahrheit zu beichten, bereit die Schelte zu erdulden, die darauf folgen musste.

Und nun stand er seelenruhig da und wollte mit ihr einen Spaziergang den Fluss entlang machen. Sie gingen zur Uferpromenade. Es war in der Abenddämmerung, eine magische Stunde für die Stadt Pisa: der Arno präsentierte sich von seiner romantischsten Seite; der leicht bewölkte Himmel war vom Rot der letzten Sonnenstrahlen des zu Ende gehenden Sommers gestreift. Das Wasser floss träge, von kurzen Lichtstrahlen durchfurcht, eine Spiegelung, beinahe ein Indiz für den Tag, der kommen würde. Sie gingen einige Stunden lang auf und ab, ohne das Schauspiel auch nur zu bemerken, das stufenweise Erlöschen des Tages und das Angehen der Straßenlampen.

So lernte sie ihn kennen, ihn und seine Geschichte: er war desertiert, auf der Suche nach einem Kloster, in dem er Unterschlupf zu finden hoffte. Und er fand sowohl das eine wie das andere. Dort hatte er dem Prior erklärt, dass er desertiert sei, weil er nie in diesen Krieg hatte ziehen wollen. Er hatte ihm auch gesagt, dass er immer gegen Hitler und sein Regime gewesen war. Er musste sehr überzeugend gewirkt haben, denn sie glaubten ihm. Zudem wurden jene deutschen Soldaten, die darum baten, auf Anordnung des Vatikans in den Klöstern versteckt. Bei Kriegsende hatten sie dann die Möglichkeit, sich mit etwas Bargeld und gefälschten Papieren nach Südamerika oder anderswohin abzusetzen, wenn sie ein Verbrechen begangen hatten, oder nach Deutschland zurückzukehren.

Er erhielt eine Kutte und den Namen Bruder Enrico. 1947, als seine Eltern nicht mehr damit gerechnet hatten, und überzeugt waren, dass er tot und irgendwo in Italien begraben sei, konnte er endlich nach Deutschland zurückkehren. Dem Vater erzählte er nie, dass er sich in einem Kloster versteckt hatte. Er kannte seine Reaktion: „Besser ein toter Sohn, als einen Vaterlandsverräter". Sein Bruder war in Russland gefallen und sein Vater war stolz auf ihn, weil er das Eiserne Kreuz zweiter Klasse erhalten hatte. Posthum. Für ihn schusterte er eine ziemlich komplizierte Geschichte zusammen, die er ihm vielleicht gar nicht glaubte. Obschon seit Kriegsende fünf Jahre vergangen waren, war zwischen ihnen dieser Knoten des Schweigens geblieben, der sich niemals lösen würde: ein stillschweigendes Abkommen, nie über die Vergangenheit, schwer wie ein Felsbrocken, zu reden. Für sie beide und für Millionen ihrer Landsleute begannen Jahre des Schweigens, des völligen

Vergessens, des Leugnens einer gegenwärtigen, sperrigen, schwer zu akzeptierenden Wirklichkeit.

Sie blieben den ganzen Nachmittag und den ganzen Abend beisammen. Er hörte nicht auf zu reden, zu erzählen, sich zu rechtfertigen, seine Eltern zu rechtfertigen und seine Landsleute, ohne jedoch auf Einzelheiten einzugehen, auf die grausamen Geschehnisse dieser Jahre, auf die Judenverfolgung. Er vertrat die Belange seiner Leute, nun entschlossen eine Demokratie aufzubauen, die für die ganze Welt beispielgebend sein sollte: im Guten wie im Schlechten, immer Perfektionisten, hatte Miranda gleich gedacht. Er sprach die Schwierigkeiten nicht an, die die alte Generation damit hatte, die Gegenwart anzugehen, bei so vielen Schatten einer noch so nahen Vergangenheit, mit der sich niemand identifizieren mochte, beinahe so, als habe es sich um andere Menschen gehandelt, die zwölf Jahre lang ihr Land besetzt hatten, während sie, Opfer eines Regimes, das niemand gewollt hatte, jetzt die Folgen zu tragen hätten. Er sprach mit Überzeugung, in einem Moment großer Erregung, die später nicht mehr wiederkehrte. Vielleicht das einzige Mal, dass er sich erlaubte seine Gefühle auszudrücken, in einem verzweifelten Versuch sich selbst zu überzeugen. Er erzählte vom Naziterror nicht nur für die Dissidenten, sondern für das gesamte, in einem Schraubstock der Verdächtigungen und der Angst gefangene Volk. Er wollte sich nicht an die Begeisterung erinnern, einer höheren Rasse anzugehören, die ihn gleich wie einen Großteil der Jugend seiner Generation angesteckt hatte. Und nicht nur der Jugend. Später wurde daraus die typische Opferrolle, eine Rolle, die alle seine Landsleute gegen Kriegsende annahmen, als auch sie Flächenbombardierungen ausgesetzt waren, die nicht nur ihre Städte, ihre Häuser sondern auch ihr Leben gefährdeten. Und die Trostlosigkeit einer immer sichereren Niederlage.

Nun versuche er zu überleben, so sagte er, den gedemü-
tigten Blicken des Vaters ausweichend, der sich den neuen
Hausherren, den Amerikanern, Engländern, Franzosen nicht
unterwerfen konnte; die Qual den Krieg verloren zu haben,
und mit ihm die Illusion der Größe und der Überlegenheit
über alle anderen Völker der Erde. Und den unendlichen
Schmerz, die schönsten deutschen Städte wegen der Rache-
gelüste des Feindes in Schutt und Asche gelegt zu sehen,
während sie, bereits besiegt, gezwungen waren, die Arroganz des Siegers zu erdulden, vom Hass der ganzen Welt
und der enormen Last der Kriegsentschädigung ganz zu
schweigen.

Darüber und über anderes mehr sprach er an jenem langen
Spätsommernachmittag.

Er war gekommen sich bei ihr zu bedanken, dass sie ihm
das Leben gerettet hatte. Er hatte nie ihre roten Haare vergessen, sagte er, ihren Mut. In diesen Jahren hatte er sich
eine Existenz aufgebaut, immer mit dem Gedanken nach
Pisa zurückzukehren. Er hatte eine internationale Trans-
portfirma gegründet, die ihn oft nach Italien führte, doch
bisher hatte er nicht den Mut gefunden, sie zu suchen. Jetzt
hatte er die Absicht, eine Zweigstelle in der Toskana zu eröffnen, so könnte er sie öfter sehen.

Miranda verstand und verstand nicht. Er sprach ein Italienisch, wie das eines Besuchers eines Fremdsprachenkur-
ses, obwohl er mehr als drei Jahre lang in einem italienischen Kloster gelebt hatte, brachte Vokabeln und grammati-
kalische Regeln durcheinander, vermischt mit einem
Deutsch, das, auch wegen des starken bayrischen Ein-
schlags, schwer zu verstehen war.

Sie wurde von einer Lawine von Fakten, Geschichten, unbekannten Personen überschüttet, von Bräuchen, vor allem
aber von Worten: dieser Mensch schien sich am Rande eines
Abgrunds zu befinden, und bevor er abstürzte, wollte er sei-

ne Verzweiflung hinausschreien, seine Einsamkeit, das Bedürfnis gehört, verstanden, akzeptiert zu werden. Es schien, als suche er über die Worte eine neue Identität, eine neue Unschuld, eine Art Befreiung von aufgeladener Schuld, ohne sich dessen wirklich bewusst zu sein. Ein erster Versuch selbst zu begreifen, was in seinem Land geschehen war, und das mit einem Menschen, der, obwohl er die Geschehnisse der Vergangenheit kannte, fremd war, fern der Wirklichkeit des Alltags seines Lebens und des Lebens all seiner Landsleute. Der kleine Mensch, der ihm gegenüberstand, hatte ohne es zu wollen diesen regenerierenden Erinnerungsfluss provoziert, den er bis zu jenem Moment zum Schweigen gebracht hatte: vielleicht lag in ihren Augen die Aufforderung zu einer Erklärung, auch zu einer Entschuldigung für die vielen erlittenen Verletzungen, die zugefügten Schmerzen, die in diesen Jahren des kollektiven Wahnsinns verursachten Verluste. Doch er ging nicht so weit. Es war zu früh. Die Gegenwart war noch zu eng mit jener Vergangenheit verwoben, die er vergessen wollte. Die Schuttberge in den Städten, die vielen zerstörten Häuser und die Familien, deren Angehörige in Gefangenschaft schmachteten, die einen in Sibirien, die anderen in Frankreich oder in England, das alles waren Male einer schwer zu ignorierenden, aber auch unmöglich zu akzeptierenden Tragödie.

Nachher erschöpfte sich dieser Redefluss in kurzer Zeit in einem dürftigen Rinnsal; es war ihm, und so wie ihm dem Großteil seiner Landsleute gelungen, diese Vergangenheit zu verdrängen. Doch die Verdrängung hat ihren Preis. Er verschloss sich in sich selbst, richtete zwischen sich und dem Rest der Welt eine undurchdringliche Mauer auf und hinter dieser Mauer fand er sich alleine wieder, in der absoluten Leere, in einem Schweigen der Friedhöfe ohne Zukunft. Von der ersten Zerbrechlichkeit, aber auch von dieser ersten naiven Opferrolle, die ihn in den Augen Mirandas so menschlich erscheinen ließ, blieb nichts als die Erinnerung.

Plötzliche Wutausbrüche, unvorhersehbare und übertriebene Reaktionen begannen die Tage zu kennzeichnen, die sie gemeinsam verbrachten. Ohne sich dessen bewusst zu werden, nahm Miranda Schritt für Schritt eine Verteidigungshaltung ein, dieses neue Verhalten mit ihrer Unfähigkeit damit fertig zu werden rechtfertigend, und von Mal zu Mal sich selbst die Schuld zuweisend, ihrem Willen, getrennt zu leben, trotz seiner Forderungen eine richtige Familie zu bilden, nach Deutschland zu ziehen, Kinder in die Welt zu setzen. Die Jahre verstrichen, doch Miranda lebte, vom Boden losgelöst, auf zwei Welten verteilt: vernünftig, voller Verantwortungsbewusstsein in der Schule; äußerst unsicher und labil im Privatleben. Nach jeder seiner Abreisen, brauchte sie einige Tage, um sich wie nach einem Sturm zu erholen, und es war nicht leicht, das Gleichgewicht, die Ruhe wiederzufinden, die das Leben zwischen Schule und Heim ihr sicherten, eine ewige Jugend ohne gefühlsmäßige Verpflichtungen, aber auch ohne Erwartungen und vielleicht auch ohne Zukunft. Er kam immer wieder, in beinahe regelmäßigen Zeitabständen, suchte sie auch per Telefon, und das desorientierte sie mehr als eine richtige Trennung. Auch wenn er es ihr nicht deutlich sagte, sie stellte für ihn den einzigen Fixpunkt dar, den einzigen Hafen, in den er sich flüchten konnte, wo es ihm möglich war, jenen Teil von sich selbst wiederzufinden, der zu seiner fernsten Vergangenheit gehörte, und seine Ungeduld erwuchs aus der Enttäuschung, nicht den Zuspruch einer reifen Frau vorzufinden, die ihn zu empfangen und zu trösten wusste. Miranda war nicht so wie er erwachsen geworden, war zuerst zu sehr von der Mutter behütet, und dann von ihm, der es in den ersten Jahren als Privileg betrachtet hatte, sie lieben zu dürfen.

»Enrico, ich bin in Bozen. Hier ist eine Hitze ... wie ist das Wetter bei euch?«

»Hier ist es angenehm, heute hat es geregnet. Wann gedenkst du zu kommen? Meine Mutter erwartet dich, du weißt.«

„Und du, erwartest du mich nicht?", hätte sie ihm zurufen wollen, ganz genau wissend, dass in Wirklichkeit gewiss nicht die Schwiegermutter sie erwartete.

»Morgen werde ich eine Wohnung anschauen, und wenn sie mir gefällt, unterschreibe ich den Mietvertrag. Wenn alles gut geht, kann ich gegen Ende der Woche losfahren.«

»Gut. Sowie du weißt, wann du kommen wirst, rufst du mich an und ich hole dich in München vom Bahnhof ab.«

»Dann ciao, und grüß deine Mutter von mir.« Sie vergaß nie die Grüße an die Mutter, da sie wusste, dass er es sehr schätzte, auch wenn es sich nur um eine Formalität handelte. Aber die Deutschen, so hatte sie ein für alle Mal beschlossen, waren sehr förmlich.

Wenn Heinrich in Deutschland war, wohnte er bei seiner Mutter, und wenn sie ihn besuchte, einige Male im Jahr, in den Ferien, musste sie unter demselben Dach wohnen.

Der Vater war einige Jahre nach ihrer Heirat gestorben.

Während der Weihnachtsferien im fernen Jahr 1950 war Miranda zum ersten Mal nach Erding gefahren. Er wollte sie seinen Eltern vorstellen, obwohl sie nicht einmal verlobt waren. Miranda hatte einen Freund, einen Kollegen, mit dem sie seit einigen Jahren eine dauernd kriselnde Beziehung hatte. Es war nicht einfach loszukommen, trotz der immer dringlicheren Forderungen Enricos.

An einem grauen, kalten Wintermorgen hatte er sie vom Münchner Bahnhof abgeholt; der schmutzige Schnee war an den Straßenrändern angehäuft. Er hatte unter dem Vordach des Bahnsteigs auf sie gewartet, in der Menge von Italienern nach ihr Ausschau haltend, die zum Arbeiten nach Deutschland kamen.

Miranda fühlte sich nicht wohl in ihrer Haut, wusste, dass sie völlig fehl am Platz war, in diesem von kleinen Italienern überfüllten Zug, die dieses Land vielleicht kannten, weil sie während des Krieges hier gewesen waren, zwangsrekrutiert und in irgendein Arbeitslager verschleppt. Jetzt kehrten sie vom Elend und der Arbeitslosigkeit gezwungen in die gleichen Baracken von vor einigen Jahren zurück, gewiss nicht mehr zu den Bedingungen von damals, aber immer noch trostlos, entwurzelt, fern von ihren Familien, Angst in den Augen, weil sie spüren, dass sie dabei sind, die eigene Identität und Würde zu verlieren, und dass sie ihre emotionale Sicherheit aufgeben müssen, um sich ein Stück Brot zu verdienen.

Die ganze Nacht lang hatte sie sich zwischen dem einen und anderen Nickerchen immer beunruhigter gefragt, was sie in Deutschland suche, was sie von diesem Mann wolle, den sie kaum kannte, obwohl er verschiedene Male nach Pisa gekommen war, ihr unendlich lange, verwirrte Briefe in einem Durcheinander von Sprachen und Gefühlen geschrieben hatte. Es waren keine Liebesbriefe; das waren Briefe von einem, der sich endlich nach Hilfe zu rufen getraute, bevor er erlag, von den Erinnerungen, den Träumen oder vielmehr von den Alpträumen überrollt, die er sonst nie jemandem mitgeteilt hätte. Nur ihr, so sagte er, und Miranda wusste nicht, warum gerade ihr: verworrene Geschichten wie Halluzinationen, mit viel Tod und Gewalt, Leiden, Schmerz, Erniedrigungen und anderem mehr, was sie nie hätte hören wollen. Und jetzt, da sich der Zug dem dunklen Bahnhof von München näherte, wo es um sieben Uhr morgens noch finster war, fragte sie sich warum? Warum diese Reise, warum dieser Mann?

„Mit 25 muss eine Frau wissen, was sie will", sagte sie sich wiederholt, ein Satz, der eigenartiger Weise auch jetzt wiederkehrte, nach so vielen Jahren, und heute wie damals konnte sie keine Antwort darauf geben.

Sie war in diesen Zug gestiegen und war nach Deutschland gekommen, in dasselbe Deutschland, das bis vor wenigen Jahren Arbeitslager, KZ, Zerstörung, Krieg, kurz Tod bedeutet hatte.

Dann hatte sie Enrico bemerkt, groß, blond, mitten in einer Menge von kleinen, dunklen Italienern, einen Strauß roter Rosen in der Hand – er kam ihr immer mit einem Strauß
roter Rosen entgegen – und sie hatte nicht mehr an
Deutschland gedacht, an den Soldaten mit der Maschinenpistole in ihrem Keller, an die vielen Soldaten mit Maschi-
nenpistolen, Stiefeln und Stahlhelmen auf dem Kopf, die bis
vor wenigen Jahren den Schrecken in Italien und Europa
verbreitet hatten. Sie hatte nur die Augen eines verliebten
Mannes voller Angst und Erwartung gesehen, in denen sie
eine große Zerbrechlichkeit und einen extremen Bedarf an
Zuneigung zu lesen gelernt hatte.

»Guten Morgen, Miranda. Willkommen in meinem Land.
Ich hatte daran gedacht, diese kostbaren Rosen auf dem
Bahnsteig auszustreuen, um dich die Härte dieser Jahreszeit
nicht merken zu lassen ... aber da sind zu viele Leute. Die
hätten alles vor deinem Eintreffen zertrampelt.«

Es waren nicht genau diese Worte gewesen, die er zu ihr
gesagt hatte, aber sie hatte seine Absicht verstanden. Einmal hatte er in Pisa tatsächlich Blumen vor die Schwelle ihres Haustors gestreut.

Das war also Enrico, und sie hatte seine romantischen
Gefühle zu verstehen und niemals darüber zu lachen gelernt.

So kam sie zum ersten Mal in ein deutsches Haus in einem kleinen Provinzstädtchen mit noch sichtbaren Zeichen
einer uralten Vergangenheit, die gar ins fünfte nachchristli-
che Jahrhundert zurückreichten! Enrico war sichtlich nervös und noch bevor sie Erding erreicht hatten, hatte er begonnen mit betonter Leichtigkeit von seinem Städtchen zu
erzählen, um den ersten Moment der Verlegenheit zu über-

brücken. Sicher, man kann Erding nicht mit Pisa vergleichen, sagte er, aber auch hier gibt es Türme, die in die Renaissance zurückreichen, noch ältere Mauern, ohne den Schrannenplatz zu erwähnen, der nur hinter dem von München zurücksteht, und er fuhr fort wie ein Reiseführer. Miranda hörte nur beiläufig zu.

Enrico hatte sie mit einem alten, ziemlich kaputten, kalten, ungemütlichen Wagen abgeholt; nicht, dass sie etwa an Luxusautos gewöhnt gewesen wäre, im Gegenteil, sie hatte nur eine Vespa, mit der sie zur Schule fuhr, aber von Enrico hatte sie etwas Besseres erwartet. Mit der Zeit verstand sie, dass die Autos für ihn nichts weiter als ein Transportmittel waren, nie sah sie ihn in einem Mercedes oder etwas in der Art.

»Ist Erding weit von München entfernt?«, unterbrach sie ihn.

»Nicht mehr als dreißig Kilometer... Warum, bist du müde? Hast du Hunger? Möchtest du frühstücken? Warum habe ich nicht gleich daran gedacht? Aber gewiss hast du Hunger!«

Er hielt vor einer Bäckerei an, und sie frühstückten gemeinsam, das erste Frühstück für Miranda, nicht daran gewöhnt so früh am Morgen etwas zu essen. Aber mit Enrico gewöhnte sie sich auch daran und lernte auch Schweinsbraten, Knödel, Sauerkraut und andere Dinge zu essen, die sie nicht kannte. Und das bayrische Bier zu schätzen.

Jetzt überlegte sie, dass der unstillbare Hunger, der sie noch heute verfolgte, gerade an jenem Morgen in Deutschland geboren worden war. Denn an jenem Morgen hatte sie zum ersten Mal Magenkrämpfe gespürt, die vielleicht nichts mit dem Hunger zu tun gehabt hatten.

Enricos Haus stand in einer Art Hof hinter einer Reihe von einstöckigen Gebäuden, die gegen Ende der zwanziger Jahre erbaut worden waren. Hinter dem Haus floss träge ein

Flüsschen vorbei, die Sempt, ein Nebenfluss der bedeuten-
deren Isar, das zu anderen Zeiten für die Verteidigung vor
möglichen feindlichen Angriffen wichtig gewesen war. Der
alte Stadtkern, eben von der Sempt eingekreist, beinahe wie
von einem Burggraben, machte aus dem Städtchen so etwas
wie eine uneinnehmbare Insel. Aber am Ufer dieses Flüss-
chens zu wohnen, bedeutete Feuchtigkeit im Winter und
eine Unmenge von Mücken im Sommer.

Seine Mutter öffnete die Tür und nach einem ersten Moment der Verlegenheit, reichte sie ihr eine harte, hölzerne
Hand und blickte ihr kalt in die Augen. Sie war dunkel gekleidet, groß, mager, die weißen, glatten Haare schulterlang.
In ihren Augen stand eine klare und deutliche Frage: Wer
bist du, was willst du? Und sie hörte nicht auf sie zu erfor-
schen, den ganzen Tag lang, ohne ein Lächeln – es schien, als
habe sie das Lachen verlernt, so erstarrt wie sie in ihrem
strengen Ausdruck war, konzentriert darauf achtend, dass
ihr nichts entging – und sie fuhr auch jetzt noch fort sie zu
beobachten, nach all den Jahren, jedes Mal, wenn sie zu Besuch war. Immer diese Frage in den Augen und die Unfähigkeit zu lachen, ein Minimum an Wärme zu vermitteln. Bald
aber bemerkte sie, dass sie ihren Sohn mit demselben Blick
betrachtete, ihren Mann, die ganze Welt. Sie hatte vielleicht
besser als jeder andere die Lektion gelernt, die ihr Tag für
Tag in jenen zwölf Jahren während des Krieges und nach
dem Krieg eingetrichtert worden war, als der Überlebens-
kampf immer härter geworden war. Wie hatte sie auf den
Aufstieg und dann auf den Zerfall der Macht reagiert, in die,
wegen seiner politischen Stellung, auch ihr Mann verwickelt
gewesen war? Ein grundlegendes Prinzip der spartanischen
Erziehung, die sie von ihrer aus Norddeutschland stammenden Familie erhalten hatte, war, sich nie gehen zu lassen, in
keiner Situation: die wahre deutsche Frau darf keinerlei

Schwäche zeigen. Nur starke Frauen können starke Männer zur Welt bringen.

Eingeschlossen in eine Art machtlosen Zorn hatte sie sich nicht getraut, den Tod ihres anderen Sohnes zu beweinen, um nicht ihren Mann zu belästigen. Aber auch, um kein Zeichen der Schwäche zu zeigen, in einem Moment, in dem alle Prinzipien, die sie in den vorangegangenen Jahren aufrecht gehalten hatten, mit den Mauern der letzten, wie durch ein Wunder stehen gebliebenen Häusern, einzustürzen drohten. Mit derselben Bestimmtheit und auch um den Wiederaufbau ganzer Stadtviertel für die Obdachlosen der Umgebung und die Millionen von Flüchtlingen aus dem Osten zu beschleunigen, wurde in ganz Deutschland alles niedergerissen, was den Bombardierungen entgangen war, und das mit Wut und ohne sich um die Denkmäler einer weiter zurückliegenden Vergangenheit als der damaligen zu kümmern, die aber umso mehr Respekt und Bewunderung verdient hätten.

Der Vater war eher klein – Enrico war das Abbild der Mutter – ein bisschen schwerfällig, beinahe ohne Haare. Als Miranda zum ersten Mal sein Haus betrat, sah er sie nicht einmal an und gab ihr auch nicht die Hand. Er murmelte nur etwas, was sie nicht verstand. Er trug Brillen mit ziemlich dicken Gläsern, weshalb seine Augen ziemlich klein erschienen und hinter der dicken, schwarzen Fassung verschwanden.

Das Haus war finster und trotz des eingeheizten Ofens kalt. Und irgendwie öde.

Ein Windstoß arktischer Kälte durchdrang sie. Diese beiden Menschen personifizierten jenes Deutschland, das sie durch die in Pisa gesehenen Soldaten, ihre Taten, und das was man sich über sie erzählte, kennengelernt hatte.

Enrico musste die Verwirrung Mirandas gespürt haben, da er ihr sofort das für sie bereitete Zimmer unter dem

Dach zeigen wollte, mit einem kleinen Fenster, durch das man einen wunderschönen Turm sehen konnte, so verschieden von denen, die sie kannte. Enrico erzählte ihr sofort, dass gleich neben Erding der Militärflughafen gelegen hatte, und dass die Amerikaner nicht bloß den Flugplatz zerstört hatten, sondern auch einen Großteil der Stadt, vor allem den Marktplatz, der jetzt langsam wieder so aufgebaut wurde, wie er einmal gewesen war: in Bayern hielt man im Unterschied zum restlichen Deutschland große Stücke auf Tradition, sagte er, und er schien sehr stolz darauf zu sein. Während er von den Bombardierungen der Amerikaner erzählte, hatte er wieder den Ton des Opfers angeschlagen, den sie mittlerweile kannte, den Tonfall desjenigen, dem Unrecht widerfahren war, die vielen von der deutschen Luftwaffe dem Erdboden gleichgemachten Städte, die Millionen über ganz Europa verstreuten Toten, vergessend.

Miranda fiel auf, dass er zu Hause mit ihr nur Italienisch sprach, wenn sie alleine waren: vor den Eltern benahm er sich auch anders: steif, förmlich.

In jenem Haus fühlte sie sich vom ersten Moment an fremd, als Eindringling. Ein unerwünschter Gast.

Am darauffolgenden Morgen schaute sie sich die Wohnung in der Venedigerstraße an; um zehn Uhr war die Hitze bereits erdrückend. Die Hausherrin erwartete sie vor dem Haustor, die Schlüssel in der Hand.

»Für wie lange bräuchten Sie sie? Mir passt es nicht, jeden Monat Mieter zu wechseln ...«

»In jedem Fall für das ganze Schuljahr. Ich unterrichte die Mittelstufe, hier in der Nähe.«

»Ich kenne die Schule, meine Nichte geht da hin ... kommen Sie, kommen Sie.«

Es handelte sich um ein kleines Wohnzimmer, ein Schlafzimmer und ein Bad. Sie einigten sich sofort auf den Preis. Die Wohnung aber würde erst zu Monatsende frei werden;

jetzt wohnte ein alleinstehender Mann darin, man sah es an der Unordnung, die in den beiden Räumen herrschte: es schien, als wären Diebe da gewesen, als hätten sie in allen Schubladen gewühlt und die Dinge zu Boden geworfen. Nie hatte sie ein derartiges Durcheinander gesehen. Die beiden Frauen taten, als ob nichts wäre. Miranda versicherte sich, dass die Wohnung vor ihrem Einzug geputzt würde. Die Besitzerin war Italienerin, man hörte es an ihrem leichten und flotten Mundwerk, und merkte es an ihrer Gestik und der einfachen Art sich zu kleiden. Sie war diskret, informierte sich, ob – sie hatte den Ehering an ihrem Finger gesehen – auch ihr Mann bei ihr einziehen würde. Miranda erklärte ihr, dass ihr Mann zwar kommen, aber nicht ständig bei ihr wohnen würde. Er sei Geschäftsmann, immer unterwegs, und der Sitz seines Betriebes sei in Deutschland. Auf diese Art versuchte sie die Neugierde der Hausherrin zu stillen, die übrigens verständlich war, da sie sich ja nicht kannten.

Auf dem Rückweg zum Hotel schlug sie die entgegengesetzte Richtung ein und stand nach einigen Minuten einem scheußlichen Denkmal von reinster faschistischer Machart gegenüber: dem Siegesdenkmal. Sie sah das Jahr der Errichtung, 1928, und die lateinische Inschrift. Sie dachte an das Buch, das sie am vorigen Abend zu lesen begonnen hatte. Obwohl im Besitz eines Hochschulabschlusses und Lehrerin für die Fächer Italienisch und Geschichte, wusste sie wenig oder gar nichts vom Faschismus und dem Verhältnis des italienischen Staates zu dieser Region; die Schulbücher endeten mit dem Ersten Weltkrieg, und wer weiß welche ideologischen Gründe es für ratsam erscheinen ließen, nicht im mindesten auf die Auswirkungen dieses großen Konflikts auf die neue, auf die jüngste politische und territoriale Ordnung Europas einzugehen.

Sie wusste aus den Zeitungen von den Anschlägen, die vor einigen Jahren vor allem die Industrie im Norden lahmgelegt hatten, die von den Elektrizitätswerken Südtirols abhängig waren. Es ging die Rede von einer Gruppe von Neonazis, die die Sicherheit des italienischen Staates wegen eines alten, absolut überholten Unabhängigkeitsbestrebens ohne jegliche Grundlage untergraben wollte. Aus dem Wenigen, das sie am Vorabend gelesen hatte, glaubte sie verstanden zu haben, dass die Dinge anders lagen, dass die italienische Presse diese Probleme aus einem anderen Blickwinkel betrachtete. Nun war sie neugierig, die wahren Gründe kennenzulernen, die dieses kleine Gebirgsvolk dazu gebracht hatte, derart gewalttätig und übertrieben zu reagieren. Das Ziel dieser Anschläge war klar: die öffentliche Meinung der ganzen Welt wachzurütteln, ihre Bedürfnisse nach mehr Freiheit allen zur Kenntnis zu bringen. Sich ins Gespräch zu bringen. Da war keinerlei Absicht, jemandem nach dem Leben zu trachten, das hatte man zumindest erklärt, sondern man wollte sich bei bestimmten Institutionen Gehör verschaffen, die fortfuhren ihre Forderungen nach Autonomie und Unabhängigkeit zu ignorieren.

Sie blieb vor dem Denkmal stehen und versuchte zu verstehen, warum zwanzig Jahre nach Kriegsende immer noch diese faschistische Erinnerung gehortet wurde. In der Nähe entdeckte sie dann das Bildnis des Duce Mussolini in einem Relief auf einem staatlichen Gebäude, das erst in den fünfziger Jahren fertig gestellt worden war. Vielleicht weil so weit weg von Rom, bewahrte diese Region noch die Male einer Vergangenheit, die sie an keinem anderen Ort Italiens mehr hätte sehen wollen.

Dasselbe hatte sie in Deutschland bemerkt: dort handelte es sich gar um eine kollektive, beinahe krankhafte Amnesie, wie im Falle von Enricos Vater, der einige Jahre vor seinem Tod völlig das Gedächtnis verloren hatte. Altersdemenz wurde ihm attestiert, obwohl er noch keine siebzig war. Jedes Mal, wenn sie nach Erding kam, war da nicht nur der fragende Blick der Mutter, die immer noch nicht bereit war, die Frau ihres Sohnes zu empfangen, sondern auch die direkte Frage des Schwiegervaters, freundlicher als je zuvor: »Wer sind Sie?«

Mit dem Verlust des Gedächtnisses schien er in ein Stadium der kindlichen Unschuld zurückgekehrt zu sein: er war fröhlich, sorglos, sogar spielfreudig geworden. Wenn sie mit ihm sprach, vermied seine Frau es immer ihn anzusehen, beinahe so, als schäme sie sich dieser neuen Leichtigkeit; er aber war um nichts besser, vielleicht um damit seine Gleichgültigkeit zu unterstreichen. Für Miranda war es immer ein absurdes Theater, zu sehen, wie die beiden, wenn überhaupt, miteinander redeten, jeder den Blick anderswohin gerichtet. Außerdem behandelte er die Frau seines Sohnes, als wäre sie eine Unbekannte, eine, von der man nicht wisse, warum sie in seinem Haus wohne. Er scherzte über alles, auf kindliche Art, seine Frau dadurch, nicht ohne einen gewissen Grad von Sadismus, verärgernd, und nahm sie auf den Arm, wie er es sicher niemals vorher getan hatte, lachte ohne Zurückhaltung über jede Belanglosigkeit, sofort alles vergessend, was er einen Augenblick vorher gesagt hatte. Er beklagte sich häufig, dass ihm diese Frau nie zu essen gebe, und das gleich nach den Mahlzeiten.

Vom Verhalten des Vaters in Verlegenheit gebracht, sagte ihr Enrico einmal, dass er ihn nicht wieder erkenne: man darf nicht vergessen, dass er bis zur Ankunft der Amerikaner Polizeichef von Erding gewesen war, und dass es in der Stadt keinen Mann gab, der mehr gefürchtet und gehasst wurde als er. Er selbst hatte immer vor seinem Vater gezittert, auch als Erwachsener. Er wusste, dass dieser ihn zu anderen Zeiten höchstpersönlich angezeigt hätte, wenn er nur gewagt hätte, etwas gegen die Partei zu sagen.

Das war sein Vater.

Kam die Schwiegertochter aus Italien – Enrico bat sie zumindest im Sommer einige Wochen in Erding zu verbringen –, sagte die Schwiegermutter, dass sie es leid wäre alle zu bedienen, solle doch sie sich um den Alten und den Haushalt kümmern, während sie die Gelegenheit nützte, um den einen oder anderen Verwandten zu besuchen. Sie verschwand dann bereits am frühen Morgen für den ganzen Tag, und es war nicht gewiss, ob sie am Abend zurückkam; es kam in der Tat vor, dass sie sich erst einige Tage später wieder blicken ließ, und niemand wagte zu fragen, wo sie gewesen war und was geschehen sei.

In jenem Haus sprach man nur das Nötigste, und häufig nicht einmal das.

In der ersten Zeit wusste Miranda nicht, wie sie sich dem Schwiegervater gegenüber verhalten sollte, verunsichert wie sie durch diese Atmosphäre, die so anders als die von ihr gewohnte war. Sie ging mit ihm nach draußen und führte ihn wie ein Kind – alleine würde er sich verlaufen, legte ihr Mann ihr ans Herz –, während sie die Besorgungen machte. Dann kochte sie, räumte auf, doch nicht zu viel. Einmal hatte ihr die Schwiegermutter eine Mordsszene gemacht, weil sie sich erlaubt hatte, in einer Kredenz Ordnung zu schaffen. Was erlaube sie sich, im Hause anderer Schränke und Schubladen zu öffnen, Dinge zu verstellen? Um ihr beweisen zu wollen, dass sie tüchtiger beim Putzen wäre als sie?

Und eines Abends, als sie mit Enrico von einem Abendessen nach Hause kam – wenn sie in Erding waren, gingen sie öfter zum Essen aus, um nicht zu viel bei der Mutter zu sein – hatte sie eine Fotografie auf dem Kopfkissen ihres Bettes vorgefunden. Sie schlief nach wie vor in der Mansarde, wie bei ihrem ersten Besuch und ihr Mann in seinem Kinderzimmer. So hatte es seine Mutter stillschweigend bestimmt. Eine kleine, ziemlich zerknitterte Fotografie, die eine junge Frau mit einem Kind im Arm, vielleicht ein Jahr alt, zeigte. Auf der Rückseite ein Name: Gino. Nichts weiter.

Ihr blieb das Herz stehen. Wer hatte dieses Foto auf ihr Kissen gelegt und in welcher Absicht? In jener Nacht hatte sie nicht geschlafen. Sie war nicht gleich ins Zimmer ihres Mannes gerannt, um der Schwiegermutter keine Erklärung geben zu müssen, falls sie ihr auf der Treppe begegnen sollte, und außerdem wusste sie mittlerweile, das eine Auseinandersetzung mitten in der Nacht eine verheerende Wirkung gehabt hätte. Zuerst wollte sie sich beruhigen. Enrico mochte ihre Gefühlsausbrüche nicht, ihre unkontrollierten Reaktionen, seit jeher. So blieb ihr Zeit, über die Bedeutung dieser Geste nachzudenken: wollte sie jemand warnen? Sie hatte dieses kleine Foto wieder und wieder angesehen und versucht zu verstehen, an welchem Ort es geknipst worden war, wer diese Frau und dieses Kind sein mochten. Am nächsten Morgen, während sie das Frühstück zubereitete, hatte sie das Foto neben die Kaffeetasse ihres Mannes gelegt. Als er sich an den Tisch setzte, hatte er das Foto sofort bemerkt. Ohne es auch nur anzusehen, hatte er es in seine Tasche gesteckt.

»Könntest Du etwas sagen ...?«

»Wer hat Dir diese Fotografie gegeben?«, und sein Ton war hart, kalt, so wie sie ihn selten gehört hatte.

»Niemand hat sie mir gegeben ... ich habe sie gestern Nacht auf meinem Kopfkissen gefunden. Ich habe gedacht, dass Du es gewesen wärst, der sie dort hin gelegt hat.«

»Nein. Ich bin es nicht gewesen«, und er hatte eine Handbewegung gemacht, um dieser Diskussion ein Ende zu bereiten.

»Es ist jetzt nicht wichtig zu wissen, wer sie dort hingelegt hat ... wer ist die Frau ... das Kind ... Gino?«

»Ich verstehe nicht, wie dieses Foto dort hingekommen ist ...« Enrico versuchte sich zu beruhigen und eine gewisse Gleichgültigkeit vortäuschend, schenkte er sich eine Tasse Kaffee ein.

»Noch einmal: es interessiert mich nicht zu wissen, wer sie auf mein Kissen gelegt hat ... ich will wissen, wer diese beiden Personen sind.«

Mirandas Stimme begann lauter zu werden. Sie waren in der Küche. Die Mutter war wie gewohnt sehr früh aus dem Haus gegangen, der Vater las im Nebenraum die Zeitung. Der einzige Moment, in dem sie miteinander Italienisch reden konnten, alleine, ohne die dauernde Kontrolle der Mutter.

»Ich bitte dich, nicht zu schreien ...«, presste er zwischen den Zähnen hervor. »Es ist eine Geschichte aus der Vergangenheit, ohne jede Bedeutung ...«, und trank einen Schluck Kaffee.

»Wie, ohne jede Bedeutung ... und das Kind? Ist es dein Sohn? Und die Frau? Ich glaube, ich werde verrückt.«

»Beruhige dich, es ist nicht angebracht, sich wegen einer alten Geschichte aufzuregen ...«

»Ich habe den Eindruck, es handelt sich um eine Italienerin, der Ort, das Haus daneben ... wann hat sich dieser Vorfall ohne Bedeutung ereignet? Während des Krieges? Hast du sie vergewaltigt?«

Enrico wurde auf einen Schlag knallrot. Er stand ruckartig auf, beinahe den Tisch umkippend, während der Stuhl hinter ihm umfiel und er mit unterdrückter Stimme zischte: »Willst du mich wie die Polizei einem Verhör unterziehen? Ich antworte dir nicht mehr, und damit genug«, und verließ die Küche.

Der Vater mochte die ziemlich erregten Stimmen des Paares gehört haben, da er sich nach dem Sohn umsah, der sich in sein Zimmer einschloss, und kommentierte bloß mit vergnügtem Gesichtsausdruck: »Die ersten ehelichen Scharmützel...«

Offensichtlich hatte er den Grund dieses ehelichen Scharmützels nicht verstanden, als das er das zu bezeichnen beliebte, was ihm als ihr erster Ehekrach erschien. Oder vielleicht wusste er alles? Außer Enrico konnten nur die Mutter und der Vater Mirandas Zimmer betreten haben. Einer von beiden musste Kenntnis von dieser kleinen „Geschichte ohne Bedeutung" haben. Doch mit dem Schwieger-vater darüber zu reden, wäre völlig unnütz gewesen; bereits damals gab es klare Zeichen seiner Demenz, und sie wusste nicht, wie er reagiert hätte. Vielleicht hätte er sie nicht er-kannt, oder hätte gar so getan, als verstünde er nicht. Auch ihr war aufgefallen, dass der Alte diese Methode anwandte, um unangenehmen Situationen auszuweichen. Gar nicht zu denken, mit der Schwiegermutter darüber zu reden: sie wäre vor einer Mauer gestanden.

So endeten normalerweise ihre Diskussionen: er rannte davon, schloss sich in seinem Zimmer oder im Bad ein, oder er ging fort und kehrte einige Stunden später zurück, mögli-cherweise mit einem Strauß roter Rosen. Sie hatte aber auch die Erfahrung gemacht, dass seine Reaktionen unvor-hersehbar und unkontrollierbar waren, wenn sie ihn zu bleiben zwang, um mit ihr zu reden. Einmal hatte er sie gar mitten ins Gesicht geschlagen und war dann in Tränen aus-gebrochen. Miranda sah sich gezwungen, ihm für den Au-genblick zu verzeihen, weil sie es nicht ertrug, einen Mann in diesem Zustand zu sehen.

Nun räumte sie den Tisch ab, ohne auch nur einen Schluck Kaffee getrunken zu haben, so sehr hatte es ihr den Hals zugeschnürt.

Eine verflossene Geschichte. Eine Geschichte ohne Be-deutung.

Von diesem Augenblick an begann ihre Beziehung die Spontanität von früher zu verlieren; ihre monatlichen Be-gegnungen hatten vor allem auf ihrer Seite etwas Ver-krampftes. Jetzt wusste sie mehr denn je, dass sie es mit ei-nem Unbekannten zu tun hatte. Er hingegen fuhr fort sich auf dieselbe Weise zu verhalten, beinahe so, als wäre nichts geschehen, über das zu reden es sich lohnen würde. Lang-sam versuchte auch Miranda jene „vergangene Geschichte" zu vergessen, in der Annahme, dass sie vielleicht an einem besonders ruhigen Tag mehr darüber erfahren könnte.

Dieser Tag kam nie.

Einmal, an einem Sommertag, als sie gegen den Willen der Schwiegermutter ein Regal voller Bücher und staubiger Zeitungen aufräumte, entdeckte sie eine Sammlung von Schallplatten mit 78 Umdrehungen und ein Grammophon: es war ein wahrer Glücksfall. Beim Anhören der Lieder aus seiner Jugendzeit, schien der Alte wie neugeboren, fröhlich, eitel, begann gewagte Witze zu erzählen, zufrieden über die Reaktionen der jungen Frau kichernd, die verlegen errötete und sich darauf beschränkte gefälligkeitshalber mitzulächeln.

An einem besonders einsamen und langweiligen Nachmittag erhob sich der Alte aus seinem Lehnstuhl und näherte sich ihr schlingernd einige Schritte. Mit einer tiefen Verbeugung, wie aus anderen Zeiten, lud er sie zu einem Tanz, einem Straußwalzer ein. Miranda, eine leidenschaftliche Tänzerin, die für das Tanzen alles gegeben hätte, während Enrico unfähig war, die Beine zu bewegen ohne ihr auf die Füße zu treten, plump, ohne Rhythmusgefühl. Vielleicht machte der Größenunterschied alles viel komplizierter. Miranda hatte außerdem seit langem den Verdacht, dass ihr Mann das Tanzen mit ihr vermied, weil er die Blamage fürchtete. Sie waren bestimmt kein Paar, das gut zusammenpasste, doch da konnte sie nichts dagegen machen: sie hatte sogar Schuhe mit sehr hohen Absätzen gekauft, an die sie sich erst mit einer gewissen Mühe hatte gewöhnen müssen.

Wie anders war da sein Vater.

Wer hätte das gedacht? Trotz der anfänglichen Unsicherheit, der Schwäche der Beine, hatte er den ausgemergelten Körper aufgerichtet, und mit zeremoniösen Gesten hatte er sofort bewiesen, dass er ein perfekter Kavalier war, galant, voller Scharm. Ein perfekter Tänzer. Zudem war der Tango seine Spezialität. Nach den ersten Versuchen, brachte er ihr die spektakulärsten Tanzschritte bei, während sie, leicht wie eine Feder durch diesen ärmlichen, finsteren, auch im Sommer feuchten Raum schwebte, geführt von diesem alten Chef der deutschen Polizei, dem Schrecken der Stadt, jetzt Tänzer, der alles vergessen hatte, außer die Tangoschritte. Für Miranda, die die ganze Absurdität der Situation empfand, waren es unvergessliche Nachmittage, die Illusion einer Normalität nicht ausgenommen, die ihr die Musik und der Tänzer zu vermitteln suchten.

Einmal kam die Schwiegermutter mitten in einer ihrer Pirouetten heim. Sie blieb in der Tür stehen, verdutzt und nach einer Weile brach sie in ein böses Gelächter aus, das Miranda erstarren ließ, während der Schwiegervater, die Anwesenheit seiner Frau ignorierend, wie übrigens immer, sie einlud weiter zu tanzen; in diesem Augenblick hatte sie eine Vision der beiden, wie sie vielleicht zwanzig Jahre zuvor gewesen sein mochten: sie groß und hölzern, er klein und fett, wie sie miteinander in einem Ballsaal während eines Parteifestes tanzten und die Menschen um sie herum ihnen zusahen, und trotz der Lächerlichkeit der Szene nicht einmal zu lächeln wagten.

Sie kehrte in den Gasthof zurück und sagte, dass sie den Mietvertrag zum Monatsende unterzeichnet hatte. Sie würde am Tag darauf abreisen, fragte, ob sie gegen Bezahlung die beiden schweren Koffer bis zu ihrer Rückkehr unterstellen dürfe.

Eine kleine minimalistische Geschichte

„Heute. Ohne gestern. Gibt es ein Heute ohne gestern?", frage ich mich. „Es kann ein Heute ohne morgen geben. Niemals aber ohne gestern." Ich lasse das Buch in meinen Schoß sinken, und schließe die Augen, um zu überlegen. Die Buchhändlerin, eine Person, die ich seit Jahren schätze, hatte mich gewarnt, als sie mir dieses Buch verkaufte.

»Es handelt sich um Minimalismus: nachdem ich es gelesen hatte, fühlte ich mich völlig leer, ohne Hoffnung, ohne Zukunft, nicht nur ohne Vergangenheit. Eine Einöde. Eine menschliche Wüste.«

Wenn ich es unbedingt lesen möchte ... sie wolle nichts damit zu tun haben! Ich habe es trotzdem gekauft, weil es leicht war, nur hundertfünfzig Seiten, ideal im Zug mitzunehmen.

Es gibt seltsame Kriterien, ein Buch auszuwählen. Ich ängstige mich immer vor Büchern, die mehr als dreihundert Seiten haben, ich denke, dass ein Autor nicht so viel schreiben kann, ohne sich zu wiederholen, ohne auf den eigenen Spuren zurückzulaufen, ohne sich in Sackgassen zu verrennen. Und außerdem gefällt mir keinerlei Art des Gelabers, seitenlange Beschreibungen, wie man es in den vergangenen Jahrhunderten machte ... wenn ein Autor im achtzehnten Jahrhundert nicht imstande war eine Landschaft, eine besondere atmosphärische Situation zu beschreiben, konnte er den Laden dicht machen. Und da wären wir wieder beim berühmten „Arm des Comer Sees, der sich gegen Süden erstreckt"[4], den wir auswendig lernen mussten, wäh-

---

[4]Aus dem Roman *I promessi sposi* (Die Verlobten), von Alessandro Manzoni, 1826. Das Buch war wichtig für die Entstehung einer einheitlichen italienischen Sprache und ist in Italien jedermann bekannt.

rend wir jedes einzelne Wort hassten, jede Ecke, jede Gasse, die sich irgendwo hinaufwand, und wir schworen uns immer und in jedem Roman die Landschaftsbeschreibungen zu überspringen.

Dann, dank ständiger Straffungen, kommt man unvermeidlich zum Minimalismus, unweigerlich. Oder zum Journalismus. Bloß Ideen, Meinungen, einige Fakten, um die Aufmerksamkeit des Lesers zu erregen, vielleicht einen Überraschungscoup, einen Mord, irgendeinen Gewaltakt und ein Finale mit Knalleffekt. Auch das überzeugt mich nicht ... wohin mit den Romanen von Dostojewski und Co?

Kurz und gut, ich habe das Buch auch deshalb gekauft, weil der Titel irgendwie vielversprechend war, herausfordernd möchte ich sagen (so etwas wie „Kannst du bitte still sein?"), ohne zu berücksichtigen, dass gerade in diesen Tagen eine Art Skandal losbrach: ein Lektor des Verlags, der als erster dieses Buch (oder war es vielleicht ein anderes Buch?) herausgebracht hatte, ließ Jahre später (als der Schriftsteller schon lange tot war), öffentlich wissen, dass er der wahre Erfinder des Minimalismus sei! In der Tat war er es gewesen, der die Erzählungen jenes Autors kürzte, sie auf das unentbehrliche Minimum reduzierte, was im verlegerischen Sprachgebrauch als lektorieren bezeichnet wird. Daher also ein trockener Stil, kein Wort mehr als nötig, und schließlich alles auf das Heute reduziert, auf den Moment, in einem ständigen Dialog, wie es wahrscheinlich im realen Leben geschieht. Der Schriftsteller oder der Verleger nahm sich einen Realismus in Reinkultur vor, noch roher als der Hemingways. Die Literatur auf das Knochengerüst reduziert, das Leben in all seiner Elendigkeit.

Wer aber sagt, dass die Wirklichkeit nur dies ist?

Ich muss sagen, dass mich allein schon der Begriff Minimalismus in Alarmbereitschaft versetzt hatte. Meine alte Lehrerin, eine nach Deutschland und dann nach Italien verpflanzte russische Prinzessin, hatte mir eine Predigt gehalten über die Bedeutung aller Wörter, die auf -ismus enden. Sie hatte eine wahre Allergie. Ihrer Meinung nach alles Modeerscheinungen, zum Verschwinden verurteilt, ausgenommen der Kommunismus, unter dem sie sehr gelitten hatte. Leider konnte sie nicht mehr sehen, wie auch dieses schreckliche Wort nach ungefähr achtzig Jahren durch ein anderes ersetzt wurde, das aber nicht auf -ismus endet. Ich bin mir sicher, die neuen Oligarchen, reicher noch als der zaristische Adel, hätten ihr weit weniger gefallen, als die Diktatoren des Proletariats. Arme Frau, ich muss jedes Mal an sie denken, wenn ich Individuen dieser seltsamen menschlichen Fauna begegne, imstande ein ganzes Konfektions-, Schuh- oder Handtaschengeschäft leerzukaufen, und die größten Juweliergeschäfte Europas auszuräumen: es genügt der Besuch zweier oder dreier Russinnen, dass ein Laden schließen muss, bis die nächste Lieferung eintrifft.

Ich fahre fort zu lesen; das Zugabteil ist leer, bis auf eine junge Frau, die mir gegenüber sitzt, neben der Tür, mit einem Mobiltelefon in der Hand. Sie dreht und wendet es in Erwartung eines Anrufs. Nach einigen langen Minuten der Unsicherheit berührt sie eine Taste und führt das Handy zum Ohr. Sie horcht einen Augenblick.

»Ich bin im Zug.« Ein langes Schweigen. Wem wird sie diese Nachricht mitgeteilt haben? Jemandem, der ihre Stimme kennen muss, denke ich gleich. Ein Mann, ein möglicher Liebhaber, von dem sie sich vor einigen Stunden getrennt hat?

Dann: »Ja, er ist pünktlich. Nein, ist nicht nötig, danke.« Weitere Minuten der Stille. Sehr lakonisch. Es kann kein Liebhaber sein. Vielleicht handelt es sich bloß um einen Bürokollegen; warum aber muss sie ihn dann anrufen?

»Ciao«. Sie scheint nicht enttäuscht zu sein, bloß abwesend, oder vielleicht nur gelangweilt. Sie fährt fort das Telefon in ihren Händen unschlüssig hin und her zu wenden. Seit sie zugestiegen ist, beobachte ich diese Szene.

Erneut drückt sie eine Taste und horcht: »Hallo Mama, ich komme. Ich sitze bereits im Zug; was hast du zum Abendessen vorbereitet«? Sie hört lange still zustimmend zu. Handelt es sich auch hier um Minimalismus?

Es ist nervenaufreibend im Zug zu sitzen und gezwungen zu sein, das Geschwätz anderer zu hören. Einmal habe ich eine Reise mit einem Typen gemacht, der zwei geschlagene Stunden lang nichts anderes tat als zu telefonieren, ohne sich zu unterbrechen, um seinem Gesprächspartner zuzuhören. Immer das verdammte Handy ans Ohr gequetscht. So wie er mit einem Kunden fertig verhandelt hatte, begann er mit dem nächsten: ein Geschäftsmann, das war klar, aber wie nervig! Und der Zug war dermaßen voll, dass es nicht möglich war, den Waggon zu wechseln. Ich erinnere mich, dass ich in einem jener für mich schrecklichen Wagen mit einem einzigen durchgehenden Abteil saß, und den Typen, obwohl er seinen Geschäften viele Sitzreihen entfernt nachging, konnte man sogar auf der Toilette hören, wohin ich mich für einige Minuten zu flüchten versucht hatte. Ich stelle mir mit Entsetzen vor, ich wäre gezwungen einen ganzen Tag immer in demselben Abteil mit Leuten dieser Art zu verbringen. Ein Szenario aus einem Horrorfilm.

Und sofort kommen mir die Viehwaggons in den Sinn, in denen Millionen von menschlichen Wesen tagelang eingeschlossen, schlimmer als Tiere, ohne etwas zu essen und zu trinken, an einen ihnen unbekannten Ort verfrachtet wurden. Man muss sich die Szenen vorstellen, die sich in diesen finsteren, stinkenden, kalten oder heißen Orten, je nach Jahreszeit, unter unterschiedlichsten, wenn auch derselben „Rasse" angehörenden Menschen abspielten. Jedes Mal, wenn ich einen dieser Waggons sehe, jetzt nur mehr mit Waren beladen und nicht mehr mit Tieren (die werden jetzt in Lastwagen verfrachtet, und jedes Mal, wenn ich einen davon auf irgendeiner Autobahn sehe, habe ich den Wunsch, diese armen Viecher zu befreien, mit ihnen zu fliehen), muss ich an jene armen Menschen denken und dann erscheint mir alles erträglich, auch die entschieden unfreundlichen, arroganten, manchmal auch aggressiven Fahrgäste, die mir ab und zu unterkommen.

Mir wird bewusst, dass ich ausufere. Jetzt versuche ich, mich auf das Buch zu konzentrieren, aber es ist nicht leicht. Andererseits ist es ein Text, der mich von einer Leere in die nächste stürzen lässt; meine Buchhändlerin hatte tatsächlich Recht: mehr noch als ein Gruseln, überkommt mich ein undefinierbares Gefühl der Betrübnis. Ein Heute ohne Gestern, aber auch ohne morgen. Ist das Leben in Amerika so? Und dann, immer besoffene Ehemänner, die von müden Frauen ohne Hoffnung aus dem Haus gejagt werden; ich kann nicht vergessen, dass der Autor ein notorischer Alkoholiker war, wie Hemingway übrigens auch. Ein berühmter Kritiker, der Großmogul der deutschen Literaturkritik, hatte einmal erklärt, dass es ihn nicht interessiere, die Gedanken eines Menschen mit begrenzter Intelligenz zu kennen. War Emma Bovary etwa eine geistreiche Person? Und Anna Karenina …? Gewiss nicht, aber es handelt sich um Frauen! Und, man kennt das, die Frauen haben es nicht notwendig intelligent zu sein, es reicht, dass sie schön sind. Ich frage mich also, ob der Großteil der Frauen, die nicht schön sind, wohl ein Anrecht auf ein bisschen Intelligenz haben … obwohl das ja ein typisch männliches Vorrecht ist. Andererseits sind die vielen „männlichen" Helden der Literatur nicht immer Supermänner. Er aber – der Großmogul – hatte gerade eine Auseinandersetzung mit einem Schriftsteller gehabt, der von einem LKW-Fahrer erzählte, und von seinen körperlichen Ausscheidungen. Eine ziemlich langweilige Geschichte, muss ich zugeben, und ziemlich lange: ein Roman, der dreihundert Seiten überschreitet, hatte der Kritiker selbst mehrmals erklärt, ist ein Attentat auf die Menschheit! Und ich muss ihm Recht geben.

Ich verzichte aufs Lesen und versuche zu denken.

Stecken wir einmal mich selbst, wie ich in diesem Augenblick bin, in eine minimalistische Erzählung. Sicher, wenn ich jetzt diese Person bitten würde mit dem Telefonieren aufzuhören, weil es mich so sehr stört, dass ich nicht lesen kann, etwa mit einem Satz wie: „Könnten Sie bitte still sein?", gäbe ich den Anstoß für eine amerikanische Erzählung. Zweifelsohne eine unbedeutende Episode, die sich zu etwas mehr entwickeln könnte; ich erinnere mich an einen Typen, ebenfalls im Zug, der, gerade eben in mein Abteil gekommen, frenetisch zu telefonieren anfing. Ich gab ihm nach einigen Minuten zu verstehen, dass mich seine persönlichen Angelegenheiten nicht interessierten, dass ich läse und mich nicht konzentrieren könne. Gut. Dieser Typ nahm, immer weiter telefonierend, seinen Koffer und wechselte das Abteil. Er war offensichtlich genervt, doch der Zug war halb leer, und wäre er nicht gegangen, hätte ich das Abteil gewechselt. Es wäre nicht das erste Mal gewesen, deshalb reserviere ich nie einen Sitzplatz, denn mit großer Wahrscheinlichkeit bleibe ich nie dort sitzen, wo ich zu Beginn der Fahrt Platz genommen habe.

Auf mein Gegenüber zurückkommend, denke ich mir: wer bin ich für sie? Eine ungeduldige Person, eine, man weiß nicht genau wer, die sich, wer weiß was, einbildet, weil sie ungestört ein Buch lesen will, in jedem Fall eine ohne Vergangenheit und vielleicht ohne Zukunft; aber auch für mich ist mein Gegenüber ohne Vergangenheit, ohne Identität würde ich sagen, denn es ist die Vergangenheit, die einem Menschen Identität verleiht. Es würde sich ein kurzer Dialog ergeben, einige unfreundliche Worte oder vielleicht nicht einmal das. Vielleicht würde sie seufzend aufhören zu telefonieren und würde mir ihre Lebensgeschichte erzählen (wie es mir schon einige Male passiert ist). Ein langer Monolog, bis zur nächsten Haltestelle des Zuges: wer weiß, vielleicht ein Anstoß für eine minimalistische Erzählung.

Jetzt redet man von nichts anderem als von Identität; es grassiert die Identitätssucht: die nationale, territoriale, sexuelle. Früher, glaube ich, sprach man nicht viel über Identität, vielleicht, weil sie kein Problem darstellte. Ich jedenfalls kann mich nicht erinnern, dieses Wort je so häufig gehört zu haben, wie in diesen letzten Jahren. Heute gibt es, ganz klar, eine Persönlichkeitskrise: alles beginnt und endet hinter dem Fernsehbildschirm. Dort ist es, wo die neue Vision der Welt und des Individuums produziert wird, dort befinden sich die Meister, mit denen wir uns zu messen haben. Und um welche Meister handelt es sich?

Dieses ständige sinnlose Telefonieren hat mir meine ganzen Ideen durcheinander gebracht. Und außerdem sehe ich nie fern, da ich zu den wenigen weißen Raben gehöre, die ganz aufs Radio abgefahren sind. Deshalb wurde ich auch noch keiner Gehirnwäsche durchs Fernsehen unterzogen.

Laut einem alten Gemeinplatz, ist das Gesicht der Spiegel unserer Persönlichkeit. Die Zeichen unserer Vergangenheit, unserer Geschichte, unseres Ursprungs, bleiben alle in unserem Gesicht eingeschrieben. Wer aber nimmt sich die Zeit, diese Zeichen zu betrachten, wer weiß sie zu deuten? Welche Vergangenheit hat diese Frau hier, mir gegenüber? Ich könnte es mir erlauben, die, von wer weiß welchen genetischen Charakteristiken eingegrabenen Linien zu analysieren, um vielleicht zu versuchen, ihre Persönlichkeit zu interpretieren: aber ist das nicht ein indiskretes Wühlen im Leben eines Anderen?

Gott, wie viele schräge Gedanken spielen sich im Kopf von einem ab, der im Zug sitzt, so wie ich, die mehr oder weniger behindert wird, sich auf ein Buch zu konzentrieren, egal ob mehr oder weniger trostlos.

Der Zug beginnt langsamer zu werden. Wir fahren in den Bahnhof ein. Plötzlich erinnere ich mich, dass vor etlichen Jahren, obwohl er dem Bahnhof bereits nahe war, ein Zug keine Anstalten machte zu bremsen und tatsächlich in voller Fahrt gegen den Rammbock knallte. Der Aufprall war derart, dass dieses Ding aus Eisen aus der Verankerung gerissen und bis auf den Bahnsteig geschleift wurde, wo eine Menschenmenge auf die Ankunft gerade dieses Zuges wartete. Wenn ich mich nicht irre, gab es Tote und Verletzte. Auf welchem Bahnhof geschah all das? Hatte ich das geträumt, oder habe ich es in der Zeitung gelesen? Handelt es sich auch hier um tragischen Minimalismus? Aber jetzt denke ich: wenn der Zug weder an diesem noch an einem anderen Bahnhof halten würde? Welch seltsame Gedanken. Ein Zug auf der Flucht, und die Fahrgäste gezwungen Städte und Dörfer vorbeiziehen zu sehen, ohne aussteigen zu können. Ich stelle mir die panischen Szenen vor. Vielleicht würde es anfänglich niemand merken, außer denen, die hätten aussteigen wollen; dann hätte jemand vielleicht sogar den Mut, die Notbremse zu betätigen ... auch ich habe einmal die Notbremse in der U-Bahn gezogen. Der Zug war im Depot angekommen und hatte angehalten. Ich hatte die Durchsage nicht gehört, dass die Fahrgäste an der vorherigen Haltestelle aussteigen sollten. Nach einigen Minuten des Wartens, habe ich gemerkt, dass der Zug leer war, und da habe ich den Alarm ausgelöst. Es ist gleich eine Beamtin gekommen; sie hat mich nur gebeten, mich zu beruhigen, und ich weiß, dass ich in Wirklichkeit eine saftige Strafe hätte bezahlen müssen! Nach ungefähr zwanzig Minuten ist der Zug wieder losgefahren, aber ich werde meine Verstörung nicht vergessen, in einem stehenden, leeren Zug, allein in einem Tunnel.

Aber ein voller Zug, der rast, ohne jemals anzuhalten ... was würde passieren? Besser wir lassen es. Daraus würde nicht einmal eine minimalistische Erzählung.

Verona. Entlang des Bahnsteigs gibt es Bewegung: Menschen die einsteigen, Menschen die aussteigen.

Mein Gegenüber hat aufgehört zu telefonieren, hat aber nicht die Absicht auszusteigen. Schade. Nach einigen Minuten öffnet jemand die Abteiltür. Ein gewaltiges Weib, eine Art ziemlich füllige Walküre mit autoritärem Gehabe macht sich breit. Sie scheint entschlossen, das gesamte Abteil zu besetzen. Ihr folgt ein junger Mann, der zwei riesige Koffer hinter sich herschleppt. Er schafft es gerade, diese zwischen die Sitze zu zwängen. Auf dem Rücken einen dicken, sperrigen Rucksack. Er dreht sich einen Augenblick um, und ich schaffe es gerade noch rechtzeitig auszuweichen, damit dieser mir nicht mitten ins Gesicht schlägt. Von der Frau unterstützt, und, ohne auf mich oder auf die neben der Tür sitzende Frau zu achten, hievt er die beiden Schrankkoffer auf die dafür vorgesehenen Ablagen; er nimmt den Rucksack ab, und immer noch ohne von unserer Anwesenheit Notiz zu nehmen, schiebt er ihn mit Gewalt auf die gegenüberliegende Seite, genau über meinen Kopf. Schließlich lassen sie sich mit einem Seufzer der Erleichterung auf die Sitze fallen, einander gegenüber. Am Fenster. Zwei für sie reservierte Plätze.

Die Frau zieht sofort ihre Schuhe aus und legt die Füße auf den gegenüberliegenden Sitz, der junge Mann rückt zur Seite, um ihnen etwas Platz zu lassen.

Weiß sie, dass sie Füße von statuarischer Schönheit hat? Nackt, leicht gebräunt, obwohl der Sommer schon lange vorbei ist. Adelig, perfekt geformt. Sie legt sie nicht nur hin, um auszuruhen, sondern streckt sie, dreht sie mit Eleganz in einer Art Gymnastik, um die Fesseln zu lockern, auf diese Art unsere Aufmerksamkeit erregend. Der junge Mann bemerkt von alledem nichts, ganz in ein Gespräch vertieft, das sie schon vorher begonnen haben müssen.

Stimmt es, dass Frauen die Schönheit einer anderen Frau besser erkennen können, als ein Mann?

Sie sprechen spanisch. Die Frau hört zu und antwortet in einem ziemlich holprigen Spanisch, den jungen Mann nach jedem Wort auffordernd, sie zu korrigieren. Manchmal tauchen auch deutsche Sätze auf, die der junge Mann versteht. Dann antwortet er auf Deutsch, die beiden Sprachen ständig vermischend. Sie reden frei heraus, ziemlich laut, als wären sie alleine im Abteil, überzeugt, dass sie niemand verstehen könne. Als sie ins Abteil kamen, haben sie uns übrigens vollkommen ignoriert. Kein Anzeichen eines Grußes, eines Lächelns. Nichts.

Der junge Mann, vielleicht zwanzig-zweiundzwanzig Jahre alt, groß, gut gebaut, hat eine Art Helm aus dichtem schwarzen Haar, auf wenige Zentimeter gestutzt. Die seltsam blauen Augen stechen aus einem Gesicht mit dunklem Teint hervor: die klassischen Züge europäischer Art haben etwas Exotisches, schwierig einem Ort auf der Welt zuzuordnen.

Wunderschön.

Ein Wunder der Natur.

Wenn er den Mund aufmacht, zeigt er ein Spalier perfekter Zähne, weiß, gut für eine Zahnpasta Reklame.

Aber es gibt etwas Unbeschreibliches an diesem Mund, an diesen sinnlich gezeichneten Lippen, etwas, das fasziniert, anzieht: sie sind aufgeworfen, weich. Ich bin nicht imstande, den Blick von diesem Mund loszureißen; wie der Mund eines Neugeborenen, so naiv, noch ohne künftige Schuld. Der Mund jemandes, der die Freude am Essen, am Beißen, am Küssen noch nicht kennt. Ich tu mich schwer, meine Augen anderswo hinzulenken; die Stirn ist glatt,

ziemlich tief, und die Augen schauen alles mit einer Art Verzauberung an: die Landschaft draußen vor dem Fenster, sein
Gegenüber, die Koffer oben, oder selbst den Schaffner, der
einige Minuten später die Fahrscheine kontrollieren kommt.
Immer dieser verzauberte Blick. Auch die Stimme, männ-
lich, gewinnend, verbreitet sich wie ein Stück Musik, gut
moduliert, ohne jeglichen Missklang. Er sollte als Dressman
für eine Modezeitschrift arbeiten, oder noch besser nach
Hollywood gehen. Was macht denn ein Wesen wie er in einem gewöhnlichen Zugabteil zweiter Klasse der Trenitalia?
Er ist mit eleganter Nachlässigkeit gekleidet, Markenware,
ausgezeichnete Qualität, man sieht's, mit einer gewissen
Nonchalance getragen, ein Mann von Welt, gewohnt nur
Boutiqueware zu kaufen. Die Verzauberung aber, die von
dieser Person ausgeht, rührt von einer Art Naivität her, von
einem Unwissen über die Wirkung, die er auf Frauen ausübt
(oder vielleicht weiß er es?), von etwas, das an ein Tierjun-
ges, ein neugeborenes Kind erinnert. Es ist pure Zärtlichkeit, und strömt Zärtlichkeit aus.

Die junge Frau mit ihrem Handy hat seit einiger Zeit aufgehört damit herumzuspielen und beobachtet den jungen
Mann, während ihr eine leichte Röte in die Wangen steigt.
Sie scheint wiederbelebt. Kurz zuvor hatte ich nicht bemerkt, wie blass und farblos sie war. Wie viele Frauen sind
farblos, wenn sie sich alleine fühlen, unbeachtet? Es ist wie
ein Sich-gehen-Lassen, ein die Waffen vor dem Leben selbst
strecken. Erwarten sie keinen Besuch, verbringen sie wo-
möglich den ganzen Tag im Pyjama oder im Nachthemd und
Morgenrock, schminken sich nicht, sehen sich am Morgen
vielleicht nicht einmal im Spiegel an … stell' ich mir das alles
nur vor? Wer sieht sich denn wirklich im Spiegel an? Wer
hat den Mut, sich wirklich zu sehen, vielleicht so, wie uns
die anderen sehen, und nicht so, wie wir selbst zu sein glauben? Häufig bemerke ich die plötzliche Veränderung eines

Gesichts, das eben noch passiv, blass, resigniert, schlagartig erwacht, leuchtende Augen bekommt, entspannte Gesichtszüge, die Lippen verlieren diesen schmollenden Widerwillen ... eine Verwandlung, die mich jedes Mal verblüfft. Ich schaue mich um, und sehe die Ursache für das große Wunder: die Anwesenheit eines Mannes!

Inzwischen bin ich durch dieses seltsame Paar endgültig abgelenkt, lasse mir nicht die kleinste Bewegung entgehen: ich verstehe die beiden Sprachen, kann aber dem Faden des Gesprächs nicht folgen, so sehr bin ich in eine Welt von Gedanken versunken, in Überlegungen über das Leben, die Wirklichkeit, die die Oberhand über die Literatur zu erlangen weiß. Ich habe das Buch, das ich doch lesen wollte, vergessen und schließe die Augen, lasse mich vom Klang der Stimmen wiegen.

Die tiefe, beinahe maskuline Stimme der Frau rüttelt mich plötzlich aus einer Art Halbschlaf. Es müssen einige Minuten des Schweigens verstrichen sein, denn die wenigen auf Spanisch gesprochenen Worte übertönen das Rattern des Zugs, so, als ob sie aus der Tiefe eines Tunnels aufstiegen. Aber vielleicht ist es gerade so, wir kommen tatsächlich aus einem Tunnel. Ich öffne einen Moment die Augen, um sie eine Sekunde darauf wieder zu schließen. Die Worte sind klar, deutlich ausgesprochen, oder besser gesagt, mit extremer Pedanterie skandiert, mit einem starken deutschen Akzent.

»Wann startet dein Flugzeug?«

»Morgen um neun Uhr fünfzig. Ich werde zwei Stunden vorher am Flughafen sein müssen ... bei den Kontrollen, die sie jetzt machen«, antwortet der Jüngling lässig. Vielleicht eine Frage, auf die er bereits zehnmal geantwortet hatte. Er ist aber nicht belästigt, er ist zu gut erzogen, um auch nur den geringsten Ärger zu zeigen. Im Gegenteil, er lächelt.

»Ist es ein Direktflug oder musst du irgendwo umsteigen?« Ihre Fragen wirken wie aus einem Handbuch *Spanisch in drei Tagen* oder solchem Zeug.

»Leider konnte ich keinen direkten Flug ab München kriegen. Ich werde in Heathrow umsteigen müssen ...«

»Es wird ein langer Flug werden. Bist du auch auf der Anreise in Heathrow umgestiegen?«

»Nein, nein. Ich bin direkt nach Frankfurt geflogen. Für mich war das einfacher, weil ich meine erste Verpflichtung gerade einige Kilometer vom Flughafen hatte. Stell dir vor, meine Verwandten sind mich mit einem Foto in der Hand abholen gekommen: meine Mutter hatte es ihnen geschickt, weil sie befürchtete, dass sie mich nicht erkennen könnten! Es ist bloß Tante Burgi mit einem Enkel, ungefähr in meinem Alter, gekommen. Tante Burgi ist die jüngere Schwester meines Vaters.«

»Wie viele Schwestern hatte dein Vater?«

»Vier. Er war der einzige männliche Nachkomme, der älteste.« Der junge Mann schweigt ein wenig und schaut aus dem Fenster. (Ich muss gestehen, dass ich ab und zu die Augen einen Spalt breit öffne, um ihn heimlich beobachten zu können). »Wie grün hier alles ist! Auch das Rheinland ist grün, das heißt, Deutschland ist grün. Die Wiesen sind sehr gepflegt, nicht wie bei uns in Mexiko. Vielleicht hängt das vom Klima ab oder von der Beschaffenheit der Erde. Ich habe bemerkt, dass hier die Erde schwarz ist, während sie bei uns zumeist rot ist.«

»Sicherlich von beidem, aber es sind unsere Bauern, die diese Wunder vollbringen: du weißt es vielleicht nicht, aber unsere Bauern, unsere Handwerker genossen überall wegen ihrer Geschicklichkeit, Disziplin und Sittsamkeit große Anerkennung. Sie wurden in den vergangenen Jahrhunderten oft in die östlichen Länder geholt, um sie zu kolonisieren. Ich weiß nicht, ob du jemals von den Wolgadeutschen gehört hast. Katharina von Russland hat sie in der zweiten

Hälfte des neunzehnten Jahrhunderts in ihr Land gerufen. Jetzt kommen alle zurück, abertausende von Aussiedlern, die kein einziges Wort Deutsch sprechen.«

Sie hält ein, unentschlossen, ob sie mit diesem Thema fortfahren soll. Es war ein einziger Worterguss auf Deutsch gewesen, im Tonfall von jemandem, der sich zum Unterricht ans Katheder stellt. Der Jüngling wartet einen Augenblick, dann lächelt er auf seine höfliche Art und antwortet seinerseits auf Deutsch. Er hat einen starken spanischen Akzent und eine gewisse Unsicherheit die Verben und Adjektive richtig zu platzieren.

»Davon weiß ich nichts. Im Übrigen weiß ich sehr wenig über die europäische Geschichte.« Er fährt auf Spanisch fort: »Bei uns in der Schule gibt es nur oberflächliche Kenntnisse über die Vorkommnisse in der Alten Welt: die Römer, die Griechen, die Renaissance wegen der Kunst, dann die Französische Revolution und Napoleon. Der Erste und der Zweite Weltkrieg. Alles oberflächlich. Ich vergaß das kommunistische Russland. Kurz gesagt, das ist alles. Aber wir studieren die Geschichte Lateinamerikas und der Vereinigten Staaten. Geschichte ist aber nie mein bevorzugtes Fach gewesen.«

Er schweigt, als wolle er sich entschuldigen, jedoch ohne zu überzeugen. Man sieht es genau, dass Geschichte für ihn gar nicht so wichtig ist.

»Welche Fächer interessierten dich?«

Die Frau will den Gesprächsfaden nicht abreißen lassen, auch wenn sie diese Schulgeschichten wenig interessieren. Das zumindest verkündet der Ton ihrer Stimme.

»Ich wüsste nicht, welche ich nennen könnte. Alles ein bisschen, ich hatte nie Vorlieben. Ich weiß zum Beispiel, dass es in Europa einen Fluss gibt, der sieben Länder durchquert und in Deutschland entspringt ... an den Namen der anderen Länder kann ich mich nicht erinnern. Es ist die blaue Donau!« Und er bricht in ein Lachen aus, alle zweiunddreißig Zähne in ihrer ganzen blendenden Pracht vorzeigend.

»Ein blauer Fluss!« Auch die Frau lacht, ein tiefes Lachen, eine Art Echo, um ihm zu schmeicheln. Sicherlich findet sie daran nichts Belustigendes.

»Dann gefiel dir also Geografie?«

»Gerade Geografie ... bei Gott, Geografie war nie meine Stärke, ich muss es zugeben, aber die Tatsache, dass ein Fluss sieben verschiedene Länder durchquert, hat mich beeindruckt: Europa ist sehr klein, oder besser gesagt, in viele Stücke zerteilt. Viele kleine Staaten und durch alle fließt derselbe Fluss! Das ist tatsächlich lächerlich.«

Nachdenklich schweigt er plötzlich. Er runzelt leicht die Stirn, auf beinahe kindliche Art.

»Jetzt wartet die Universität auf mich, und ich weiß noch nicht, in welche Fakultät ich mich einschreiben soll. Aber Mama hält was drauf, und auch Manuel, ich hab' dir bereits von ihm erzählt, ihr zweiter Mann. Manuel hat sich nie in meine Sachen eingemischt, er ließ meine Mama machen: weshalb auch, was hat er damit zu schaffen? Ich bin doch nicht sein Sohn, oder? Aber auch er will, dass ich auf die Universität gehe. Er hat keine Kinder. Mit meiner Mutter hat er keine Kinder.«

Er macht eine Pause, und man sieht, dass er anderswo ist. Sein Blick hat einen neuen Ausdruck bekommen, ist noch sanfter geworden.

»Mutter ist eine außergewöhnliche Frau. Sie ist immer noch schön, auch jetzt, wo sie nicht mehr so jung ist. Ich weiß, wie alt sie ist, aber sie will nicht, dass ich es herum erzähle! Sie ist eitel, wer hätte das gedacht? Manuel ist Architekt und er möchte mich gerne in seinem Studio haben. Es ist ein großes Studio mit, ich weiß nicht, wie vielen Angestellten, meine Zukunft wäre dort gesichert. Nach Vaters Tod, war er es, der unsere Villa wieder in Ordnung brachte, um sie zu einem vorteilhaften Preis zu verkaufen. Es war ein sehr schönes Haus, groß, ich kann mich noch gut daran erinnern, obwohl viele Jahre vergangen sind. Zwölf. Ich war acht, als mein Vater starb. Gleich darauf sind wir in Manuels Wohnung gezogen, alle drei gemeinsam. Mama kannte ihn bereits vorher. Bevor Vater starb. Ich wusste davon.«

Er schweigt, neuerlich nachdenklich. Seine Augen verfinstern sich: er presst die Lippen zusammen, wie ein Kind, wenn es schmollt. Aber nur einen Augenblick.

»Hast du ein gutes Verhältnis zu ihm?«

»Ich kann mich nicht beklagen. Er ließ immer Mama machen. Ich glaube, dass ich ihm nie Ärger bereitet habe.«

Es folgt ein langes Schweigen.

Ich überlege. Sieh einer an, welch sonderbares Paar mir da untergekommen ist! Wo mögen sie sich kennen gelernt haben? Vielleicht in der Bahnhofsbar? Ich stelle mir die Szene vor. Sie kommt müde mit einem jener Riesenkoffer an, er bietet seine Hilfe an – ob er der klassische Gigolo ist? Ein Verwandtschaftsverhältnis scheint nicht zu bestehen, was weiß ich, eine alte Tante, eine Kusine oder eine Stiefnichte. Ich spüre aber ein starkes Vertrauen zwischen den beiden, eine Art Intimität, von der ich nicht wüsste, wie ich sie erklären könnte; vielleicht haben sie sich vor einigen Tagen kennen gelernt, vielleicht im Hotel, während sie frühstückten, oder im Schwimmbad ... Vielleicht haben sie eine Woche miteinander verbracht.

Aber, ist es wirklich wichtig zu wissen, wie sie sich kennen gelernt haben? Für eine minimalistische Erzählung sind diese Informationen von marginaler Bedeutung.

Inzwischen beginnt der Zug wieder langsamer zu werden und die junge Frau mir gegenüber sieht auf die Uhr. Eilig steckt sie ihr kostbares Handy in die Handtasche, die sie auf dem Sitz daneben abgestellt hatte, steht auf, und während der Zug in den Bahnhof einfährt, stürmt sie hinaus auf den Gang: sie muss wissen, dass der Zug nur einige Minuten hält. Weder grüßt sie, noch schließt sie die Tür hinter sich; seit dieses seltsame Paar aufgetaucht ist, hat sie nichts anderes getan, als es zu beobachten und hat sogar aufgehört zu telefonieren. Ich schließe die Tür in der Befürchtung, dass jemand Lust bekommen könnte hereinzukommen; ich habe schon vor langem bemerkt, dass eine offene Tür immer einladender ist als eine geschlossene. Zumindest im Zug.

So wie sich der Zug wieder in Bewegung setzt, erfolgt eine Verschiebung, verursacht vielleicht deshalb, weil mehr Platz ist oder wer weiß weshalb. Tatsache ist, dass die Frau, die bis dahin die Konversation bestimmte, die Schuhe anzieht und sich schwerfällig erhebt; sie streckt sich einen Augenblick in ihrer ganzen ziemlich bemerkenswerten Länge, und setzt sich neben die Tür, gerade mir gegenüber.

Ich öffne mein Buch, im Versuch mit der Lektüre fortzufahren; ich gestehe, dass ich alles vergessen habe, und dass ich nicht einmal weiß, um welche minimalistische Geschichte es sich handelt, so sehr haben mich die beiden in das Netz ihrer Beziehung verstrickt. Aus den wenigen Sätzen, die ich hören konnte, habe ich eine ganze Welt wahrgenommen, beziehungsweise eher noch zwei absolut unterschiedliche und doch parallele Welten, jede mit ihrer eigenen Faszination und ihrer Besonderheit, die zusammengenommen unsere Zeit besser widerspiegelt als jemals ein Geschichtsbuch es könnte. Zwei Generationen, die praktisch nichts voneinander wissen, und auch kein Interesse haben etwas zu erfahren. Eine vergrabene Welt die eine, oberflächlich, hedonistisch die andere.

Der junge Mann steht ebenfalls auf und setzt sich auf den von der Frau am Fenster frei gemachten Platz, vielleicht um weiter mit ihr plaudern zu können.

Etwas zwingt mich den Blick vom Buch zu heben. Ich muss zugeben, dass ich mich nicht konzentrieren kann, und außerdem bin ich begierig, endlich der Frau mit der tiefen Stimme ins Gesicht zu sehen. Ich habe Mühe meine Überraschung zu verbergen. Die Frau, die mich mit der Schönheit ihrer Füße beeindruckt hat, hat ein Gesicht mit markanten Zügen, durchzogen von einem dichten Netz ziemlich tiefer Falten. Braungebrannt. Zwischen den Wangen thront eine kleine Kartoffelnase, so rund, wie mir noch keine zu Gesicht gekommen ist. Sie muss um die sechzig sein, vielleicht älter. Breite Lippen, einen großen sinnlichen Mund, glattes graues Haar mit Pagenschnitt: ein Gesicht, das man weder übersehen noch vergessen kann, eines, das meine Mutter als „schöne Hässlichkeit" bezeichnet hätte. Der massige, schwere Körper eines preußischen Offiziers, so wie man sich einen preußischen Offizier vorstellt und zwei unschuldige Augen voller Zärtlichkeit. Sie sieht den jungen Mann mit ihren kleinen runden Augen an und sie zergehen, fangen zu leuchten an: sie ist offensichtlich bis unter die Haarwurzeln verliebt!

Eine wehmütige Liebe, keine mütterliche, jedoch ohne erotische Hintergedanken. Eine Liebe, wie es sie vielleicht im irdischen Paradies gegeben hatte, bevor die berüchtigte Schlange sich einmischte, um die Liebe mit anderen Bedeutungen zu befrachten. Es ist Liebe für die Liebe in ihrer reinsten Form, zart und hauchdünn wie der Duft einer Blüte; ein Miteinander von ängstlichen Emotionen, aber auch Scham, jugendlichen Erregungen, die sich in einem alten und verwüsteten Gesicht spiegeln. Ich empfinde großes Mitleid. Der Jüngling hingegen scheint dieses Gesicht nicht in seiner Wirklichkeit zu sehen, fühlt nur die Zärtlichkeit, die von der Person ausgeht, von der tiefen Stimme, die ihn umgibt und erwärmt. In der Tat schaut er sie immer oder fast immer mit einem liebevollen Lächeln an, und vielleicht hat er deshalb den Platz gewechselt, will sie sehen und ihre Wärme genießen.

»Erinnerst du dich noch an deinen Vater? Hattest du ein gutes Verhältnis zu ihm?«

Wieder diese tiefe Stimme. Sie spricht sofort auf Deutsch weiter:

»Ich denke oft an meinen Vater, er war Richter, ein sehr ernster Mann, steif, wortkarg. Er identifizierte sich mit seinem Beruf, von Kopf bis Fuß ... beinahe trug er die Richterrobe auch noch zu Hause, vielleicht sogar im Schlafzimmer! Es kommt immer noch vor, dass ich von ihm träume, und ich kann dir sagen, dass es keine angenehmen Träume sind. Aber das waren andere Zeiten. Damals war das Verhältnis zwischen Vätern und Kindern anders. Es herrschte viel Autorität, überall, in der Schule, zu Hause. Man hatte großen Respekt vor den erwachsenen Personen im Allgemeinen und man redete nicht über alles, so wie heutzutage. Jeder behielt seine Gedanken für sich. Und ich erst, nie hätte ich dem Willen meines Vater widersprechen, oder mit ihm über dies und das plaudern können, so wie man es heute tut. Man musste gehorchen, nur gehorchen, ohne zu diskutieren. Ich dachte nicht einmal daran, dass es etwas anderes geben könnte. Und meine Schwester war wie ich. Auch meine Mutter, die Ärmste. Manchmal denke ich, dass sich hinter all diesem Respekt eine gute Portion Unsicherheit versteckte, und Furcht. Vielleicht auch Hass, aber ich wage nicht, das zu denken, auch jetzt nicht ... siehst du, wie gehemmt ich bin? Ich fürchte mich auch vor den Gedanken ... ich fürchte sie wie Feinde, die versuchen meine Ruhe zu zerstören ... und auch den in all diesen Jahren schwer eroberten Frieden. Du weißt nichts, kannst nicht verstehen, was es bedeutet, all diese Vergangenheit mitzuschleifen. Ich habe eine Kindheit voller Ängste gehabt. Aber ich wagte es nicht, jemandem zu beichten, nicht einmal mir selbst.

Wenn ich die Väter heute sehe, wenn ich ihnen im Englischen Garten begegne, wie sie einen Kinderwagen schieben oder mit ihren Kindern auf der Rutschbahn spielen ... halte ich immer ein, ihnen zuzuschauen. Wir, die aus meiner Generation, haben nie etwas von all dem gehabt. Der Krieg war gerade vorbei, und ich weiß nicht, ob es möglich war, zum Spielen in den Park zu gehen, ich kann mich nicht erinnern. Heute kann sich niemand vorstellen, wie man damals lebte ... unsere Eltern hatten andere Sorgen, als mit uns zu spielen.« Sie schweigt nachdenklich. Ihre Stimme ist allmählich ganz sanft geworden. Mit einer Spur von Traurigkeit. Aber vor allem ist sie nicht mehr so laut wie vorher, es klingt wie eine Beichte oder ein Selbstgespräch

»Ich glaube, dass unsere Väter, auch wegen der genossenen Erziehung, viel größere Hemmungen hatten, als wir selbst uns vorstellen können: die Frauen mussten sich um die Kinder kümmern, nur die Frauen. Für einen Mann war es undenkbar ein Kind in den Arm zu nehmen, seine Windeln zu wechseln, es zu füttern, mit ihm zu spielen ... ein Zeichen der Schwäche, geringer Männlichkeit, das wäre es gewesen. Andererseits ist dieses „die Väter in die Erziehung der Kinder involvieren wollen" ein ziemlich junges Phänomen. Auch dies eine Folge des Feminismus!«

Und sie lächelt, wie um einen früher begonnenen Diskurs abzuschließen. Offenbar ist sie vom Feminismus nicht sehr begeistert. Der Ton ist abfällig geworden; mir scheinen das die klaren Nachwehen einer autoritären Erziehung patriarchaler Art zu sein.

Ich gestehe, dass es mich immer interessiert Zeugnisse jener Zeit zu hören; da ist eine seltsame Sehnsucht, die ich nicht zu teilen vermag, eine Trauer um etwas, das hätte sein können und nicht gewesen ist, etwa, dass der Krieg mit dem Sieg Deutschlands geendet hätte ... unvorstellbar für uns, doch für sie? Sehr selten hatte ich das Glück, den prophetischen Satz zu hören: „Zum Glück haben wir den Krieg nicht gewonnen". Ganz im Gegenteil. Einer gewissen Generation, jener lange vor dem Ende des Krieges geborenen, entschlüpft oft ein anderer Satz, den ich verschiedentlich gehört habe: „Wir haben den Krieg verloren ...", doch der eine wie der andere Satz wird nie öffentlich ausgesprochen. Ein starkes Schamgefühl bezüglich der Vergangenheit charakterisiert diese Menschen und auch andere Leute.

Wie viele Jahrhunderte müssen vergehen, bevor es möglich sein wird, sich mit den verschiedenen europäischen Geschehnissen des zwanzigsten Jahrhunderts objektiv auseinanderzusetzen?

Was denkt diese Frau? Auch sie scheint mir einer besonderen Generation anzugehören, und für einen Moment, den ganzen Minimalismus von vorhin vergessend, würde es mich sehr interessieren, wie sie gelebt hat, ihre Gedanken, ihre Überlegungen darüber, was bei ihr zu Hause geschehen ist, unter ihren Leuten; in welche Geschehnisse war sie verstrickt, wer hatte ihr die Kindheit gestohlen und vielleicht auch die Jugend, denn schlussendlich wird uns allen die Kindheit und die Jugend von unseren Eltern kurzerhand gestohlen, von den sogenannten Erziehern in der Schule und von der Gesellschaft, in der wir zufällig zu leben haben. Ohne die historische Epoche zu bedenken, in die wir hineinkatapultiert werden.

Der junge Mann hört ihr mit großer Anteilnahme zu, mit Höflichkeit auch, obwohl er ein gewisses Unbehagen nicht verbergen kann. Klarerweise ist er nicht in der Lage, den Sinn jenes Geständnisses zu verstehen: eine große, füllige Frau wie sie und im fortgeschrittenen Alter (für ihn sicher schon alt und gebrechlich), die errötet, verlegen lächelt wie ein Mädchen, und von einer fernen Kindheit redet, von einem strengen Vater. Erziehung, Verhältnis zwischen Vätern und Kindern, Feminismus: alles Themen einer Materie, die nicht zum Schulprogramm seines Landes gehörte. „Interessant", kann man in seinem Gesicht lesen. Aber nichts weiter.

Ich beobachte fasziniert, mit welcher Sparsamkeit sie den Ausdruck ihres Gesichts zu verändern weiß. Fürchtet sie vielleicht, dass eine übermäßige Expressivität auf irgendeine Art die Harmonie ihrer Gesichtszüge stören und so vielleicht das Auftauchen einer vorzeitigen Falte verursachen könnte? Mir kommt in den Sinn, dass die Schönheit reiner Selbstzweck ist; eine Art ständige Betrachtung von sich selbst, wie in der Unbeweglichkeit der Statuen oder Bilder; der berühmte in die Unendlichkeit verlängerte Glückszustand. In ihm ist vielleicht nur ein Überbleibsel kindlicher Unbekümmertheit. Er rafft sich auf und nach einigen Minuten erinnert er sich an die Frage, die diesem langen Selbstgespräch vorangegangen war, und antwortet mit Leichtigkeit, so wie es übrigens seine ganze Art zu sein scheint.

»Ach, mein Vater, was soll ich sagen? Als ich zur Welt kam, war er sechzig, meine Mutter war seine dritte Frau. Niemand erwartete, dass jene Ehe Nachwuchs produzieren würde, so hat es mir meine Mama erzählt. Welche Überraschung war ich dann wohl!. Stell dir vor, ich habe einen Bruder der zweiundfünfzig Jahre alt ist, und sein Sohn ist fünf Jahre älter als ich und ist mein Neffe! Ein Neffe älter als ich!« Und er lacht auf seine kindliche Art. Ein weiterer Grund, seine wunderbaren Zähne zur Schau zu stellen.

»Zu meinem Bruder habe ich eine sehr gute Beziehung. Ich muss sagen, dass ich ihn ein bisschen wie meinen Vater betrachte, dem er übrigens auf beeindruckende Weise ähnlich sieht. Mein Vater war sehr groß, blond. Ein Deutscher, wie man sie häufig in Deutschland sieht. Das ist mir in diesen letzten sechs Monaten aufgefallen. Mit mir redete er immer deutsch, und ich kann dir nicht sagen, ob er streng war, ich kann mich nicht mehr erinnern, auch weil ich ihn selten sah. Seltsam, ich habe sehr wenige Erinnerungen an ihn; er hatte nur einen Arm, den rechten, und ich fürchtete immer den Moment, da er sich näherte, um mich zu berühren. Es war eine Berührung, die mich mit Abscheu erfüllte. Eine schlimme Erinnerung, ich gestehe es, aber diese Prothese auf der linken Seite, das Stückchen Arm, dieses harte Gerät, das auf der einen Seite herunterhing, und diese von einem schwarzen Handschuh bedeckte Holzhand … ein Alptraum. Ich weiß wirklich nicht, wie meine Mutter seine Nähe ertragen konnte. Ich erinnere mich, dass er mir einmal eine Ohrfeige gegeben hat, zum Glück mit der Rechten.«

Und er bricht in Gelächter aus.

»Ich fürchtete jene schwarze Hand immer und ich muss zugeben, dass es immer noch vorkommt, dass ich von ihr träume. Als er starb, fuhr mein Bruder fort deutsch mit mir zu reden. Eigenartigerweise will dessen Sohn, mein Neffe, nichts davon wissen, er weigert sich mit äußerster Starrköpfigkeit, und, wenn wir miteinander reden, sagt er, dass er kein Wort versteht, obwohl auch er als Kind mit dem Vater und seinem Opa nur deutsch gesprochen hat. Aber das ist seine Angelegenheit. Und außerdem sagt er, dass er sowieso nie nach Deutschland kommen wird.«

»Und du? Möchtest du kommen? Du könntest in München studieren. Ich würde dir eine Wohnung zur Verfügung stellen; ich habe ein großes Haus, eingerichtet, mit allem Drum und Dran. Ich lebe allein, wie ich dir erzählt habe. Wenn du nur möchtest.«

»Nein, nein. Ich danke dir. Auch meine Tante hat mir dasselbe Angebot gemacht. Ich habe große Sehnsucht nach meinem Land und meiner Mutter, was fast dasselbe ist. Und deutsch ist nicht meine Sprache. Nein, nein. Morgen fliege ich endlich nach Hause.«

Ich stelle mir sein Lächeln vor. Leider sitzt er neben mir, und ich kann ihn nicht mehr beobachten wie vorhin. Ich drehe mich nur manchmal zu ihm, mit Zurückhaltung. Man hört aus der Lebhaftigkeit seiner Stimme, wie der bloße Gedanke an sein Zuhause die Macht hat, ihn in einen Zustand des Glücks zu versetzen.

»Ich brauche jenen Himmel zum Leben, jene Sonne und

meine Leute. Hier wäre ich nicht glücklich, ich fühle es. Übrigens ist auch mein Vater, der zuerst nach Venezuela und dann nach Mexiko ausgewandert ist, nie mehr nach Europa zurückgekehrt. Stell' Dir vor, er ist 1945 von hier losgezogen, als er sechsundzwanzig war, und nicht mehr zurückgekommen. Ich sehe nicht ein, warum ich hierher kommen sollte.«

Ich denke gleich, dass sein Vater seine guten Gründe gehabt haben wird, nicht nach Europa zurückzukommen, Gründe, die der Jüngling offensichtlich nicht kennt, seine Begleiterin aber schon: bei Kriegsende flohen tausende von Nazis, die aktivsten, wer weiß in welch schreckliche Verbrechen gegen die Menschlichkeit verwickelt, vor allem Mitglieder der SS, bekannt wegen ihrer Grausamkeit, gerade nach Südamerika, um nicht den Alliierten, vor allem aber nicht den Russen, in die Hände zu fallen. Die klassische Situation des sinkenden Schiffes und der Ratten, die es verlassen, um ihre Haut zu retten. Vielleicht weiß der Neffe, jedenfalls aber der ältere Bruder etwas von der Vergangenheit des Vaters: er scheint in der Tat keine große Lust zu haben, nach Deutschland zurückzukehren.

Der Zug verlangsamt wieder seine Fahrt. Der nächste Bahnhof nähert sich. Aus dem Lautsprecher klingt die holprige Stimme des Schaffners: „Nächster Halt: Bozen".

Ich bin angekommen. Ich stecke das Buch, das ich nicht fertig lesen konnte in meine Reisetasche, stehe auf und öffne die Tür. Bevor ich sie schließe, drehe ich mich noch einen Moment um. Ich verspüre das Verlangen mich zu bedanken, etwas Freundliches zu sagen: alles in allem haben sie mir vorgeführt, wie eine minimalistische Erzählung entstehen kann!

Auf Anhieb finde ich kein geeignetes Wort, also beschränke ich mich darauf den jungen Mann anzulächeln und sage: »Adiós«, dann, der Frau mit dem Bubikopf zugewandt: »Auf Wiedersehen!«

Ein Spaziergang

Karlspromenade. Ein Vormittag im Herbst.

„Um welchen Karl handelt es sich?", fragte sich Frida. „Um den letzten Kaiser von Österreich?" Der, der den Thron kaum bestiegen, gerade noch Zeit fand, ihn wieder zu verlassen? Gerade ihm wurde dieser Spazierweg gewidmet; er war 1903 nach Brixen gekommen, noch als Erzherzog, um seine Depressionen zu kurieren; die Welt trat in ein neues Jahrhundert ein, sich vor dem großen Erwachen in einem Traum von Frieden und von Brüderschaft zwischen den Völkern wiegend. Er hatte sich hier im Kurhaus aufgehalten, mit allen Ehren empfangen, wie übrigens auch die anderen Mitglieder der kaiserlichen Familie, die in den letzten zehn Jahren da gewesen waren. Es scheint, als habe er diesen Spazierweg besonders geliebt.

Ihre Erinnerung kehrte gleich zu einem anderen Nachmittag vor vielen Jahren in Nußdorf zurück. Beethovenpromenade.
    Da hatte alles angefangen.

Auch dort ein Herbstspaziergang, ein windiger Nachmittag. Die Worte kamen bruchstückhaft, je nach Windrichtung. Sie verloren sich zwischen den Bäumen, von den Blättern wie verrückt durch die Luft getragen, um dann in einem Augenblick der Ruhe mit äußerster Leichtigkeit auf den Weg, auf die Sträucher, auf ihre Schultern herabzugleiten. Damals war es möglich, das Rauschen des Baches, des Schreiberbachs, gleich nebenan zu hören: ein Hintergrundgeräusch, beinahe eine Begleitung ihrer Stimme.

Die Personen waren dieselben.

Dieselben?

„Die Zeit, die Wechselfälle des Lebens, haben sie die Macht, den Charakter eines Menschen zu verändern, die sogenannten besonderen Merkmale?", überlegte Frida. Der einzige Unterschied war, dass er damals vorneweg ging, mit dem Schritt dessen, der führen will, der den Weg kennt, überzeugt, dass es nur diesen Weg zu begehen gibt, während er sich alle zwei, drei Worte umdrehte, um ihre Reaktion zu sehen, aber auch um sich zu vergewissern, dass sie ihm noch folgte, dass der Wind mit seinen Worten nicht auch die junge Frau mitgenommen hatte. Und er sprach erregt, machte ihr Vorwürfe wegen irgendetwas, an das sie sich nicht mehr erinnerte, genau wie jetzt: er hatte die Angewohnheit nicht verloren, ihr jede Kleinigkeit vorzuhalten, jeden kleinen Fehler oder auch jeden vermeintlichen, und das von Anfang an. Nicht einmal der Tonfall hatte sich geändert, pedantisch, ungeduldig, unterbrochen von Wutausbrüchen, die sie damals immer zu verwirren vermochten.

Jetzt nicht mehr.

Aber vielleicht stimmte es nicht. Immer noch vermögen sie sie zu verunsichern.

Jetzt geht er einige Schritte hinter ihr, gleichgültig, gelangweilt; er gibt ab und zu einem Stein, der ihm vor die Füße kommt, einen Stoß, auf dieses kleine Hindernis seine ganze Ungeduld entladend. Im Laufe der Jahre hatte er verstanden, dass auch sie den Weg kannte. Vielleicht hatte er auch die Möglichkeit in Betracht gezogen, dass es, außer dem seinen, noch viele Wege gab, alle verschieden, und dass nicht der Weg an sich zählt, sondern die Art wie er beschritten wird.

Er hatte zudem kein Interesse mehr, ihr etwas zu beweisen; ein für allemal hatte er es aufgegeben, so hatte er es ihr in einem seiner wütenden Auftritte erklärt. Und zwar schon seit langem. Hatte er endlich kapiert, dass eine erwachsene Frau, man sollte besser sagen eine ältere Frau, sich nicht blindlings führen lässt, wie ein der Führung bedürftiges, vertrauensvolles Mädchen, wie er zu anderen Zeiten geglaubt hatte?

Vom ersten Augenblick an hatte er beschlossen sie zu verführen, sie in sein Bett zu kriegen, so schnell wie möglich, um sie zu unterwerfen, zu zähmen, um Herr zu werden, über diesen großen, stolzen und widerspenstigen Körper, ein wildes Pferd: so gefiel es ihm zu anderen Zeiten sich auszudrücken. Er wollte ganz von ihr Besitz ergreifen, überzeugt, dass er, hätte er diesen Körper beherrscht auch ihre Seele besitzen würde.

Tatsächlich hatte Frida, ein mittlerweile nicht mehr existierendes, auf dem Lebensweg verlorengegangenes Mädchen, in den wilden Jahren ihrer Jugend in ihm die primitivsten Instinkte des beherrschenden Mannes geweckt; er hatte sich bis aufs Blut provoziert gefühlt und hatte ihr beweisen wollen, dass er der Stärkste, der Beste, der wahre Herrscher der Welt war.

Vielleicht aber hatte er sich einfach nur mehr denn je zuvor verliebt.

Frida setzte sich schon bei der dritten Bank hin. Sie war müde, ihr Körper, schwer geworden vom Gewicht der Jahre, erlaubte ihr nicht mehr den elastischen, geschwinden Schritt von einst. Er blieb einen Augenblick vor ihr stehen, beinahe in Erwartung einer Einladung. Die Frau sah ihn nicht einmal an. Schließlich setzte er sich widerwillig, da er nicht zugeben wollte, dass auch er ermüdet war.

Er konnte sich eine Stichelei nicht ersparen: »Ich frage mich, was dich dazu treibt, so lange Schritte auf so unweibliche Art zu machen ... ein Kamel, ja, wie ein Kamel, geradezu wie ein Kamel.«

»Du bist langweilig. Immer wiederholst du dich. Seit ich dich kenne, höre ich nichts anderes ... immer diese Geschichte mit dem Kamel ... du könntest das Tier wechseln, ein für alle Mal.«

»Da kann ich nichts machen. Wenn ich dich ansehe, kommt mir ein Kamel in den Sinn.« Und er schwieg verärgert, wusste, dass er log, denn in der Vergangenheit hatte sie ihn auch an ein Wildpferd erinnert. Gewiss, er hätte jetzt das Tier wechseln können, aber welch anderes Tier hätte das Kamel ersetzen können? Vielleicht eine Giraffe ...

Immer dieselbe Polemik, derselbe Vorwurf von der fehlenden Anmut und Eleganz, darauf vergessend, dass dieser Gang vor allem auf die Länge der Beine zurückzuführen war, und die Beine Fridas waren auf jeden Fall viel länger als die seinen.

Oft hatte sie sich gefragt, aus welchem Grund dieser Mann gut vierzig Jahre mit ihr gelebt hatte, wenn er sie im Grunde für ein Kamel hielt. Übrigens erinnerte sie sich selbst nicht mehr an die Zeiten, da er sie mit einem Wildpferd verglichen hatte.

»Wer sagt denn, dass die Schönheit, die Anmut, die Eleganz das notwendige Zubehör sind, um die sogenannte Weiblichkeit definieren zu können? Wer hat das festgelegt?« Und sie fuhr fort, dass zum Beispiel bei den Vögeln immer das Männchen der Schönste, der Eleganteste und Gefälligste ist, der mit den buntesten, prächtigsten Federn, erforderlich, um vom Weibchen – meist klein, eine ziemlich bescheidene Erscheinung, grau, mit unauffälligem Federkleid – bemerkt und angenommen zu werden. Bescheiden, aber deshalb nicht minder wählerisch: das Vogelweibchen lässt sich nicht leicht verführen. Das Männchen muss nicht nur schön sein, es muss auch ein Nest bauen können, die Brut versorgen, und, ein nicht zu vernachlässigendes Detail, treu sein, was keine Eigenschaft der Männer zu sein scheint.

Er war mit seinen Gedanken ganz woanders. Hörte nicht zu. Kannte die Geschichte von den Vögeln; es war nicht das erste Mal, dass er sie hörte, und er hatte keine Lust mit ihr über die Weiblichkeit, die Schönheit und solcherlei Albernheiten zu polemisieren. Und außerdem langweilte ihn Fridas Stimme, die ganze Frau langweilte ihn, schon lange.

„Wie lange es schon her ist, als es mir gefiel, viele Stunden im Kaffee Schottenring zu verbringen. Dort habe ich diese, damals ziemlich junge aber hochmütige, stolze, provokante Frau kennengelernt. Ich saß da mit … ich erinnere mich nicht mehr, wie sie hieß, ein Mädchen, von dem ich mich zu trennen im Begriffe war. Im gegenseitigen Einvernehmen übrigens. Ein letztes Treffen, hatten wir beschlossen, um auf eine beendete Liebe anzustoßen … als ich diese Hopfenstange mitten im Lokal stehen und nach jemandem Ausschau halten sah."

Voller Überraschung sah er, dass sie auf ihren Tisch zukam. Es stellte sich heraus, dass sie gemeinsam mit der Fast-Ex an der Universität Psychologie studierte, und dass sie sich in diesem Lokal verabredet hatten, um irgendwelche Skripten auszutauschen. Sein erster Gedanke war gewesen: „Ein so großes Mädchen wird Schwierigkeiten haben, einen Ehemann zu finden. Und als ob das nicht genügen würde, bewegt sie sich auch noch schlecht, hat keine Anmut. Sie hat etwas von einem Kamel." Was damals überhaupt nicht wahr war. Frida war um einige Zentimeter größer als der Durchschnitt, vielleicht zwanzig Zentimeter. Die langen und gut geformten Beine, die ganze Person, die blonden, langen Haare, offen, schulterlang, der Gang einer aristokratischen Frau, die weiß, dass sie etwas Besseres ist, und schließlich ein gewisser Stolz und eine Arroganz sich zu geben, das waren alles Elemente großer Irritation für ihn. Seine Fast-Ex stellte sie ihm vor, und an ihren Vornamen hängte sie ein „von" an, Frida von Th.

„Ich verstehe heute noch nicht, was mich so sehr angezogen hat, welches die Zündschnur war, die das Feuer entfacht hat. Denn um ein Feuer hat es sich bestimmt gehandelt, das kann ich nicht leugnen. Im Grunde war sie nicht einmal eine Schönheit ... doch hatte sie etwas Besonderes, ich wüsste nicht zu sagen, was ... sie war anders als alle Mädchen, die ich kannte. Jene erste Begegnung ist mir in Erinnerung geblieben. Es war wie eine Herausforderung meiner selbst: Werde ich es zähmen können, dieses stolze, wilde Tier? Genau so, sie hatte etwas Ungezähmtes, nichts Unterwürfiges, wie ein richtiges Rassepferd.“

Aufstehen, ihr die Hand reichen, das bedeutete eine erste Frustration: Er war gleich gezwungen den Hals zu winden, um ihr ins Gesicht zu sehen. Ungefähr 20 cm Unterschied. Wie kann man nur so groß werden? Das war bestimmt die erste Ursache der Verdrießlichkeit. Doch die Irritation setzte sich fort, als er sie Deutsch mit Südtiroler Akzent sprechen hörte. Von welchem Berg steigt die herab, hätte er sie, sich mühsam zurückhaltend, fragen wollen, auch weil er begriff, dass es sich um dieselben Berge handelte, von denen er selbst stammte. Aber seine waren ladinische Wurzeln, und auch der Akzent war anders. Ein Umstand, auf den er viel hielt.

»Sind bei Euch alle Frauen so groß wie Sie?« Eine ziemlich dumme Frage, er begriff es gleich und hätte sich am liebsten auf die Zunge gebissen, aber jetzt war es halt passiert. Ihre Schuld ... er hatte sich provoziert gefühlt, und so aus dem Stehgreif war ihm nichts Gescheiteres eingefallen. Ihre Antwort war nur ein Blick gewesen. Die Art, wie sie ihn musterte, im wahrsten Sinne des Wortes von oben herab, und das Hochziehen der Augenbrauen genügte, um ihre ganze Verachtung auszudrücken, ihre Überlegenheit. Es brauchte nichts weiter: eine Haltung, die sie dann ihm gegenüber immer einnahm. Dieses berühmte Hochziehen der

Augenbrauen, ihre Art ihn anzusehen, vermochten ihn immer noch zur Weißglut zu treiben, genau wie damals.

Frida wusste ihre Gefühle nicht im Zaum zu halten. Und das, trotz der strengen Erziehung, die sie in der Familie erhalten hatte, im Besonderen von den Tanten, den Schwestern ihres Vaters, und von den Ursulinen, bei denen sie ihre Mutter, die ein zweites Mal geheiratet hatte, einsperrte, um das rebellische Kind daran zu hindern, ihre neue familiäre Intimität zu trüben.

Das lange Gesicht, mit den markanten Zügen, die bei allen Mitgliedern der Familie ihres Vaters feststellbar sind, war äußerst ausdrucksstark, feinfühlig bis zur Schmerzgrenze, beinahe so, als könne die dünne, durchsichtige Haut die Unruhe der Seele nicht zurückhalten. Und ihre Seele war impulsiv und leidenschaftlich.

Frida hatte inzwischen das Gesprächsthema gewechselt.

»Ich habe von unserer Küche in der Salesianergasse geträumt, erinnerst du dich daran? Wenn ich daran denke, dass ich in diesem Haus drei Kinder zur Welt gebracht habe, bekomme ich Gänsehaut: keine Bequemlichkeit, wenig Platz, wenig Geld...«

»Muss ich mir immer dieselben Anschuldigungen anhören? Wenn du im Sinn hast, damit fortzufahren, kann ich dagegen halten, dass deine Mutter ...«

»Nein, bitte, komm mir nicht wieder mit meiner seit Jahren verstorbenen und begrabenen Mutter. Ich weiß, dass sie dich nie akzeptiert hat, die Arme, bis zuletzt.« Und sie seufzte und blickte in die Ferne zu den Bäumen, beinahe als suche sie etwas. »Ich habe sie enttäuscht. Von mir erwartete sie sich etwas anderes. Es hat nichts mit dir zu tun.«

»Wie, es hat nichts mit mir zu tun? Mit wem sonst hat denn diese Geschichte zu tun? Wenn ich mich nicht irre, sprichst du von unserer Ehe.«

Die übliche Frauenlogik, doch sprach er es nicht aus, um weitere Diskussionen zu vermeiden. Außerdem war es ein Thema, das immer noch brannte. Die gesellschaftliche Position, die Karriere, die nicht die von ihm erhoffte Wendung genommen hatte, seine finanzielle Abhängigkeit von ihr, der Ehefrau, die nach dem dritten Kind eine Arbeit im Krankenhaus angenommen hatte, um zum Familienunterhalt beizutragen; ohne die Hilfe in Naturalien zu bedenken, die von den Tanten kam, vier ledige Jungfern, überzeugt davon, dass die Nichte wie im Krieg in der großen Stadt dem Hungertod nahe sei.

Es folgte eine lange Pause.

»Ich bin mir sicher, dass sie sehr verdrossen wäre, wenn sie wüsste, dass wir jetzt in ihrem Haus wohnen, obwohl sie es deiner Schwester überlassen hat.«

Tatsächlich ging die anfängliche Antipathie der Mutter Fridas, die diese jedes Mal, wenn sie sich begegneten zum Ausdruck brachte, von einer gut kontrollierten üblen Laune in einen fulminanten Hass über, als ihr die Tochter mitteilte schwanger zu sein und dass sie beschlossen habe zu heiraten. Der Hass war übrigens gegenseitig. Es war ein Hass, der sie, stärker als Liebe es sein könnte, unauflöslich in einem furiosen Crescendo, ohne jegliche Unterbrechung, ein Leben lang miteinander verband. Jede Geste, jedes Wort dieser Frau drückte nur Verachtung für diesen mittellosen jungen Mann aus, erst Verehrer, dann Ehemann ihrer Tochter. Sie besaß das große Talent, ihm das Gefühl zu vermitteln, ein Nichts zu sein, ein Nebenprodukt, ein niederes Wesen, nur Besitzer eines Sexualorgans, in der Lage ihre Tochter zu befriedigen, und wer weiß wie viele andere Frauen: im Übrigen war er nur eine Null.

Frida kehrte mit einer gewissen Regelmäßigkeit in ihre Berge heim, vermied es aber, mit ihm zu kommen; die wenigen Male, da sie aus familiären Gründen gezwungen waren sich zu begegnen, er und seine Schwiegermutter, endete es unvermeidbar in einem großen Streit; die Mutter war übrigens nicht minder impulsiv als die Tochter.

Gewiss, schon der Beginn war ein ziemlicher Skandal. Im Verlaufe des großen Festes, das kurz vor der Hochzeit organisiert worden war, um ihn der gesamten noblen Verwandtschaft vorzustellen, hatte der Verlobte öffentlich erklärt, dass die einzige Art, eine hochmütige Frau zu unterwerfen die wäre, sie zu schwängern! Es war der Weltuntergang und die Hochzeit fiel beinahe ins Wasser. Sie verzieh es ihm nie, die ganzen folgenden Jahre über nicht.

Frida war damals in Gelächter ausgebrochen. Heute hätte sie vielleicht nicht so reagiert.

»Arme Trude, wenn ich an das Leben denke, das sie gelebt hat, muss ich sagen, dass sie durch den frühen Tod nichts verloren hat. Wie viele Jahre sind vergangen?« Frida lenkte das Gespräch auf ihre Schwester, um zu vermeiden, den wunden Punkt mit der Mutter anzuschlagen, der immer noch schmerzte.

»In Wirklichkeit, wenn ich mich recht erinnere, war sie bereits sechzig, als sie starb und auch wenn ihr Leben zugegebenermaßen nicht leicht gewesen ist, musste auch sie Momente der Freude gekannt haben, trotz allem.«

Eine Art Teufel zwang ihn immer zu widersprechen, das letzte Wort zu haben und vor allem Recht zu behalten, obwohl er wusste, dass die arme Trude wegen ihrer Krankheit wenige Möglichkeiten gehabt hatte, ein mehr oder weniger glückliches Leben zu führen. Aber die Freude oder besser diese Art Starrsinn, die ihn auch nach so vielen Jahren des gemeinsamen Lebens nie verließ, erlaubte es ihm nicht, es jetzt sein zu lassen. Frida war sich sicher, dass er selbst im Angesicht des Todes noch die Kraft gefunden hätte, ihr zu widersprechen. Auch dann hätte er nicht darauf verzichten wollen, das letzte Wort zu haben.

»Nein. Du irrst dich«, korrigierte ihn Frida mit der üblichen weinerlichen Stimme, »sie war gerade mal vierzig, sie erschien wegen dieser Krankheit älter, wenn man ihre Behinderung so nennen will.«

Trude stammte aus der zweiten Ehe der Mutter, die kurz vor dem Zweiten Weltkrieg Witwe geworden war. Frida blieb nicht die Zeit, ihren Vater, einen an der Ostfront gefallenen Wehrmachtsoffizier, kennenzulernen.

»Zum Glück haben sie keine weiteren Kinder gehabt«, sagte Jaco abschließend, bloß um einen Punkt hinter das Thema zu setzen, das ihn überhaupt nicht interessierte. Es folgte ein langes Schweigen, jeder davon überzeugt, dass keine Notwendigkeit bestehe, dieses Gespräch fortzusetzen.

Schließlich standen sie im gemeinsamen Einverständnis traurig, unzufrieden und ohne einen bestimmten Grund auf.

»Gehen wir bis zum Wasserfall. Wer weiß, nach dem Regen heute Nacht, wie viel Wasser er führt.«

Frida hätte nicht sagen können, seit wann sie sich angewöhnt hatte, immer mit einem Unterton der Unzufriedenheit, der Resignation zu sprechen. Aber vielleicht bemerkte sie es nicht einmal. Es war die letzte Verteidigung gegen die Arroganz, den Dünkel Jacos, oder vielleicht das Ergebnis jahrelanger Arbeit mit labilen Menschen, häufig mit ziemlich schweren Störungen, ohne Hoffnung auf eine mögliche Heilung; ein Tonfall, der eine Art weißer Kittel geworden war, derselbe, den der Arzt überzieht, bevor er die Patienten empfängt. Jaco hasste diesen Tonfall, war sich aber dessen nicht bewusst. Für ihn handelte es sich mittlerweile um ein Kennzeichen Fridas, er erinnerte sich nicht mehr, wie sie früher geredet hatte, als sie noch nicht den Beruf einer Psychotherapeutin ausübte.

»In der Küche, weißt du, die Küche in der Salesianergasse, von der habe ich diese Nacht geträumt; du sagtest mir irgendetwas über deinen Freund ... aber im Traum erinnerte ich mich nicht an seinen Namen, und auch jetzt erinnere ich mich nicht: weißt du, von wem ich spreche?«

»Wie soll ich das wissen, wenn du mir keinen Anhaltspunkt gibst. Damals hatte ich viele Freunde«, war gleich die ungeduldige Antwort des Gatten.

»Er war der Regisseur jenes Films, den du synchronisiert hast. Ich erinnere mich an den Titel, „Symphonie in E", mit der Musik von Dvořák. Die Symphonie *Aus der Neuen Welt*, wenn ich mich recht erinnere.«

Jaco blieb einen Moment mitten auf dem Spazierweg stehen, ganz in der Nähe konnte man das Tosen des auf die Felsen niederprasselnden Wasserfalls hören. Angezogen vom Geräusch des Wassers, hörte er einen Augenblick zu. Normalerweise rann hier ein kleines Bächlein mit sehr bescheidener Wasserführung herab, das beinahe geräuschlos dahinfloss. Gleich hinter der Biegung eilte er mit schnellen Schritten zum hölzernen, über den Abgrund führenden Steg, angesichts der bescheidenen Proportionen nur sozusagen ein Abgrund, um das wilde Hinabstürzen des Wassers in die Tiefe zu beobachten, hinab in den Wildbach, der jetzt, nach dem Gewitter der vorangegangenen Nacht, stürmisch schäumte. Andere Male war er in der Vergangenheit von einem Impuls erfasst worden, sich unter diesen gewaltigen Wasserguss zu stellen, sich fortreißen zu lassen, vielleicht schreiend, denn sicherlich war das Wasser ziemlich kalt. Ihm gefiel das kalte Wasser, besser noch eiskalt. Früher hatte es ihm gefallen, in Bergseen zu baden, wenn keiner es auch nur gewagt hätte, einen Fuß hineinzustecken; damals war er jung, beweglich, sehr viel hartnäckiger als jetzt. Die Zeit hatte seine Waffen stumpf werden lassen, und zudem hatte er begriffen, dass es sich nicht lohnte, irgendjemandem irgendetwas beweisen zu wollen, der aus Prinzip keinerlei Interesse hatte über die eigene Nasenspitze hinauszuschauen und dieser Jemand war klarerweise seine Frau. Unter die vielen Entsagungen, reihte sich auch die, jederzeit zu widersprechen – das war sein, von Frida überhaupt nicht geteilter, Eindruck.

»Du sprichst von Hans. Ich erinnere mich gut an jene Zeit. Wenn ich nicht irre, hatten wir uns gerade kennengelernt, du und ich.«

»Die erste Zeit in unserer Beziehung, als dir jede Ausrede recht war, um mich zu treffen.« Frida seufzte und schüttelte den Kopf, als sie an die Beethovenpromenade dachte. Verschiedene Male waren sie dorthin gegangen, und jedes Mal hatte es in einem Streit geendet. Warum hatten sie sich nicht gleich getrennt? Was gab es denn Gemeinsames zwischen ihnen, außer der unzähmbaren Lust zu streiten? Vom ersten Augenblick an hatte sie gespürt, dass sie ihm wegen ihres Ausbildungsniveaus und auch wegen der kulturellen Unterschiede, dem Grad der Zivilisation, der sie ziemlich offensichtlich trennte, überlegen war. Aber das, was am meisten ins Auge stach, war ihre ausgesprochene Feinfühligkeit, die Empfindsamkeit, die Komplexität ihres Charakters sowie die extreme Unreife, die, versteckt unter einer Art Arroganz, in erster Linie ein Schutz gegen die Welt war. Sie schien keine anderen Waffen zu ihrer Verteidigung zu haben, vor allem nicht gegen die beinahe bäuerliche Grobheit Jacos und seine angeborene Unfähigkeit zu fühlen, auf derselben Wellenlänge wie sie zu vibrieren.

Es war genau während einer solchen Diskussion gewesen, ein heftiger Zank bis aufs Blut, als sie ihm vorgeschlagen hatte, sich nie mehr zu treffen: er, sofort einverstanden, hatte sie eingeladen, einen darauf zu trinken, um diesen weisen Entschluss zu feiern. Eine Angewohnheit, die er im Laufe der Jahre nie verlor. In der Nähe der Trambahnhaltestelle war ein Lokal. Sie gingen hinein und er bestellte zwei Gläser Obstwein. Sie hatten sich neben ein Fenster gesetzt, schweigend, bereits ruhig und versöhnt. Sie hatten miteinander angestoßen und Frida trank ihr Glas Wein in ei-

nem Zug aus. Jaco bestellte sofort ein zweites. Frida leerte
es erneut in einem Zug und als sie aufwachte, lag sie in einem fremden Bett. So ist das gegangen.

»Du hast auf Alkohol zurückgreifen müssen, um mich in
dein Bett zu kriegen.«

»Immer diese Geschichte. Willst du immer noch nicht zugeben, dass du in Wirklichkeit nichts anderes wolltest. Du
hast dich in einer ganz bestimmten Absicht betrunken ...
mittlerweile müsstest es auch du wissen.«

Es war wahr. Es brauchte eine gehörige Menge an Alkohol,
um den Berg an Hemmungen zu überwinden, der von der
puritanischen Erziehung der Mutter, der Nonnen, der vielen
unverheirateten Tanten, einer ganzen Welt von steifen Frau-
en ausging, die ihrem Charakter ein entscheidendes Merk-
mal eingeprägt hatten. Inzwischen, nach jahrelangen Analy-
sen, wusste auch sie es. Damals war sie überzeugt, dazu geboren zu sein, ledig zu bleiben wie ihre Tanten, die sie in
Wirklichkeit verabscheute, so als ob ihr bei ihrer Geburt ein
Schildchen umgehängt worden wäre, ein lebenslanges Ga-
rantiesiegel: diese Kreatur wird niemals von einem Mann
berührt werden, sie wird unversehrt bleiben, wie die
Schwestern des Vaters. Eingesperrt in eine Rüstung aus Verboten, Ängsten, alten Vorurteilen über die Keuschheit, vor
allem aber über den gesellschaftlichen Rang, dem sie angehörte, war der Alkohol ihr eine große Hilfe gewesen. Außerdem hatte sie intuitiv, wenn auch nur unbewusst erfasst,
dass nur er sie von jener Rüstung befreien konnte, die sie
erdrückte. Nur ein unvoreingenommener und verliebter
Bursche, der die vielen Regeln, die ihr Leben bestimmt hatten, nicht respektierte, hatte ihr helfen können, aus diesem
Kreis bigotter Frauen auszubrechen, die bis zu jenem Augenblick die Grundlage ihrer Existenz gewesen waren. In
Wirklichkeit war sie von der Leichtigkeit fasziniert, von der
Vorläufigkeit aller Dinge, die das Kennzeichen Jacos waren,

der sie dann ermutigte, sich kopfüber in gefährliche Abenteuer zu stürzen, die Tragweite der Folgen nicht bedenkend.

Aber wie viele Jahre, um das alles zu begreifen, und welchen Preis hatte sie bezahlen müssen. Was jetzt als offensichtlich erscheint, ist das Ergebnis einer langen Entwicklung, einer langen Suche nach der oft verlorenen und schmerzenden persönlichen Identität.

Jaco fuhr in jenem ironischen Ton des Mannes fort, der über allen Dingen steht.

»Hans sagte immer, dass eine betrunkene Frau ein Engel im Bett ist!«

»Du wirst mir doch nicht sagen, dass du ihm alles erzählt hast?«

Obwohl so viele Jahre vergangen waren, spürte Frida Schamröte aufsteigen, ein bisschen aus Scham, aber mehr noch aus Ärger. Männer! Sie müssen sich immer mit ihren Eroberungen brüsten.

»Ich musste ihm zustimmen. Wenn es um Alkohol und Frauen ging, hatte er immer Recht.«

»War er denn verheiratet?«

»Als ich ihn kennenlernte, war er, wenn ich mich nicht irre, bereits getrennt oder geschieden, ich weiß es nicht genau. In jenem Haus gab es immer ein Kommen und Gehen, beinahe ausschließlich Männer, alle beim Film beschäftigt. Frauen sah man wenige. Einmal kam eine Stripperin, für einen Auftritt, den sie in einem Film hatte; ich sah sie eines Morgens, ziemlich früh, aus dem Bad kommen ... spärlich bekleidet, wenn ich mich recht erinnere, oder vielleicht auch mit nichts an. Er verzog keine Miene. Er war gegenwärtig, doch glaube ich, dass er sie gar nicht bemerkt hatte. Ich habe immer gedacht, dass er aus keinem Grund der Welt aus seiner Reserve herausgetreten wäre, dass ihn niemand hätte überraschen können. Er war ein sehr diskreter Mensch.

Nachdenklich erhob er sich. Das Geräusch des Wassers übertönte beinahe seine Stimme. Er wollte einen Augenblick mit seinen Erinnerungen alleine sein.

Nach einigen Minuten folgte ihm Frida langsam, während auch sie an jenen Mann dachte, der sie so sehr beeindruckt hatte.

»Ein Mann von großer Einfühlsamkeit. Ich erinnere mich, als du mich das erste Mal zu ihm mitgenommen hast ... ich in Pyjama und Morgenrock, sehr früh am Morgen, er bereits betrunken aber würdevoll, wie immer ... ich glaube, er hat meine Aufmachung überhaupt nicht bemerkt ... grüßte mich mit großer Natürlichkeit, so als sei es die normalste Sache der Welt, um sieben Uhr morgens ein Mädchen zu empfangen, das gerade aufgestanden war, mit Pantoffeln an den Füßen, im Pyjama, der unter dem Morgenrock herausschaute, ... ich darf nicht daran denken. Ich hatte die Nacht mit dir verbracht.«

»Ich hatte dich, so wie du warst, aus Deinem Zimmer geholt, das du mit einer Studentin teiltest. Du hast schon geschlafen, ich habe dir gerade einmal Zeit gelassen, den Morgenrock überzuziehen ... etwas Blaues, wenn ich nicht irre. Ich glaube nicht, dass dir bewusst war, wie dir geschah ... ich weiß nur, dass ich mitten in der Nacht ein extremes Verlangen nach dir hatte...«

»Und am Morgen darauf hast du mich Hans vorgestellt!«

Über den Zeichentisch gebeugt, kehrte er dem Zimmer und der restlichen Welt den Rücken. Ganz in seine Arbeit vertieft, hatte er gerade einmal den Kopf zu einem kurzen Gruß gedreht. Frida hatte gerade einmal die Zeit, einen kurzen Blick über seine Schultern zu werfen: mit großer Überraschung sah sie die Gestalten, die er zeichnete und kolorierte. Entzückt von den Linien, die die Hand beinahe ohne eigenes Zutun schuf, den Fantasien folgend, die wie durch einen Zauber Leben und Farbe annahmen. Poesie in Reinkultur; Formen und Farben in den feinsten Abstufungen, auf

Papier festgehalten, um endgültig in die wirkliche Welt einzutreten und sich das Überlebensrecht jenseits der Vergänglichkeit der Zeit zu erobern.

»Er war ein wahrer Künstler und die Gestalten rannen beinahe wie durch ein Wunder aus seinen Fingern, seinem Stift. Ich glaube, dass er selbst darüber erstaunt war: eine reine Seele. Ich bewunderte ihn. Stell dir vor, dabei musste man ihm Whisky geben, damit seine Hände nicht mehr zitterten, da er sonst nicht hätte zeichnen können.«

Plötzlich gerührt, hatte Jaco eingehalten.

»Erzähl mir von ihm. Seit langem hör ich nicht von ihm reden. Ich weiß nicht, warum er mir im Traum erschienen ist ... das heißt, nicht er, du ... du sagtest mir, dass du zu ihm gehen musstest, und ich wusste, wen du meintest, obwohl du den Namen nicht genannt hast.«

»Gesteh', dass du eine Zeit lang in ihn verliebt gewesen bist ...«

»Ich, verliebt? Wie kommst du darauf? Wenn ich nicht irre, war es unsere Sturm-und-Drang-Periode. Wie hätte ich mich da in einen anderen verlieben können? Und dann war er ja viel älter als ich, vielleicht zwanzig Jahre oder mehr.«

»Und er war auch Jude!«

»Er war Jude? Bist du dir da sicher?«

»Entschuldige. Ich habe vergessen, dass sich die Tochter eines großen Nazi niemals in einen Juden hätte verlieben können.«

Frida wandte sich empört von ihm ab. Sie war überhaupt nicht bereit diesen jahrelang wiedergekauten, immer erfolglosen Disput wieder zu eröffnen. Ihr etwas vorzuwerfen, für das sie keine Verantwortung trug, war unter seiner Würde.

Jaco blieb mitten auf dem Weg stehen. Er spürte das Bedürfnis, alleine zu sein, nachzudenken. Eigenartig, dass er seit Jahren nicht mehr an diesen Mann gedacht hatte. Mit wie vielen Menschen verkehrt man im Laufe seines Lebens eine

Zeit lang, die dann für immer verschwinden, auch aus dem Gedächtnis, beinahe als hätten sie nie existiert. Und man weiß nichts von der Vergangenheit dieser Personen, woher sie kommen, wohin sie gehen, welches Ende sie genommen haben. Oberflächliche Begegnungen von kurzer Dauer; aber auch andere, intensivere, die sich ins Leben einschneiden, Zeichen hinterlassen, wie im Falle von Hans. Er hatte zwei Jahre in jenem Haus verbracht, Stunden über Stunden. Wie viele Diskussionen, die sich die ganze Nacht hinzogen. Hans redete über viele Dinge, nicht nur über den Film; eine Welt voller abstrakter Gedanken jenseits jeder Alltagsrealität nahm in jener plötzlich von allen verlassenen Wohnung Gestalt an und breitete sich aus, sie beide alleine, manchmal noch ein anderer treuer Freund von Hans; er grübelte aus reinem Vergnügen am Grübeln, während sie aßen, tranken, eine Zigarette nach der anderen rauchten: die Zeit schien ewig, vor allem für Jaco, den Jüngsten. Alles war interessant, neu, mitreißend, und nun musste er zugeben, nichts über ihn zu wissen. Er hatte zwei Jahre lang beinahe tagtäglich mit ihm zu tun, und nie hatte er sich darum bemüht, ihn näher kennenzulernen, über die Schatten hinauszublicken, die Hans zwischen sich und die Welt draußen zu legen wusste: denn Jaco spürte trotz seines geringen Alters und seiner extremen, die Welt und die Menschen betreffende Unerfahrenheit, dass es ihm nicht erlaubt war, hinter diese Schatten zu blicken. Er respektierte dieses Verbot, unbewusst. So war es und Schluss, und er glaubte, es sei nicht notwendig, diese unsichtbare, aber umso gegenwärtigere Linie zu überschreiten.

Vielleicht hatte er aus jugendlicher Oberflächlichkeit kein Interesse, etwas von ihm, seiner Vergangenheit, seinen Jugendjahren zu erfahren; auch Jaco war ein Produkt seiner Zeit: er hatte gelernt, nicht nach der Vergangenheit, der anderen, aller anderen zu fragen. Nie Fragen zu stellen, denn die Antworten hätten für alle, auch für Menschen, die nichts damit zu tun hatten, schändliche Geheimnisse enthüllen können. Die Zeit war noch zu nahe, in der es notwendig war zu schweigen, um zu überleben. Eine sonderbar stille Welt, ohne Vergangenheit, in der alle schwiegen, die Augen und die Ohren verschlossen, es vorzogen, die Wirklichkeit zu ignorieren. Vor allem jene Wirklichkeit, die erst ganz knapp hinter ihnen lag.

Vor allem aber gab es Worte, deren Existenz man ignorierte, zum Beispiel „Jude" oder „Konzentrationslager", oder „Nazis", alles Wörter, die aus dem gebräuchlichen Wortschatz verschwunden waren, wenn sie denn jemals darin enthalten gewesen waren, die im Gedächtnis einer ganzen, von kollektiver Amnesie befallenen Generation brannten, einer Amnesie, die auch in Österreich Tradition hatte.

Jaco kannte jene Worte, erinnerte sich an gewisse Erklärungen, in denen die Unschuld betont wurde, oder besser noch, die Unkenntnis gewisser Vorfälle, in die Millionen von Menschen verwickelt gewesen waren, auch in ihrer beider Herkunftsland, in Südtirol. Er hatte begriffen, dass er in einem Land von Opfern lebte, die behaupteten, von einem Wahnsinnigen, von einem einzigen Wahnsinnigen betrogen worden zu sein, ihren Enthusiasmus vergessend, ihren nicht zu unterdrückenden Wunsch, sich mit dem großen deutschen Volk zu vereinen, um selber groß und mächtig zu sein.

Sie konnten sich nicht vorstellen, wie schwierig es sein würde, eine so schwere Vergangenheit abzuschütteln, deren Erinnerung eine lange und nicht umkehrbare Verurteilung ist.

Frida kam zurück und nahm auf der ihm am nächsten stehenden Bank Platz. Nach einer Weile wieder die jammernde Stimme: »Ich kenne meinen Vater nur von einigen Fotos und nichts weiter, du weißt es. Von ihm weiß ich nur, dass er 1939 aus politischen Gründen auswanderte, damals sagte man, optierte, und sich in Wien niederließ. Meine Mutter, bereits verlobt, folgte ihm einige Zeit später. Für sie war es beileibe nicht leicht, da ihre Familie hier geblieben war. Sie trennte sich von den Eltern, den Schwestern, vom Bruder ... und musste dann die Vorwürfe, die verschiedenen „ich habe es dir ja gesagt" erdulden...«

Wie oft hatte sie ihm diese Geschichte erzählt? Und wie oft hatte sie sie sich selbst erzählt, um die Mutter, den Vater, die Großeltern, die Tanten und alle Verwandten der beiden Familien zu rechtfertigen.

In Wirklichkeit war es das, was sie mit Südtirol verband: die gemeinsame Vergangenheit, und vielleicht auch die gemeinsame Schande, aber auch das erlittene Elend, die Ungerechtigkeiten, der ganze Klumpen von Beziehungen, die daraus erwuchsen, dass sie diese Mutter, diesen Vater gehabt hatte, mit einem Wort, ihre Wurzeln. Und obwohl sie in Wien geboren war und dort die ersten Jahre ihres Lebens verbracht hatte, betrachtete sie sich nicht als Wienerin, sondern als Südtirolerin. Sowie sie vom Tod ihres Mannes erfahren hatte, war die Mutter nach Hause zurückgekehrt, mitten unter den Bombenangriffen, in mit Flüchtlingen und Soldaten überfüllten Zügen. Frida, damals ein Kind von wenigen Jahren, hatte ziemlich verschwommene Erinnerungen daran. Es gab keinen einzigen Grund mehr, in Wien zu bleiben, hatte ihre Mutter erklärt, trotz der sehr unsicheren Lage in Südtirol. Mit den Deutschen, die mittlerweile Feinde Italiens, aber ihre erklärten Freunde waren, fühlte sie sich beschützter als anderswo.

Vom Vater hatte sie vor allem die Tanten und die Großmutter väterlicherseits reden hören, jedes Mal, wenn sie das alte Haus besuchen ging, in dem man wie im vorigen Jahrhundert lebte. Dort hatte sie die Fotos des Vaters gesehen, die Tapferkeitsmedaille, die Andenken an seine Kindheit und seine Jugend; sogar seine alten Schulbücher und Hefte, alles andächtig aufbewahrt: Reliquien eines für die Heimat Gefallenen. Ihre Mutter hingegen hatte zu ihrer Erinnerung an den ersten Mann ein ambivalentes Verhältnis. Auf die Frage, wie ihr Vater gewesen war, antwortete sie immer ausweichend, jedes Detail vermeidend, das ihn irgendwie mit der jüngsten Geschichte in Zusammenhang bringen könnte, beinahe so, als hätte sie in einem undefinierten Zustand außerhalb der Welt gelebt, fern von jeder politischen Ideologie. Für sie war es, als hätte es nie einen Krieg gegeben, weder einen ersten, und noch viel weniger einen zweiten, und vom Nationalsozialismus und dem Faschismus schien sie sogar die Begriffe zu ignorieren. Das Bild des Vaters war noch nie objektiv scharf gestellt worden, weder von Fridas Familie und am wenigsten von ihrer Mutter, es schien als würde jeder von einem anderen Menschen sprechen. Auch das war ein Grund großer Unsicherheit für Frida, die nie wusste, wo sie die Vaterfigur unterbringen sollte.

Nach Wien war sie zum Studieren zurückgekehrt. Sie dachte nur so lange zu bleiben, wie sie für den Abschluss ihres Studiums brauchen würde, und gerade dort hatte sie eine Familie gegründet, obwohl sie sich eine tiefe Sehnsucht für ihr Herkunftsland bewahrt hatte.

Erst jetzt, da die Kinder versorgt, sie beide pensioniert waren, war sie imstande gewesen Jaco zu überzeugen, sich hier, in dem alten Haus ihrer Mutter, zwischen den Bergen und bei ihren Leuten niederzulassen. Aber es war nicht leicht gewesen. Für ihn war das Städtchen zu eng. Außerdem hegte er keinerlei Sympathie für die deutschen Südtiroler.

Er war aus seinem Dorf im Gadertal mit zwanzig Jahren fortgegangen. Seine Familie, Bauern aus bescheidensten Verhältnissen, hatte nicht für Deutschland optiert, wie übrigens der größte Teil der Gadertaler, stärker als jedes andere Volk mit ihrer Scholle verwachsen und mit ihrer Sprache: „Unsere Wurzeln sind viel tiefer, als die der Südtiroler", erklärte Jaco jedes Mal, wenn sich die Gelegenheit bot. Sie lebten seit zweitausendfünfhundert und vielleicht noch mehr Jahren in den Dolomiten; niemand und nichts hätte sie von diesen Orten losreißen können, keine Kränkung, kein Verkennen ihrer Ursprünge, ihrer wahren Identität. Zuerst haben die Österreicher ihre Familiennamen eingedeutscht, im Versuch, sie auch mit dem Unterricht in deutscher Sprache in ihren Schulen zu assimilieren; dann hatten die Faschisten, davon überzeugt, dass es sich um von den Österreichern vom rechten Weg abgebrachte Italiener handle, versucht, sie an die nationale Herdstatt zurückzuführen, ohne Rücksicht auf die wahre Besonderheit dieses kleinen Alpenvolkes. Unter der Herrschaft der Römer hatten sie ihre Sprache, ihre Bräuche und sogar ihre religiösen Überzeugungen behalten dürfen, die sogar die Christianisierung ihrer Täler überdauerten. Von der heutigen Schweiz, bis zur Donau spricht man in der Tat dieselbe rätoromanische Sprache, abgesehen von einigen kleinen Unterschieden, die auf die Isolation der einzelnen Täler zurückzuführen ist. Die Italiener und viele andere betrachten die ladinische Sprache als einen italienischen Dialekt und nichts weiter: eine Beleidigung, die weh tut. Jaco, kurz vor dem Ende des Zweiten Weltkrieges geboren, hätte laut italienischem Gesetz Giacomo Pecci heißen sollen, statt wie ursprünglich Pitscheider: einer der vielen, von diesem friedlichen, mitnichten kampflustigen Volk erlittenen Übergriffe.

Der Bursche, ein großer Bewunderer Luis Trenkers, auch er ein Ladiner, träumte von einer Karriere in der Welt des Films, und dachte daran, ganz unten zu beginnen, eben als Tontechniker, um dann zur Regie überzugehen, Ziel seines ganzen Strebens. Leider war es nicht so gekommen. Ein wenig gab er Frida die Schuld: hätte sie nicht drei Kinder zur Welt gebracht, eines nach dem anderen, hätte er sich freier bewegen können. Laut ihm haben die große Verantwortung und die fortwährende Notwendigkeit, in einer Zeit Geld für die Familie zu beschaffen, als es eine richtiggehende Utopie war – vor allem für einen wie ihn, ohne entsprechenden Studientitel –, in Österreich eine gut bezahlte Anstellung zu finden, ihm die Möglichkeit einer Karriere verbaut.

Frida wusste, dass sein Scheitern irgendwie durch sie gerechtfertigt wurde, auch weil sie rechtzeitig ihr Studium abgeschlossen hatte – ihre Familie konnte problemlos für ihren Unterhalt aufkommen – und im richtigen Moment hatte sie eine Arbeit gefunden, und so der Familie eine gewisse finanzielle Sicherheit gewährleistet.

»Und zudem wusste man damals nichts von den Juden und ihrem Schicksal unter dem Regime ... nicht einmal du, oder besser gesagt deine Eltern wussten etwas!«

»Ist es denn die Möglichkeit, dass ich immer wieder diesen Satz, „wir wussten nichts“, hören muss? Immer noch wiederholst du ihn mir! Ich will ja nicht unterstellen, dass dein Vater etwas mit dieser Geschichte zu tun gehabt hatte, darüber haben wir tausend Mal geredet, aber ich glaube nicht, dass er nichts gewusst hatte, dass deine Mutter nichts gewusst hatte, dass all die Leute hier nichts gewusst hatten. Das braucht mir keiner zu erzählen...«

»Beruhige dich. Du musst dich nicht gleich so aufregen.« Frida legte eine Hand auf seinen Arm. Jaco zitterte am ganzen Körper. Nach ein paar Minuten stand er ungeduldig auf, ging mit langen Schritten los und verschwand hinter einer Biegung des Weges.

Frida, an diese unkontrollierten Wutausbrüche gewohnt, blieb ruhig; mehr als einmal war es zu anderen Zeiten in solchen Situationen geschehen, dass Jaco völlig die Kontrolle über sich verlor und sie sogar geschlagen hatte. Frida hatte jedes Mal gedacht, dass es aus sei, dass sie niemals verzeihen könnte. Nach diesen wilden Szenen, entschuldigte er sich nicht einmal. Er sah sie finster an, voller Hass: „Du hast mich dazu gezwungen.“ Und sie, trotz ihrer Erfahrungen als Psychologin, vermochte sich nicht aus diesem Durcheinander von Gefühlen zu befreien, die zueinander im Widerspruch stehend sie an ihn banden. War es nur ein angeborenes, typisch weibliches Bedürfnis nach männlichem Schutz? Eigenartigerweise gelang es ihr bei ihren Patienten, die sich mit ihren Partnern im Streit befanden, immer oder fast immer eine Erklärung zu finden, manchmal gar eine Lösung, einen Ausweg; für sich selbst kämpfte sie ein Leben lang, ohne etwas zu erreichen. Immer im Zweifel, immer unsicher, wie sie zum Vorteil für alle weitermachen sollte, immer schwankend zwischen dem kleineren und dem größeren Übel, die Freiheit fürchtend, weil vielleicht voller Gefahren für sie und ihre Familie. Ihre große Schwäche war gerade diese: sie wollte niemandem weh tun, vor allem nicht den Kindern. Aber sie hatte sich fragen müssen, ob das nicht ein Alibi gewesen war, ein Schutzschild für die eigene Unsicherheit.

Es waren harte Zeiten gewesen, und nicht selten hatten sie sich für mehrere Monate und Jahre getrennt. Jedes Mal hatte sie gedacht, es wäre die endgültige Trennung, zur großen Erleichterung der Mutter und ihrer ganzen Verwandtschaft: niemand hatte jene Ehe akzeptiert, wegen der zu großen sozialen Unterschiede, wegen seines immer rohen und widerborstigen Charakters, seiner Wutausbrüche, die die gesamte Familie in Mitleidenschaft zogen. Aber er kam nach einer gewissen Zeit zurück, unglücklich, frustriert, aber deshalb nicht weniger barsch. Und sie hatte ihn immer aufgenommen, sich jedes Mal fragend, warum?

Sie blieb lange sitzen, an jene ersten Jahre in Wien denkend, an die Entdeckung der Sexualität, an die langen, mit ihm in völliger Verwirrung der Sinne verbrachten Nächte: war das Liebe? War sie jemals in ihn verliebt gewesen, oder war es nur eine lebenslange Trunkenheit gewesen? Fragen, die sie sich immer noch stellte, nach Jahren des gemeinsamen Lebens, nach Höhen und Tiefen jeglicher Art. Er aber hatte sich nie scheiden lassen wollen. Er hatte verschiedene Beziehungen von unterschiedlicher Dauer gehabt, und Frida wusste es; er hatte mit anderen Frauen zusammengelebt, hatte sie mit den Kindern allein gelassen, jahrelang. Oft hatte sie gemutmaßt, dass der wahre Grund für diese Ehe, von der er trotz allem so viel zu halten schien, das Bewusstsein war, dass jene Beziehung den einzigen Fixpunkt darstellte, die einzige Stabilität inmitten eines abenteuerlichen Lebens, das ihn anderswohin zerrte. Und auch die beste Art, andere, endgültige Verpflichtungen zu vermeiden, andere Verantwortungen, während er bei ihr vor allen Überraschungen sicher war.

Sie sah ihn nach langen Minuten zurückkommen, ruhiger, die Gesichtszüge noch ein bisschen angespannt. Wie er sich bloß verändert hatte, seit sie ihn kennengelernt hatte! Jetzt hatte er spärliche weiße Haare, ein Gewühl an Falten im Gesicht, hängende Schultern und am ganzen Körper die klaren Anzeichen eines verfrühten Alterungsprozesses. Er war ein starker Raucher gewesen, und er rauchte immer noch, unfähig sich in all seinen Handlungen zu kontrollieren ... erst in den letzten Jahren hatte er gelernt, sich ein wenig zu bremsen, doch kostete es ihn noch viel. Das Einzige, was ihn beruhigen konnte, war die Einsamkeit. Er ging in der Tat tagelang in die Berge, alleine, in die Berge seiner Jugend, als er bereit war, alles zu tun, nur um sich lebendig zu fühlen, und wenn er dazu eine Bombe auf das faschistische Denkmal oder einen Starkstrommasten hätte werfen müssen. Verspätete Rache übrigens, an den Faschisten aus seiner Gegend, als diese zwar die Farbe, nicht aber die Gesinnung gewechselt hatten.

»Ich kann mich nicht genau erinnern, aus welchem Grund du dich von Hans getrennt hast. Wenn ich nicht irre, wart ihr doch gerade dabei einen Film zu drehen...«

Jaco schwieg. Er wurde von einer Lawine von Erinnerungen und vor allem von einer tiefen Traurigkeit überwältigt: die Illusionen von damals, vor allem die Hoffnung auf eine Zukunft beim Film, voller Erfolge. Alles Vergangenheit, alles vorbei.

In diesem Augenblick setzte sich ein kleiner Vogel auf den Ast eines Baumes und ohne sich um sie zu kümmern, begann er sein Lied zu singen: war es ein Lockruf? Oder wollte er sich nur gebührend von jenem schlecht begonnenen, feuchten und grauen Herbsttag verabschieden, und jetzt, am Tagesende, aufgehellt durch einige Sonnenstrahlen, die zwischen den Bäumen hindurchschienen, beinahe ein Versprechen auf eine bessere Zukunft abgeben? Welch volle Stimme, dachte Frida, in einem so kleinen und zarten Wesen, einige Gramm Knöchelchen und Federn und eine enorme Lebensfreude, größer als es selbst. Wie sie es beneidete! Es wusste zu genießen, mehr als jedes menschliche Wesen. Es kannte den Tod nicht, wusste nicht, dass es nur wenig brauchte, seine kleine, großartige Existenz zu beenden. Es glaubte an die Ewigkeit, kannte den Sinn der Zeit nicht. Jede Sekunde hatte die Dauer einer Ewigkeit. Beinahe als fühle er sich beobachtet, wechselte der kleine Sänger den Ast. Er flog weiter nach oben und setzte sein Konzert fort: ein Zauber.

»Eine Geschichte mit schlimmem Ende ... wir haben geheiratet, wir beide, du hast ein Kind erwartet, unseren Sohn, und ich musste eine feste Anstellung suchen ... wie du weißt, in dem Ingenieurbüro ... ich erinnere mich nicht einmal mehr an den Namen. Von den Freunden von damals begegnete ich niemandem mehr. Alle verschwunden. Später, Jahre danach, suchte ich Hans, immer vergebens, hatte keine Adresse, keine Anschrift. Nichts. Sehr traurig, das Ganze.«

»Aber es müsste möglich sein, in Wien noch jemanden zu finden, der ihn kannte ... er war in der Welt des Films ein bekannter Mann ... er kann nicht einfach so verschwunden sein, ohne eine Spur zu hinterlassen.«

Jaco erhob sich und schaute sie einen Augenblick mit einer Bitte in den Augen an.

»Gehen wir. Gehen wir nach Hause. Diese ganze Geschichte hat mich ermüdet ... schließen wir sie für heute ab. Ein vergeudeter Nachmittag.«

In diesen gealterten, durch die vielen Falten beinahe geschrumpften Augen, sah sie für einen, seit langem vergessenen Augenblick, einen Blitz aufzucken, etwas, was mit Sehnsucht zu tun haben musste, mehr aber noch mit der alten Traurigkeit des schlecht und wenig geliebten Kindes, das gelernt hatte, nicht um Liebe zu betteln, sich sogar dafür zu schämen, sie sich auch nur gewünscht zu haben. Das Leben der Bergbauern war sehr hart und für die Kinder blieb wenig Zeit: auch die Liebe, die Zärtlichkeit der Mutter war rau und dürftig, weil sie selbst wenig bis nichts zu geben hatte. Frida hatte auch das aus den wenigen Erzählungen erahnt. Und sie hatte seine Familie kennengelernt. In jenem Blick hatte sie die gefühlsmäßigen Entbehrungen zu lesen gelernt, die Schwierigkeiten des Jungen, der in einer Welt des Zerfalls nach dem Krieg aufgewachsen war, in der die Generation der Eltern – ein weiteres Mal von der Geschichte genarrt – alle Hoffnungen und Illusionen auf Wohlstand und Freiheit hatte beiseitelegen müssen.

Die Kenntnis dieser Vergangenheit hatte es ihr ermöglicht, weiterhin mit ihm zusammenzuleben, trotz alledem, und jedes Mal von neuem zu beginnen. In jenen, wenn auch häufig verärgerten, verächtlichen Blicken, hatte sie immer eine Bitte nach Liebe zu lesen vermocht oder lesen wollen. Ein alter Lockruf, den sie verschüttet geglaubt hatte, ausgelöscht von den vielen Jahren der Zerwürfnisse und der Enttäuschungen.

Seltsam, wie fähig er noch war, in ihr etwas zu erwecken, was vielleicht mit Mitleid zu tun hatte, oder noch besser mit einem zutiefst menschlichen Gefühl, das fortfuhr sie an ihn zu binden. Vielleicht handelte es sich um Liebe, sie hätte es selbst nicht zu sagen gewusst. Jedenfalls hatte sie nie daran gedacht, es zu benennen.

Sie erhob sich, und sie machten sich gemeinsam auf den Rückweg.

Auf den Spuren einer verlorenen Generation

Fragmente einer Biografie

Nun, da ich mit der Erzählung „Ein Spaziergang" fertig bin, habe ich das Gefühl, dass noch etwas fehlt, einem Menschen noch etwas zu schulden, der wirklich existiert hat: Hans Albala. Die sehr spärlichen Angaben, die ich von H.Z. seinem Freund und Mitarbeiter, erhalten habe, reichen nicht aus, um ein komplettes Bild seines Lebens zu zeichnen, um die Persönlichkeit und die ziemlich verworrenen, für seine Zeit typischen Ereignisse zu umreißen. Ich finde, dass zumindest die Rückkehr an jene Orte notwendig ist, an denen er gelebt hat, und beschließe nach Wien zu fahren, um mich auf eine, so weit möglich, kapillare Suche zu machen, ohne zu ahnen, welchen Schwierigkeiten ich begegnen würde.

Fürs Erste habe ich einen Blick ins Internet geworfen und, zu meiner riesengroßen Überraschung, finde ich seinen Namen auf der Liste der Insassen eines österreichischen Arbeitslagers. Ich wusste nichts von seiner Zugehörigkeit zur jüdischen Gemeinde. Niemand, von wenigen Ausnahmen abgesehen, glaube ich, wusste etwas von seiner Vergangenheit: das Wort Jude wurde im Haus in der Jacquingasse, wo ich ihn in den sechziger Jahren kennengelernt habe, nie ausgesprochen.

Es handelt sich um eine Liste von Juden, zum Großteil kurz darauf in die verschiedenen Vernichtungslager verschickt, von ihm nur sein Name, ohne Sterbedatum, wie sonst bei fast allen anderen Gefangenen. Schon allein seinen

Namen zwischen all den anderen, mir unbekannten gelesen zu haben, alle eines gewaltsamen Todes gestorben, war erschütternd. Nie hätte ich erwartet ihn in einem solchen Zusammenhang zu finden.

In Wien angekommen, denke ich mir, dass die erste und beste Adresse das jüdische Museum in der Dorotheergasse sein dürfte.

Der Portier blockt mich sofort ab, sehr bestimmt: ob ich eine Verabredung mit jemandem hätte ... den Namen der Person ... und, worüber ich reden wolle? Ihm sei es nicht gestattet Namen zu nennen. Er gibt mir nur eine Telefonnummer. Eine Frauenstimme, ziemlich abweisend, verweist mich, nachdem sie mich gefragt hat, was ich wolle, an eine Dame, die mir, ihrer Meinung nach, weiterhelfen könne. Diese fragt mich, nach einigen Kurzinformationen über mich, nach dem Grund meines Besuchs, und von wo aus ich anriefe. Ich bin noch am Eingang des Museums und mit größter Höflichkeit lädt sie mich ein, zu ihr hochzukommen, da sich ihr Büro im selben Gebäude, einige Stockwerke höher befindet. Der Hauswart wird angewiesen mich passieren zu lassen.

Ich muss hinzufügen, dass, immer wenn ich gebeten habe, mit jemanden von der jüdischen Gemeinde zu sprechen, die erste Reaktion immer dieselbe war: zuerst ein Alarmzustand, und gleich darauf, nach Klärung der Umstände, ein freundlicher Empfang, ich würde sagen beinahe freundschaftlich. Der erste Kontakt aber war immer problematisch.

Die Frau, die mich empfängt, groß, gut gebaut, ziemlich entgegenkommend, widmet mir fast eine Stunde. Noch nie bin ich einem Wesen wie ihr begegnet, Milch und Honig, so blond, dass mir der Verdacht kommt, sie könnte es auch innen sein ... eine komische Vorstellung, auch weil ich nicht weiß, ob es möglich ist, auch eine blonde Seele zu haben, aber diese Frau ist zweifellos das erste Beispiel eines äußerlich wie innerlich blonden Wesens. Und von der Blondheit hat sie das Weiche, das Feine und eine sehr große Höflichkeit; ich stelle mir vielleicht zum ersten Mal die Frage, warum Engel häufig blond abgebildet werden: handelt es sich um eine Reinheit, die mit dunkler Haarfarbe schwer zu vereinbaren ist? Alles Folgerungen ohne Grundlage, ich weiß.

Sie kann mir keinerlei Informationen, dafür aber verschiedene, auf den ersten Blick ziemlich wertvolle Ratschläge geben. Leider wird sich der Großteil davon als falsch herausstellen, sicher nicht in böser Absicht, sondern aus Unkenntnis.

Mein erster Schritt führt mich ins Dokumentationszentrum des österreichischen Widerstands, das sich im Gebäude des alten Rathauses befindet.

Wien scheint heute eine der heißesten Städte Europas zu sein. Nicht nur die Hitze ist erdrückend, die Luftfeuchtigkeit muss Höchstwerte erreicht haben, und man glaubt sich in einer Sauna zu befinden: die Mauern der Gebäude schwitzen Wärme aus; die Paläste des kaiserlichen Wien, zum größten Teil restauriert, leuchten im Licht dieses feurigen August in nie zuvor vermuteter Schönheit. Ich vergesse die ziemlich langen Jahre nicht, während derer die Stadt von einer dicken Schicht Staub, Smog und Schmutz eines Jahrhunderts bedeckt war, das eine Menge Dreck produziert hat. Wien, eine Stadt, die in neuer Lebensfreude explodierte, der des ausgehenden neunzehnten Jahrhunderts, immer noch ein Mythos in den vor allem literarischen Erinnerungen, und jetzt in seiner ganzen Großartigkeit wiederentdeckt. Eine wunderbare Stadt, die schönste, die hellste und in diesen Tagen sicher die heißeste; so anders als jene der sechziger Jahre, bedrückend, provinziell, der ersten wie der zweiten Nachkriegszeit noch so nahe, als im Rest Europas die

Tragödie des Nationalsozialismus bereits eine schlimme Erinnerung zu sein schien, die mittlerweile nur mehr in den Geschichtsbüchern Platz findet.

Im alten Rathaus finde ich das richtige Büro. Auch hier Eintritt unmöglich: man muss den Pass vorweisen, die Handtasche in einen Schrank legen, den Grund des Besuches angeben, eine Erklärung unterschreiben und so weiter. Endlich darf ich mich auf die Suche nach dem Sekretariat machen. Ein junger Mann, sehr freundlich, sagt mir, dass er mir das Hans Albala betreffende Aktenbündel nicht aushändigen darf, weil unter Verschluss! Ich solle am Vormittag wiederkommen, wenn die Direktorin da ist. Nur sie kann entscheiden, ob ich die Dokumente sehen darf oder nicht. Beim Hinausgehen fragt mich die Pförtnerin, ob ich Erfolg gehabt hätte, und augenzwinkernd fügt sie hinzu, dass sie einen ziemlich heißen Tipp für mich habe, und zwar, solle ich mich bei der israelitischen Kultusgemeinde an einen gewissen Dr. Eckstein wenden, dem einzigen, der wirklich alles wisse.

Ich schlendere durch Wien und suche die Jacquingasse, die letzte mir bekannte Anschrift Hans Albalas, gegenüber dem botanischen Garten. Ich erkenne den Balkon wieder und die kleine Eingangspforte. Es war hier, wo ich ihm im fernen Jahr 1965 zum ersten Mal begegnet bin.

Am Morgen darauf, zu früher Stunde, stehe ich vor dem alten Rathaus, mittlerweile kenne ich den Weg, weiß wohin und die Pförtnerin, nicht mehr die vom Vortag, aber offensichtlich von meinem Kommen benachrichtigt, lässt mich ein, nicht ohne mich vorher die übliche Erklärung unterschreiben zu lassen und mich außerdem aufzufordern, das Handy auszuschalten und die Handtasche wie üblich in dem kleinen Schrank einzuschließen.

Hier treffe ich Frau Doktor K., sofort bereit mir alle verfügbaren Informationen zu geben. Auch hier treffe ich, wenn auch in anderer Form (die Frau ist brünett), auf die Höflichkeit, der ich bereits im Museum begegnet bin, eine große Ernsthaftigkeit, vor allem aber das Interesse für die Person Hans Albala, und vielleicht jeden anderen, der die national-sozialistische Verfolgung erleiden musste. Sie konnte es sich nicht verkneifen, mit einer Spur Ironie hinzuzufügen, dass die vom jüdischen Museum von nichts eine Ahnung hätten, dass ich nicht ihren Hinweisen nachgehen solle ...

Einige Minuten danach halte ich das Aktenbündel Nr. 7505 in den Händen. Ich habe die Erlaubnis es zu öffnen und darin zu stöbern: ich sehe sofort eine Fotografie Hans Albalas als jungen Mann, und spüre mein Herz schneller schlagen; seine Handschrift, die Erklärung wegen seiner Zugehörigkeit zur jüdischen Gemeinde in den Lagern Eisenerz, Traunkirchen und Mitterweißenbach interniert gewesen zu sein, und Schaden an der Wirbelsäule genommen zu haben, mit schweren gesundheitlichen Folgen. Kein Hinweis auf psychische Schäden. Aus Rassegründen wurde ihm zudem die Ablegung der Matura untersagt. Das angegebene Datum: 31. März 1947. Es folgen weitere, vielleicht zweitrangige Hinweise.

Ich habe das Gefühl, einen indiskreten Blick in das Privatleben eines jungen, damals achtundzwanzigjährigen Mannes zu werfen, auf das ganze Elend und die Verwundbarkeit dessen, der nach dem Krieg entwurzelt Hilfe sucht, vielleicht Rehabilitierung vom selben Staat erwartet, der eine derartige Schande zugelassen hat.

Nun drängt es mich nur noch mehr, meine Nachforschungen voranzutreiben, indem ich dem Rat, mich an die jüdische Gemeinde zu wenden, folge: dort müssen sie alle Informationen haben, die ich suche.

1826 im neoklassischen Stil erbaut, befand sie sich wie alle Synagogen im Inneren eines Gebäudes; die nichtchristlichen Kultstätten durften keinen Zugang direkt von der Straße haben. Ich wusste es nicht. Ich bin empört. Diese Besonderheit aber und auch die Tatsache, dass sie in einen Kontext von Gebäuden eingefügt ist, die alle aneinander gebaut sind, hat sie vor den Flammen bewahrt, die in der Kristallnacht im November 1938, in Wien 24 Synagogen vernichtet haben. Das Gebäude, damals ein Wohnhaus, wird jetzt als Kulturzentrum der israelitischen Kultusgemeinde Wien genutzt.

Am Eingang erwartet mich eine Art Leibesvisitation, wie sie seit einigen Jahren an allen internationalen Flughäfen üblich ist; drei kräftige, schwarz gekleidete junge Burschen, eindeutig Israelis (sie sprechen hebräisch und englisch), fragen mich sehr schroff, was ich hier suche. Einer von ihnen, vielleicht nur dieser eine, spricht deutsch mit sehr starkem Wiener Akzent.

»Was wollen Sie?«

Etwas eingeschüchtert vom Ton, von der eindeutig feindseligen Haltung, versuche ich es ihnen zu erklären; ich weiß nichts von den Anschlägen, die gerade hier stattgefunden haben, 1979 ohne Opfer, und 1981, als zwei Palästinenser während der Zeremonie des Sabbat in den Tempel eindrangen, Handgranaten warfen und in die Menge schossen; es gab zwei Tote und einundzwanzig teilweise sehr schwer Verletzte. Alles Informationen, die ich erst später erhielt, und die die immer noch notwendigen Schutzmaßnahmen erklären.

Ich muss meine Handtasche, die systematisch geleert wird, abgeben und muss durch eine gepanzerte Tür, wo sie, denke ich mir, sehen können, ob ich etwas Gefährliches bei mir habe, wahrscheinlich so etwas wie Röntgenstrahlen, dann lassen sie mich durch. Andere Türen öffnen und schließen sich hinter meinem Rücken, auf ein Signal hin, das von der Pförtnerloge kommt. Endlich bin ich drinnen, suche und finde die für das Archiv zuständige Person. Magister Eckstein, ein sehr beschäftigter Mann, höflich, hilfsbereit, Geburts- und Todesdaten, Hochzeitstage, Namen über Namen tausender Verstorbener im Gedächtnis; er dürfte an die fünfzig sein. Er hat das klassische gewitzte Wiener Gesicht derer, die im Laufe ihres Lebens so einiges gesehen haben. Er scheint über all dem Elend zu stehen, dessen Spuren er Tag für Tag in all den Dokumenten zu verfolgen gezwungen ist, die durch seine Hände gehen, ohne dass er dabei seinen Sinn für Humor verliert, der ihn noch liebenswürdiger macht. Er gefällt mir sofort, auch wegen der Art, wie er mich behandelt, beinahe so, als kenne er mich schon lange; mehr noch, es scheint, als habe er an diesem Tag nichts anderes getan, als auf mich zu warten, um mir alle verfügbaren Informationen über Hans Albala und seine Familie übergeben zu können. Er bringt mir alle handgeschriebenen Register, schwer, mit halb vergilbten Seiten. Ich blättere sie mit äußerster Vorsicht durch. Inzwischen rennt er zu seinem Computer, das Telefon läutet und er ist immer bereit mir und anderen Menschen Auskunft zu geben, die in einem anderen Raum auf ihn warten. Ich denke gezwungenermaßen an „Figaro hier, Figaro da", ich gebe es zu, ein nicht angebrachter und wenig respektvoller Gedanke, während er geschäftig von seinem Büro in den Vorraum rennt, wo ich an einem Tisch sitze, der, obwohl nicht groß, doch beinahe den ganzen Raum ausfüllt. In kürzester Zeit ist er mit großen Büchern, Registern und Dokumenten übersät.

Magister Eckstein weiß alles: der Name Albala ist klarerweise spanischen Ursprungs, sagt er mir, es handelt sich um die Gruppe der in Folge der Judenverfolgung unter Isabella von Kastilien ausgewanderten Sephardim (der Begriff Sephard weist in der Tat auf Spanien hin, das von den Juden eben Sefarad genannt wurde), als die Juden gezwungen wurden, sich entweder taufen zu lassen (die sogenannten *Maranes*, das heißt Schweine) oder das Land der Väter zu verlassen: sie waren tatsächlich seit dem siebten Jahrhundert gemeinsam mit den Mohammedanern dort ansässig, mit denen sie in völliger Eintracht lebten. Im Gegensatz zu heute. Die Ahnen Hans Albalas ließen sich im damaligen ottomanischen Reich nieder, weswegen Hans' Vater, ein Sephardim der türkischen Gemeinschaft, in Temesvar, heute Rumänien, am 15. Juni 1877 geboren wurde. Der Name ist eindeutig spanisch: Mauricio Diego Albala, von Beruf Journalist, manchmal aber auch Geschäftsmann. Später werde ich entdecken, dass es in Wien im selben Zeitraum zwei weitere Moritz Albala gab, einen Metzger und einen Feilenhauer, und vielleicht wird er mit einem der beiden verwechselt. Er heiratete ein erstes Mal eine gewisse Lucija Löwy, die ihm zwei Kinder gebar, José (1904) und Renée (1905), und ein weiteres Mal Risa, oder Theresia Filip, eine Nichtjüdin, in Wien am 1. Oktober 1882 geboren, die ihm zwei Kinder schenkte, Edmund (9. November 1908, gestorben 1914), und unseren Hans, geboren in Wien am 2. Februar 1919, nicht schon acht Tage darauf beschnitten, wie es Brauch war, sondern sechs Monate später, das heißt am 10. August 1919.

Was ist aus der ersten Frau und den beiden Söhnen geworden? Ich glaube nicht, dass es notwendig ist in der Richtung weiter zu forschen, mich interessiert nur die Lebensgeschichte Hans Albalas. Jetzt weiß ich, dass das falsch war und bereue, dass ich nicht gleich weitere Nachforschungen angestellt habe. Später erfahre ich aus den Unterlagen, die ich im Wiener Stadt- und Landesarchiv gefunden habe, dass Lucija Löwy, offensichtlich geschieden, nach Belgrad übersiedelt ist, vielleicht mit den beiden Kindern, in die Stadt, in der sie am 15. Juli 1882 geboren wurde, doch habe ich keinerlei offizielle Unterlagen, kann aber auch ihre Reisen nach Wien in den Jahren 1922, 1923, 1928, 1930, 1932, 1938 und 1939 rekonstruieren, bis sich ihre Spuren endgültig verlieren. Die letzte Reise 1939 – ein ziemlich bedeutsames Datum.

Während ich das Büro Magister Ecksteins verlasse, bitte ich darum, einen Blick in die Synagoge werfen zu dürfen, die älteste in Wien erhalten gebliebene. Er führt mich zu einer Tür und bittet mich einzutreten. Er bleibt draußen und wartet. Ich bemerke, dass ich mich in dem, den Frauen vorbehaltenen Bereich befinde, eine Galerie über dem sogenannten Parterre; eine Gruppe von Besuchern ist da und ein Führer richtet den Blick nach oben, sieht mich, und die Ausführungen unterbrechend, lädt er mich ein, mich der Gruppe anzuschließen ... auf Hebräisch, aber ich verstehe trotzdem. Ich entschuldige mich, verlegen, sehe mich ein wenig um und ziehe mich zurück. Mir bleibt der Eindruck eines blauen Himmels, Säulen säumen den Saal, nicht so groß wie ich erwartet hätte, und eine Atmosphäre der Andacht und größter Feierlichkeit.

Hans Albala wurde also in einem der tragischsten Momente der österreichischen Geschichte geboren, als das österreichisch-ungarische Kaiserreich, abgelöst von einer sozialistisch-republikanischen Regierung, nach dem Abkommen von Saint Germain all seiner Kronländer entledigt, zum kleinen Österreich gemacht wird, inmitten einer Wirtschaftskrise, die ihresgleichen nicht kannte. Die Kundgebungen der Arbeitslosen, der Kommunisten, der gesamten Bevölkerung Wiens, werden von der Polizei angegriffen, die in die Menge schießt und viele Tote und Verwundete verursacht, während der Hunger die feindlichen Mächte zwingt, mit Lebensmittellieferungen zu intervenieren.

Der Vater, Journalist, war persönlich bei all diesen Ereignissen dabei, um für die Zeitung, für die er arbeitete, Bericht zu erstatten.

Auch die folgenden Jahre waren wegen des zunehmenden Antisemitismus, der in Wien sehr tiefe Wurzeln hatte, ganz und gar nicht ruhig.

Ich möchte mir die Kindheit und die Jugend Hans Albalas, dem Einzelkind, vorstellen wie die Kindheit eines jeden anderen Kindes. Aber ich bin gezwungen einige Überlegungen anzustellen, vor allem über den Familienkreis, in dem er aufgewachsen ist. Aus den den Archivunterlagen der Mutter entnommenen Daten, ergibt sich, dass sie mit vierundzwanzig heiratete, 1908 einen Sohn, Edmund, gebar, der mit sechs Jahren starb. Danach schien sie keine weiteren Kinder gehabt zu haben, zumindest sind nirgendwo welche dokumentiert. Dann, elf Jahre später, das heißt 1919, als sie bestimmt jede Hoffnung auf eine neuerliche Schwangerschaft aufgegeben hatte, brachte sie im Alter von siebenunddreißig Jahren Hans zur Welt. Man kann sich die Freude und die Zuneigung gut vorstellen, mit der sie dieses Kind umgab, nicht nur ihre Fürsorge, sondern auch die des Vaters, damals zweiundvierzigjährig. Hans Albala, der Theorie Bettelheims zufolge[5], musste eine beschützte Kindheit in einem völlig positiven Umfeld erlebt haben: nur so konnte ein Kind dieses Gefühl der Sicherheit für den Wert des eigenen Lebens gewinnen, aber auch des Respekts, der Würde, die ihm in der Folge das Überleben in extremen Situationen ermöglichen sollte. Nur dann hat ein menschliches Wesen die nötige Kraft, um gegen das anzukämpfen, was Freud den Todestrieb nennt, der in jedem von uns wohnt.

Mit sechzehn verliert er seinen Vater, und in Deutschland ist Hitler bereits seit zwei Jahren an der Macht. Die Nationalsozialisten Wiens werden immer forscher, organisieren Aufmärsche, verüben Anschläge, die dann im Mord an Kanzler Dollfuß gipfeln. Die Apotheose erfolgte dann am 14. März 1938 mit Hitlers triumphalem Einzug und seiner Ansprache vor hunderttausenden begeisterten Wienern auf dem Heldenplatz. Nur eine Woche später erklärte Göring, dass Wien im Laufe von vier Jahren „judenrein" sein werde, und zwei Wochen darauf, am 1. April, erfolgte der erste Abtransport von Politikern, Dissidenten und jüdischen Kauf-

---

[5]Bruno Bettelheim, *Erziehung zum Überleben*, DVA, Stuttgart 1980.

leuten nach Dachau. Auch der Name Österreich verschwindet von der Landkarte und wird von Hitler in Ostmark umgeändert. Im August desselben Jahres, 1938, wird das Lager Mauthausen in Oberösterreich errichtet, und neunzig Prozent der in jüdischem Besitz befindlichen Geschäfte werden arisiert, das heißt enteignet; ich kann die inzwischen berühmte Fotografie nicht vergessen, auf der man auf dem Boden kniende Juden sieht, wie sie mit den Händen und einer Zahnbürste den Gehsteig einer Wiener Straße reinigen, umgeben von einer Menschenmenge und Polizisten, die sie auslachen.

Hans Albala, damals neunzehn Jahre alt, wird von Gesetzes wegen aus der Schule ausgeschlossen und wie ich den Archivunterlagen entnehmen konnte, durfte er aus Gründen der Rassenzugehörigkeit auch die Matura nicht mehr ablegen. Was geschah danach? Arbeitete er? Aber damals war es für einen Juden sehr schwer, wenn nicht unmöglich, Arbeit zu finden, und er, vielleicht dem Beispiel des Vaters folgend, fing bei einigen Zeitungen an. In der Tat erklärte er Journalist zu sein. Aber bei welcher Zeitung? Alle Verlage und Zeitungen in jüdischem Besitz sind sofort enteignet worden, oder um einen für die damalige Zeit gängigen Begriff zu verwenden, sie wurden arisiert.

Eine weitere Adresse, die mir Frau P. vom Jüdischen Museum gegeben hat, ist die eines Gemeindeamtes gegenüber dem Franz-Josefs-Bahnhof, wo ich einige Informationen zum Leben der Frau und der Mutter Hans Albalas finden könne. Sie kenne zwar die genaue Hausnummer nicht, doch könne ich es nicht verfehlen, hatte sie mir versichert. Am nächsten Morgen verlasse ich vor neun Uhr das Hotel, um der großen Hitze zu entgehen, die anscheinend nicht abklingen will. Ich gehe alle Gebäude dem Bahnhof gegenüber ab: nichts. Ich entschließe mich, zwei vor einem angelehnten Haustor plaudernde Frauen mit Einkaufstaschen in den

Händen, also Einheimische, zu befragen. Zwei vielleicht authentische Wienerinnen – doch in Wien fragt man sich, welcher Wiener schon authentisch ist –, die vielleicht seit, wer weiß wann, hier wohnen, und sie bestätigen das sofort, doch wissen sie nichts von einem derartigen Büro. Sie raten mir, mich bei der Polizei zu informieren. Im Bahnhof gäbe es eine Dienststelle. Als ich die Straße überqueren will, hält mich ein Mann an, der mich fragt, ob ich Hilfe benötige. Er muss wohl die Szene mit den beiden Frauen beobachtet haben. Ich erkläre ihm, was ich suche, auch, wenn ich mittlerweile jeden Hinweis anzweifle. Er nutzt sofort die Gelegenheit, mir mit tausenderlei Einzelheiten zu erklären, dass er seit ungefähr vierzig Jahren hier wohne, nie aber irgendein Departement der Stadtverwaltung an diesem Platz gesehen habe, was ich selbst vom ersten Moment an begriffen hatte ... aber die Angelegenheit interessiere ihn, versichert er, und beschließt mich in den Bahnhof zu begleiten. Ich aber möchte ihm nur entkommen. Seine Neugier ist offensichtlich, von der Gelegenheit einmal abgesehen, einen etwas anders als wie gewöhnlich verlaufenden Vormittag zu verbringen. Ich sehe ihn eine Zeit lang vor der Glastür des Polizeipostens warten, aber da sich die Dinge in die Länge ziehen, verschwindet er irgendwann. Ich bin erleichtert.

An diesem Punkt muss ich sagen, dass ich mit der österreichischen Polizei immer sehr gute Erfahrungen gemacht habe; sie waren mir in den unterschiedlichsten Situationen behilflich (haben schwere Koffer geschleppt, mir mitten in der Nacht ein Hotelzimmer besorgt, Episoden, die hier weiter auszuführen nicht der richtige Ort ist), und auch bei dieser Gelegenheit stoße ich auf einen jungen, sehr entgegenkommenden Polizisten, bereit meine Suche zu unterstützen, ja, ich würde sogar behaupten, mir mit Begeisterung zu helfen, da es sich um literarische Angelegenheiten handelt. Er beginnt sofort zu telefonieren. Im Wiener Dialekt erklärt er den verschiedenen Kollegen, die er einen nach dem anderen kontaktiert, dass er es da mit einer „Partei" zu tun habe (eine äußerst seltsame, nur in Österreich gebräuchliche Art, jedweden Antragsteller in irgend einem staatlichen Büro zu bezeichnen), die aus literarischen Gründen, und die Sache erheitert ihn augenscheinlich, gewisse Informationen benötige und so weiter.

Dabei stellt sich heraus, dass diese Abteilung, die Nummer 61, der Stadt Wien bereits seit vielen Jahren nicht mehr existiert, weil sie mit einer anderen zusammengelegt wurde. Er fügt noch hinzu, dass es laut seinen Recherchen in diesem Bezirk nie eine solche Abteilung gegeben habe, doch könne ich in der Zentrale die eine oder andere Information erhalten; er gibt mir die Adresse, und als ich mich herzlich bedanke, lächelt er zufrieden.

Später auf dem Standesamt, wo man normalerweise eben standesamtlich heiratet – da gibt es in der Tat einen Saal, der schon für die nächste Hochzeit hergerichtet ist –, erweisen sich die Dinge etwas schwierig. Die Beamtin erklärt mir auch gleich, dass sie aufgrund des Persönlichkeitsschutzes keinerlei Information herausgeben dürfe. Ich aber bin überhaupt nicht bereit locker zu lassen, und sie begreift das ziemlich schnell, deshalb weist sie mich an zu warten. Sie verschwindet hinter einer Tür, und ich befürchte schon, sie nicht wiederzusehen. Doch sie kommt mit einem Zettel zurück, auf dem sie, ausnahmsweise, den Todestag der Mutter Hans Albalas aufgeschrieben hat: 27.7.1974. Doch mir genügt das nicht: dringender noch als die Mutter, suche ich die ehemalige Ehefrau, die, am 8.6.1939 geboren, noch am Leben sein könnte. Ich schreibe das Hochzeitsdatum, 5.8.1957, und den Bezirk, Währing, und sogar die Aktennummer (609/57) auf einen Zettel. Ich sehe, dass sie meine Informationen einigermaßen beeindrucken, weil sie sich ans Telefon hängt, diesmal hinter der Trennscheibe, doch obwohl sie leise spricht, verstehe ich, dass sie einige Dinge wissen, die sie mir aber nicht mitteilen dürfen. Die Frau lebt; es scheint, dass sie nicht wieder geheiratet hat, doch kennt man ihren Wohnsitz in Österreich nicht, weshalb es sehr wahrscheinlich ist, dass sie im Ausland lebt: wäre sie gestorben, so hätte man davon erfahren. Diese Nachricht überzeugt mich überhaupt nicht, auch wegen des ziemlich verlegenen Gesichtsausdrucks der Beamtin.

Das war's. Sie verabschiedet mich kurz entschlossen, auch wenn sie es bedauert, mir nicht entgegenkommen zu können. Ich frage sie noch, ob es weitere Verwandte der Exfrau gäbe, doch jetzt ist die abschlägige Haltung kategorischer denn je. Offensichtlich handelt es sich um noch in Wien wohnhafte Personen. Sie entschuldigt sich, mir nur wegen des Gesetzes und so weiter nicht helfen zu können.

So ist der Vormittag um, und die Resultate sind ziemlich dürftig; den Todestag der Mutter kann ich auch auf anderen Ämtern erfahren, ihn zum Beispiel dem Verzeichnis des Friedhofs Simmering entnehmen, wo ihre Urne im Grab ihres Sohnes beigesetzt ist, während es wichtiger gewesen wäre, einige Informationen über die Exfrau zu erhalten, um zu erfahren, was nach 1967 mit ihm geschah, dem Jahr, in dem er aus den Registern nicht nur der Stadt Wien, sondern ganz Österreichs verschwunden zu sein scheint.

Jetzt habe ich weitere Etappen zu bewältigen, um die Nachforschungen zu vervollständigen, als erste den sogenannten Gasometer, wohin das Wiener Stadt- und Landesarchiv verlegt worden ist, und dann das Archiv der Universität für darstellende Kunst am Oskar-Kokoschka-Platz, um zu erfahren, in welchen Jahren er das Grafikstudium absolvierte, wodurch er letztlich bekannt wurde.

Der Gasometer in Simmering, der mit der U-Bahn zu erreichen ist, ist ein Komplex von zylindrischen Industriegebäuden aus dem letzten Jahrhundert, ein riesiges Gasdepot, das die ganze Stadt versorgte. Gegen Ende der neunziger Jahre wurden die vier Gebäude zu Wohneinheiten, Geschäften und Werkstätten umgebaut, und in eines davon wurde eben das Archiv verlegt. Eine Art absolut surreales Labyrinth mit gläsernen Brücken, die die Gebäude verbinden: Geschäfte, Restaurants und ich weiß nicht was sonst noch. Eine Stadt für sich – sie wird in der Tat Gasometer City genannt –, mit einem regen Eigenleben. Nicht ohne Schwierigkeiten kann ich das Büro finden, wende mich an eine Beamtin, die über mein Anliegen verwundert scheint, nach langem Nachdenken eine ältere Kollegin holt, und sie um Rat ersucht.

Nach einiger Zeit – hier läuft alles in einem verzögerten Rhythmus ab, wie im Rest der Stadt, eine Eigentümlichkeit, die ich dem slawischen Einfluss zuschreibe, der sich irgendwie in allen Wienern zeigt – erscheint ein Mann um die fünfzig, groß, sehr beleibt, ziemlich gelangweilt. In einem ersten Moment scheint er keine meiner Fragen zu verstehen. Er verschanzt sich sofort hinter dem Gesetz zum Schutz der persönlichen Daten, ich aber erkläre ihm, dass ich nach Informationen über eine seit mehr als fünfunddreißig Jahren tote Person suche, lege die Unterlagen vor, die ich auf verschiedenen Ämtern zusammengetragen habe, und sage, dass ich sie für literarische Zwecke brauche. Das Wort Literatur ist vielleicht das einzige Argument, das ihn überzeugt; in der Tat bedeutet er mir zu warten und verschwindet hinter einer Tür.

Ich weiß nicht, was ich denken soll, aber ich bin fest entschlossen, wenn nötig noch einige Stunden zu warten und glaube, dass, sei es er, sei es seine Mitarbeiterin, meine Absicht verstanden haben. Er taucht endlich mit einer Reihe von Fotokopien auf: er hat alle Meldezettel, vom ersten aus dem Jahr 1947 bis zum letzten des Jahres 1967 gefunden! Ich bedanke mich weit herzlicher, als er es erwartete. Ich weiß, dass ich ihm Unrecht getan habe, zumindest in meinen Gedanken. Das muss wohl seine persönliche Art sein, auf Anfragen der Menschen zu reagieren, das heißt, erst entmutigt er sie, und wenn sie insistieren, belohnt er sie. (Mittlerweile weiß ich, dass er keine Ausnahme gemacht, sondern nur die Zeit verkürzt hat. In der Tat müsste man erst einen Antrag stellen und bis zu zwei Wochen auf die beantragten Unterlagen warten.)

Ich verlasse dieses Labyrinth, als die Sonne im Zenit steht. Der Asphalt scheint zu kochen und unter meinen Schritten zu schmelzen, die Luft ist unerträglich heiß, mit einem Feuchtigkeitsgrad, der über 90 % liegen muss, die Straße ist menschenleer. Ich suche nach dem Hinweisschild der U-Bahn, nicht zum ersten Mal, seit ich diese Nachforschungen begonnen habe, etwas verängstigt, doch wegen der Hitze und der Trostlosigkeit dieses Ortes jetzt vielleicht doch etwas besorgter. Ich habe den Eindruck, als versuchte ich unter allen Umständen ein im Staub der Archive einer großen Stadt verlorenes Leben zu rekonstruieren, einer Stadt, die sich nicht bemüht hat, die reale Existenz einiger hunderttausend menschlicher Wesen zu beschützen. Einer Stadt, die keinen Finger gerührt hat, um dieselben anderswo begangenen Fehler zu vermeiden, die, ganz im Gegenteil, aktiv daran beteiligt war, ihre Mitbürger, Frauen, Kinder, Jugendlichen und Alten dem Tod in den Lagern auszuliefern, nur weil sie einer anderen Rasse angehörten, die Lager, die sie selbst, für sich selbst errichtet hatten.

Man kann mir die Frage stellen, was ich mit dieser Geschichte zu schaffen habe; ich bin nicht hier geboren, habe keinen verfolgten Verwandten, und was die Rasse betrifft, gehöre ich bis zu einem gewissen Punkt der privilegierten an, zwar mit griechisch-normannischen Wurzeln, nicht so rein, wie angeblich die arische, aber auch nicht verachtenswert. Was will ich? Seit jeher, seit ich das erste Mal in Rom eine Ausstellung über die nationalsozialistische Verfolgung sah, Fotografien von Bergen von Körpern, menschliche Wesen, die außer der Fähigkeit, sich noch aufrecht zu halten, nichts Menschliches mehr an sich hatten, Skelette bekleidet mit einem beschämendem Streifenpyjama, die Schädel kahl rasiert, die Gesichter eingefallen, verlorene Blicke, irr, die ich nie vergessen konnte, habe ich mich in all den Jahren tausend Mal gefragt, warum und wieso bestimmte Dinge geschehen können. Ohne je eine Antwort zu finden. Jetzt bin ich fest entschlossen, die Lebensetappen eines dieser vergessenen Menschen zu rekonstruieren, sie aus den Archiven hervorzuholen und ihm zumindest auf dem Papier jenes Leben zurückzugeben, das ihm in der Wirklichkeit versagt wurde: ein würdevolles Begräbnis, auf das aufgrund eines atavistischen Gesetzes jedes menschliche Wesen Anrecht hat. Vielleicht aber auch, weil er der einzige Überlebende ist, den ich persönlich kennengelernt habe.

Ein Jahr vergeht nach diesen ersten Nachforschungen. Ich beschließe nach Wien zurückzukehren, weil ich inzwischen andere Neuigkeiten erfahren habe.

Zuvor mache ich aber noch einen Abstecher in das Städtchen Ebensee und ersuche um ein Treffen mit dem Direktor des Museums für Zeitgeschichte in Ebensee, Doktor W. Quatember; ich hatte bereits vorher per Email Kontakt zu ihm aufgenommen, und wenn auch nur aus der Entfernung, so war er mir doch sehr behilflich. Ich treffe einen jungen, sehr freundlichen, äußerst entgegenkommenden Herrn, bereit mir alle verfügbaren Informationen zu geben. Er drückt mir sehr dicke Ordner in die Hände, die eine, so glaube ich, komplette Dokumentation der Zeit zwischen 1940 und 1942 enthalten. Hierher wurden die sogenannten Arbeitsunwilligen geschickt, so wurden die größtenteils jüdischen Arbeitslosen bezeichnet, insgesamt 174, die in jedem Fall aus

Rassegründen keine Arbeit gefunden hätten, und die im Straßenbau am Präbichl eingesetzt wurden. Es handelte sich um ein Barackenlager für einige hundert Männer in Traunkirchen, einen Katzensprung vom wunderschönen Ebensee entfernt. Wie durch ein Wunder finde ich in diesem Berg von Dokumenten einen Ordner, in dem auch der Name Hans Albala aufgeführt ist und das Datum, an dem er ins Lager kommt, am 9. Dezember 1940. Hier bleibt er bis zum Mai 1942, als er mit den letzten hier Verbliebenen – die anderen waren in verschiedenen Vernichtungslagern gelandet – ins Lager von Mitterweißenbach, wenige Kilometer entfernt, kurz vor Bad Ischl, verlegt wird. Vom 11. Mai bis Mitte September bleibt er in diesem Lager.

Danach verlieren sich seine Spuren; es ist möglich, dass er nach Wien zu seiner Mutter zurückgekehrt ist oder anderswohin, auch wenn er 1947 selbst in einem offiziellen Dokument erklärt hat, dass er kein sogenanntes U-Boot gewesen war, das heißt, sich nicht in irgendeinem Keller versteckt hatte.

Aber aus anderen Quellen habe ich erfahren, dass für die Kinder aus Mischehen eine Sonderbehandlung vorgesehen war, das heißt, man tötete zuerst die authentischen Juden, also die Kinder deren beide Eltern Juden waren, um dann zu den sogenannten Mischlingen überzugehen, auch weil die Hälfte jenes Blutes, ob sie wollten oder nicht, arisch war!

Ich möchte die Stelle sehen, an der Hans Albala vor ungefähr siebzig Jahren ein Jahr und zehn Monate seines jungen Lebens verbrachte. Es handelt sich um ein Maisfeld neben den Geleisen eines kleinen Bahnhofs, wo nichts an die Leiden, die Verzweiflung so vieler Menschen erinnert; ein idyllischer Ort von großer natürlicher Schönheit, mit dem See, den Bergen rings herum, den malerischen Häusern. Doktor Quatember hat mir einige Fotografien von Bauern gezeigt, die diesseits des Stacheldrahtzauns ihr Korn ernteten, unberührt von der Anwesenheit jener Männer und ihrer Baracken, von der Verzweiflung, die sich in diesen Gesichtern widerspiegelte; von Gesetz wegen war es verboten, sich denen, die als Auswurf der Gesellschaft angesehen wurden auch nur zu nähern oder mit ihnen zu sprechen. Im selben Lager waren auch russische Gefangene interniert, und die Lagerleitung trug Sorge, dass sich die beiden Gruppen von Internierten nicht einander nähern, sich nicht berühren, oder anfreunden konnten, um eine mögliche Kontaminierung der Russen zu vermeiden, trotz ihrer Verachtung für die Slawen.

Ich will auch den Ort sehen, an dem das Lager Mitterweißenbach stand: auf der einen Seite die Traun, auf der anderen die Berge. Die Straße, die dort einen Bogen macht, ist von ihnen, den Deportierten, gebaut und asphaltiert worden.

Vor einiger Zeit ist es Doktor Quatember gelungen, in Traunkirchen ein kleines Erinnerungszeichen, eine Art Mahnmal, errichten zu lassen: eine Reihe von Zementquadern, mit übereinander liegenden Platten, in welchen die Namen all jener eingraviert sind, die durch dieses Lager gingen, 476 an der Zahl, um dann, mit wenigen Ausnahmen, in andere Vernichtungslager deportiert und ermordet zu werden. Ich habe dort auch den Namen Hans Albala gesehen, einer der wenigen Überlebenden. Auch dieses Mal bin ich von einem Gefühl der Trauer übermannt worden, für ihn und all die anderen zu Unrecht Verurteilten.

Zu seinem Aufenthalt in Eisenerz habe ich leider keine Unterlagen: 1945 wurden alle Dokumente von der SS verbrannt, aber ich weiß, dass dieses Lager berüchtigt war für die Härte, mit der die Gefangenen behandelt wurden.

Jetzt bleibt mir die letzte Etappe.

Unter einem leichten und anhaltenden Nieselregen ist Wien im Herbst grau. Drei Tage grau in grau.

Mein erster Besuch gilt der Israelitischen Kultusgemeinde, um mich abermals mit Magister Eckstein zu treffen, dem ich mein Kommen angekündigt habe. Er erkennt mich sofort wieder, obwohl mehr als ein Jahr vergangen ist. Immer noch sehr beschäftigt, höflich, äußerst interessiert, bereit jede Frage zu beantworten. In dem sehr kleinen Vorraum, vielleicht zwei mal zwei Meter, in dem es unmöglich ist sich zu bewegen, auch weil, wie beim ersten Mal, ein Tisch und vier Stühle den ganzen Raum ausfüllen, sitzt ein junger Mann, der in großen Ordnern blättert. Er sieht mich sehr skeptisch an und nach einigen Minuten schafft er es nicht mehr, sich zurückzuhalten und sagt mir, dass meine Bemühungen unnütz seien. Ich reagiere, indem ich erkläre, dass ich eine furchtbare Dilettantin bin und dass ich vielleicht deshalb einfältig aber optimistisch sei: ich würde es schaffen, diese Biografie zu rekonstruieren, ob es ihm passe oder nicht. Er sieht mich an und lächelt mit einer gewissen Ironie. Mir scheint, als könne ich seine Gedanken lesen ... will sie aber nicht niederschreiben. Jedenfalls nimmt er seine Arbeit wieder auf; nach einer Weile unterbricht er sie wieder, wenn auch widerwillig. Obwohl außer mir und ihm niemand im Raum ist, rät er mir im Flüsterton, ich solle im Archiv in den Erbschaftsurkunden suchen. Da könne ich wichtige Hinweise finden. Ich bedanke mich bei ihm, weil ich finde, dass das ein guter Tipp ist.

Hier kann ich nichts Neues finden; ich kann nur feststellen, dass der Verweis Doktor Quatembers auf eine gewisse Philippina Albala, 1941 in Minsk ermordet, nicht richtig ist. Es handelt sich nicht um eine Schwester Hans Albalas, sondern um eine entfernte Verwandte, mit einem Daniel Albala verheiratet. Das aber ist wichtig für mich, weil es mich davor bewahrt hat, einen schweren Fehler zu begehen.

Ich eile sofort wieder zum Gasometer, Sitz des Zentralarchivs und ersuche um Einsichtnahme in die Todesurkunden von Hans und seiner Mutter. Innerhalb dreier Tage mache ich denselben Weg drei mal, immer in diese Umgebung aus einem Science-Fiction Film zurückkehrend. Am dritten Tag tippt mir jemand auf die Schulter: mein ziemlich skepti-scher Bekannter von der Kultusgemeinde von vor einigen Tagen. Jetzt kenne ich auch seinen Namen: Georg Gaugusch[6]. Er lächelt mich zufrieden an, und fragt mich, ob ich etwas Neues gefunden hätte. Auch er ist ein begeisterter Archivbe-sucher, dauernd auf der Suche nach verlorenen, von der Ge-schichte überrollten Menschen. Es scheint, als sei das seine Lebensaufgabe. Das ist etwas, was mir gefällt und mich mit Enthusiasmus erfüllt. Ich bedanke mich herzlich und er lä-chelt immer noch, zufrieden und ohne eine Spur Ironie. Auf einmal empfinde ich ihn als Freund, in jedem Fall als Gleich-gesinnten. Eine wunderbare Begegnung, die ich nicht ver-gessen werde.

Ich habe jetzt auch einige Adressen: jene, wo Albalas Vater zum Zeitpunkt seiner zweiten Hochzeit wohnte, Hetzgasse 40 im III. Bezirk, und die der Mutter, Theresia Filip, Paulus-gasse 6, ebenfalls im III. Bezirk.

Ich beschließe mir die Häuser anzusehen.

Ein Haus kann viele Dinge erzählen, ich weiß das aus Er-fahrung. An ihm kann man viel von den Menschen ablesen, die darin wohnen, vom Leben, dem sozialen Status, der Kul-tur, das was Dokumente, Akten und andere papierene Zeu-gen nicht sagen können.

Ich bemerke, dass die beiden Straßen ziemlich nahe bei-einander liegen und die Häuser, die Ende des neunzehnten Jahrhunderts erbaut wurden, bestätigen, dass sie zur Mittel-schicht gehörten. In Wien ist es, ausgehend von den Gebäu-den, ziemlich einfach darauf zu schließen, welcher Gesell-schaftsschicht ihre Bewohner angehören. Ein Haus, das von Arbeitern bewohnt war, von Menschen, die mit ihren Hän-den arbeiten, war normalerweise ein Block, der in den meis-

---

[6]Inzwischen habe ich erfahren, dass er ein monumentales Werk mit Biografien von verschwundenen Wiener Juden verfasst hat, das 2011 erschienen ist. Der Titel, *Wer einmal war*, sagt alles.

ten Fällen vom Staat errichtet wurde, mit einem Abort pro Etage und einer sogenannten Bassena, der einzigen Wasserstelle im Stockwerk. Die meisten dieser Mietshäuser gehen auf die Zeit der ersten Industrialisierung zurück, als die starke Abwanderung aus den angrenzenden Ländern, alle Teil des österreichisch-ungarischen Kaiserreichs, die Stadt in große Schwierigkeiten stürzte: die Menschen schliefen gar unter den Donaubrücken, und die Privatzimmer wurden stundenweise zum Schlafen vermietet. Doch das ist eine andere Geschichte.

Die beiden Häuser in der Hetz- und in der Paulusgasse fallen nicht in diese Kategorie. Ein wichtiger Hinweis, um festzustellen, welcher sozialen Schicht die Eltern von Hans angehörten.

Doch die Mutter, Theresia, ist in der Pfarre in der Erdbergstrasse im III. Bezirk getauft worden. Ich sehe mir die Geburts- und die Taufurkunde an, und erfahre, dass der Vater, Franz Filip, Schlossergehilfe, und die Mutter, Anna Mates, aus Böhmen zugewandert, in der Schlachthausgasse 14 wohnten. Auch dieses ein Wohnhaus mit einem gewissen Niveau, doch scheint es Ende des neunzehnten Jahrhunderts renoviert worden zu sein. Vorher waren die Häuser in jenem Bezirk klein, armselig, von Arbeitern bewohnt.

Ich frage mich, wie es kam, dass sie von der Schlachthausgasse in einen viel eleganteren Bezirk, den III. und in eine augenscheinlich vornehmere Straße übersiedelt ist. Aus keinem Dokument geht hervor, dass sie bei ihren Eltern wohnte. Vielleicht war sie bei einer Familie im Dienst, vielleicht war sie Kindermädchen oder Gouvernante. Ich habe keine andere Erklärung.

Alles Mutmaßungen, ich gebe es zu, aber der Umstand, dass der neunundzwanzigjährige Mauricio Diego, vielleicht bereits geschieden, in der Straße um die Ecke gewohnt hat, gibt mir sehr zu denken. Mit vierundzwanzig Jahren tritt Theresia, römisch katholisch, am 10. November 1906 aus der Kirche aus, um einen Monat später, am 15. Dezember 1906, den sozial besser gestellten Journalisten, den Juden Mauricio Diego Albala zu heiraten. In einem mehr denn je antisemitischen Wien ein sehr mutiger, diskriminierender Schritt, nicht umsonst tritt sie am 11. Oktober 1935, gleich nach dem Tod ihres Mannes, der am 2. Juni 1935 wegen eines Herzklappenfehlers gestorben war, wieder in die katholische Kirche ein.

Es gefällt mir anzunehmen, dass es sich um eine Liebesheirat gehandelt hat. Theresia, Risa oder Resa war möglicherweise eine schöne Frau und Mauricio Diego Albala verliebte sich sehr wahrscheinlich in seine schöne Nachbarin und provozierte so die Scheidung von seiner Frau. Aus den Akten geht hervor, dass die Hochzeit in Form einer Notzivilehe geschlossen wurde, das heißt, bloß standesamtlich, und dass er als Junggeselle aufscheint! Meine These ist, dass die erste Ehe mit Lucija Löwy, Jüdin, nur kirchlich geschlossen worden ist, folglich zivilrechtlich nicht anerkannt wurde, weshalb er trotz Frau und zwei Kindern, laut österreichischem Gesetz noch ledig war. Außerdem konnte ein Paar unterschiedlicher Konfession, immer nach österreichischem Gesetz, rechtlich in keinerlei Form verbunden werden, wenn nicht einer der beiden auf seinen Glauben verzichtete, in diesem Fall Theresia, wie eben aus den Akten hervorgeht. Der Akt des Kirchenaustritts fand, laut den Informationen, die ich von Magister Eckstein von der Israelitischen Kultusgemeinde Wien erhalten habe, einen Monat vor der standesamtlich geschlossenen Heirat statt.

Mit ihm lebte sie neunundzwanzig Jahre zusammen und nach seinem Tod hatte sie angesichts der guten Stellung ihres Mannes, Journalist und Chefredakteur bei der *Wiener Allgemeinen Zeitung* und der *Wiener Mittags-Zeitung*[7] Anrecht auf eine gute Pension, die sich bei ihrem am 27. Juli

---

[7]Informationen, die ich aus der *Bibliografie der österreichischen Zeitungen 1621-1945*, Band 4, KG Saur, München 2003, entnommen habe.

1974 im hohen Alter von zweiundneunzig Jahren eingetretenen Tod, auf 4.690 Schillinge im Monat belief, eine für die damalige Zeit ansehnliche Summe.

Das also war der familiäre Kontext Hans Albalas.

In einer kürzlich erschienenen Biografie[8] wird behauptet, dass Hans Albala 1936 für einige Semester die medizinische Fakultät der Universität Wien besucht habe, eine ziemlich unwahrscheinliche Geschichte angesichts des jugendlichen Alters Hans Albalas, der zudem laut eigenen Angaben nicht im Besitz des Abiturs war. Daraufhin habe ich Nachforschungen im Archiv der Universität angestellt. Man hat mir mitgeteilt, dass der Name Hans Albala in keinem Dokument auftaucht. Derselbe Autor behauptet außerdem, dass Hans Albala die Kunstschule in Linz besucht habe. Auch an der Kunstakademie dieser Stadt habe ich Nachforschungen angestellt, ebenfalls erfolglos. Ohne zu berücksichtigen, dass er laut den im Wiener Archiv ausfindig gemachten Unterlagen erst im Haus seiner Mutter in der Unteren Weissgerbergasse 19 in Wien gewohnt hat (wo auch der Vater bis zu seinem Tod wohnhaft war), und ab 1947 verschiedene Anschriften gehabt hat, immer in Wien, bis er von 1962 bis 1967 gemeinsam mit seiner jungen Frau in der Jacquingasse wohnte.

Es kann sein, dass er an irgendeiner Privatschule studiert hat, doch konnte ich keine diesbezüglichen Unterlagen finden. Wahrscheinlicher ist eine Ausbildung autodidaktischer Art, die auf seine Schulzeit zurückführen könnte, als er Spaß daran hatte, Karikaturen und lustige Figuren zu zeichnen, wie es Kinder, die mit einem gewissen künstlerischen Talent ausgestattet sind, häufig tun, wenn sie sich langweilen. Aber auch dies ist nur eine Mutmaßung. Außerdem geht aus einer seiner amtlichen Erklärungen hervor,

---

[8] *Die Kunst des Einzelbilds. Animation in Österreich – 1832 bis heute*, von verschiedenen Autoren, Verlag Filmarchiv Austria 2010, S. 109 ff.

dass er zumindest bis 1959 den Beruf eines freien Journalisten ausübte, bei einem monatlichen Einkommen von 300
Schillingen. Ab diesem Zeitpunkt gibt er in den Vordrucken,
in denen er seinen Wohnsitz eintragen musste, zum ersten
Mal „Filmgraphiker" als Beruf an.

Man kennt nur wenige Werbefilme von ihm, sechs oder sieben insgesamt, die ihm laut mündlichen Bezeugungen einige Staatspreise einbrachten; leider gelang es mir nicht, die
Wahrhaftigkeit dieser Aussagen zu überprüfen, da das zuständige Büro kein Archiv besitzt. Von den Autoren des
oben zitierten Buches, wird Hans Albala als „Außenseiter"
bezeichnet. Jedenfalls ein Avantgardist, ein Original.

Seine erste bekannte Arbeit aus dem Jahr 1958, ist ein
kleiner Werbefilm, der mit den sieben Buchstaben spielt,
die den Namen des Cognacs *Bouchet* bilden. In diesem ersten Beispiel, sticht bereits das ins Auge, was in der Folge seinen persönlichen Stil ausmachen wird, das heißt den Einsatz der Musik, mehr noch des Rhythmus', der die Aufeinanderfolge der Figuren skandiert.

Der zweite, ebenfalls aus dem Jahr 1958, ist eine Werbung für den Elektrorasierer *Roll-A-Matik* der Firma Re-
mington, in der er sich eines neuen Konzeptes bedient, das
reale Personen mit Zeichentrickfiguren kombiniert, auch
hier mit einer musikalischen Begleitung herausragender Bedeutung.

1959 folgt ein Film, der als sein Meisterwerk angesehen
wird, eine Werbung für eine Kette von Schuhgeschäften, *Hu-
manic*, mit Läden in allen Städten Österreichs, in der die beiden Elemente, das Wirkliche – die Figur einer Frau, und das
Fantastische – eine Aufeinanderfolge von Rhythmen und
Farben mit großer audiovisueller Wirkung ineinander über-
gehen.

Im selben Jahr schafft er den *Capriccio Italien*, mit einer
Abfolge von typisch touristischen Italienbildern, in denen er

hohe künstlerische Ansprüche zum Ausdruck bringt; vor allem die Wahl der Musikstücke zeugt von einem bemerkenswerten Feingefühl und großer Kenntnis des italienischen Musikrepertoires; meiner Meinung nach seine am besten gelungene Arbeit.

1962 arbeitet er für Philipps mit zwei Filmen: *Produkte* und *Lichtspiele*, die ich nicht aufzufinden vermochte.

1964 erfolgt ein radikaler Wandel in seiner Tätigkeit, vielleicht abhängig von der Begegnung mit einem Menschen, der in den darauffolgenden Jahren eine besondere Bedeutung in seinem Leben haben sollte: Doktor Franz D., ein Fünfzigjähriger, auf Lungenkrankheiten spezialisierter Arzt, der während des Krieges und mehr noch unmittelbar nach dem Krieg mit gutem Gewinn auf dem Schwarzmarkt spekuliert hatte.

Mit ihm gründete er am 24. November 1964 (Handelsregister Nr. 9064) die GmbH *Albala & Co*, die zwei Jahre darauf, am 27. Mai 1966, in *Batavia Film* umbenannt wurde, um Kurzfilme, Zeichentrickfilme und Werbefilme herzustellen, mit einem Gesellschaftskapital von 100.000 Schillingen. (Die Firma wurde am 22. Oktober 1975 aufgelöst.)

Soweit mir zu ermitteln möglich war, wurde der erste Spielfilm mit Darstellern, Komparsen und ziemlich kostspieligen Außenaufnahmen in Folge eines Auftrags des Innenministeriums für den Zivilschutz realisiert, der die Menschen darüber aufklären sollte, wie sie sich im Falle eines Atomkrieges, eines Brandes und anderer Katastrophen zu verhalten hätten. Die Hauptfigur, ein Student, sollte nachts von einem Lokal ins andere ziehen, um die Abendausgabe einer Zeitung zu verkaufen und mit Menschen unterschiedlichster Art über Probleme der öffentlichen Sicherheit zu diskutieren. Auf Anordnung eines Politikers musste der junge Mann, der die Zeitungen verkaufte, einen Überwurf mit dem Namen der eindeutig linken Zeitung *Express* tragen. Als der Film fertig gestellt war, entstanden Probleme mit dem Ministerium, das den Namen dieser Zeitung nicht in jeder Szene sehen wollte; die Schuld wurde Albala zugeschoben, während der Politiker, der den Film in der eindeutigen Absicht in Auftrag gegeben hatte, eben diese Zeitung zu bewerben, sich zurückzog und jede Verantwortung ablehnte. Am Ende wurde der Film abgelehnt, mit großem materiellen Schaden für Albala und seinen Produzenten, weil die vereinbarte Vergütung nicht ausbezahlt wurde. Niemand weiß, was aus diesem Film geworden ist.

Inzwischen tauchten von überall her Leute auf, die für dies und das Geld wollten, und auch die Hausherrin, eine Filmschauspielerin aus München, schickte den Gerichtsvollzieher, der Albalas Möbel in ihrem Haus pfändete, da seit Monaten die Miete nicht mehr bezahlt worden war.

Es folgte eine weitere Anzeige, dieses Mal von Seiten der ehemaligen Frau des Drehbuchautors Ernst Welisch, die der Produktionsfirma ihren Skoda geliehen hatte, der für die Außenaufnahmen gebraucht worden war. H.Z., der diesen alten Wagen chauffierte, sagte vor Gericht aus und erzählte, wie die Dinge in Wirklichkeit gelaufen waren, und der arme Albala oder wer auch immer an seiner statt, wurde zur Bezahlung einer, wie es scheint, im Voraus vereinbarten Summe, verurteilt, an die sich aber niemand mehr erinnerte.

In der Verzweiflung des Augenblicks hatte sowohl Albala als auch der Drehbuchautor vergessen, dass sie eine Verpflichtung für einen Werbefilm mit einer Waschmittelfabrik eingegangen waren, die ein neues Waschmittel auf den Markt bringen wollte. Ihr Vorschlag war begeistert angenommen worden. Es handelte sich um ein zum Trocknen auf einer Wäscheleine hängendes Hemd, das sich an einer gewissen Stelle bewegen und sprechen, und das Produkt, mit dem es gewaschen worden war, loben sollte. In dem Chaos, das in jenem Haus herrschte, war es nicht einfach den Vertrag zu finden, und es konnte als wahrer Glücksfall bezeichnet werden, als an einem gewissen Punkt das Papier auftauchte, in dem unter anderem auch die ziemlich hohe Vertragsstrafe festgesetzt war, die bei Vertragsbruch fällig war. Da der Abgabetermin sehr nahe war, machten sie sich sofort an die Arbeit.

Es handelte sich um eine Serie von Einzelbildern eines Hemds, mehr als zweihundert durchnummerierte Fotografien, die dann von Hans, Ernstl und H.Z., von der Produktionsfirma als Tontechniker für den Film über den Zivilschutz eingesetzt, mit sehr viel Geduld ausgeschnitten wurden, um dann eine Trick-Sequenz daraus zu machen. Beim Ausschneiden der Fotogramme, ging die Nummerierung verloren, doch blieben sie in der richtigen Reihenfolge. Irgendwann rückte Albala den Stapel beiseite und der Stapel fiel dabei unglücklicherweise auf den Boden. Es gab einen Augenblick der Panik: der Boden war übersät mit Fotos, die alle dasselbe Hemd in unterschiedlichen Positionen darstellten. Eine Situation zum Verzweifeln. Sie setzten sich an den Tisch und versuchten die Fotogramme wieder zu ordnen. Aber das gelang nicht und der Film wurde nicht angenommen, weil die Einzelbilder nicht in der richtigen Reihenfolge angeordnet waren, und die Bewegungen folglich ruckartig ausfielen.

Mittlerweile hatte Hans Albala an einem von der *Verbundgesellschaft (Österreichische Elektrizitätswirtschaft-AG)* ausgeschriebenen Wettbewerb teilgenommen, um das zwanzigjährige Jubiläum der Gründung zu feiern. Das Projekt, einigermaßen neu und originell, fußte auf einer Sequenz von mit Musik unterlegten Bildern ohne Text. Der Film hatte einen ziemlich gut zur Gesellschaft passenden Titel: *Symphonie in E*, in dem eine Symphonie in e von Antonín Dvořák eingesetzt wurde, dabei mit der Bedeutung des Vokals E als Verweis auf Elektrizität und dem Titel der Symphonie *Symphonie aus der neuen Welt*, spielend. Das Projekt gefiel und es wurde ein sehr origineller und schöner Film, in dem vor allem der Sinn für den Rhythmus der perfekt synchronisierten Bilder mit dem zur Stromproduktion notwendigen technischen Artefakten hervorsticht; eine faszinierende Verbindung zwischen Musik und Technik, zwischen österreichischen Landschaften, Wasserfällen und plötzlich betätigten elektrischen Kontakten, wie man glauben könnte, von Dvořáks Musik so gewollt. Eine suggestive Begegnung zwischen Technik und Poesie, Technik und Musik, Technik und Fantasie: in ihnen taucht die Begabung, das künstlerische Empfinden Hans Albalas auf, wie er es bis dahin mit den kleinen Werbefilmen noch nie hatte demonstrieren können.

Als ich mit meinen Recherchen in den verschiedenen Archiven, Ämtern, Institutionen der Stadt Wien fertig bin, mache ich mich an die nicht einfache Arbeit, eine Art Biografie dieses Mannes niederzuschreiben, den ich zugegebenermaßen persönlich kennengelernt habe, wenn auch auf sehr oberflächliche Weise.

Ich bin hin und her gerissen zwischen Zurückhaltung und Diskretion bezüglich einiger Aspekte im Leben eines von der Geschichte des zwanzigsten Jahrhundert schwer geprüften Menschen.

Seine Vergangenheit verfolgte ihn in der Tat und lebte mit ihm, obwohl er nie über die eigene Herkunft sprach, über die Jahre vor dem Krieg und noch weniger über den Krieg selbst und die Nachkriegszeit, doch das Gewicht der gemachten Erfahrungen ließen ihm keinen Raum, ein normales Leben zu führen. Er trank viel, um die fürchterlichen Angstattacken zu überwinden, um zu schlafen, zu vergessen. Ich weiß nicht, seit wann er diese Angewohnheit hatte, mit Sicherheit aber erst seit Kriegsende. Er begann den Tag mit einem Glas Whisky, weil seine Hände dermaßen zitterten, dass er keine Feder in der Hand halten konnte, um seine geliebten Figuren zu zeichnen. In der Tat vernachlässigte er auch während seiner Arbeit am Film seine grafische Tätigkeit nicht, vielleicht um der Welt, die ihn umgab zu entfliehen, den Sorgen oder den Erinnerungen, die ihn bedrängten. Man konnte ihn oft früh am Morgen an seinem Tisch vor einem weißen Blatt Papier sitzen sehen, damit beschäftigt es mit unzähligen Gestalten zu füllen, ganz vertieft in diese Striche, die aus ihm wie durch ein Wunder hervorquollen, die zartesten Farben wählend, einem inneren Rhythmus folgend; eine Musik, die sich in Linien und Farben von einer beinahe kindlichen Zartheit ausdrückte.

Hans Albala war ein Mann großer Empfindsamkeit, unfähig die Stimme zu heben, seinesgleichen negativ zu beurteilen, immer hilfsbereit. In ihm spürte man das gekränkte Wesen, das die dunkle Seite des Lebens zutiefst aus persönlicher Erfahrung kannte; aber die Widerlichkeit, die Grausamkeit, die er aus der Nähe kennengelernt und erlebt hatte, haben die Reinheit seines Herzens, die Unschuld, die aus seinen Augen, aus seiner ganzen Art zu sein, mitten unter den Menschen zu sein, sprach, nicht angreifen können. Beinahe ein Kind, war es ihm nicht möglich, die Wirklichkeit der Erwachsenen zu sehen, sich damit abzufinden, sie zu akzeptieren und auch nicht, sich in diese Welt versetzen zu lassen. Und das alles trotz der Erfahrungen in seiner Jugend, oder vielleicht gerade deshalb. Man darf nicht vergessen, dass er 1938 erst neunzehn Jahre alt war und mit zwanzig interniert wurde. Ohne zu berücksichtigen, dass ihm bewusst war, was um ihn herum geschah, weshalb er 1941 aus der jüdischen Religionsgemeinschaft austrat, ohne damit seine Situation zu verbessern.

In einem 58 Jahre währenden Leben gab es nur neun Jahre intensiven künstlerischen Schaffens: die vorhergehenden und nachfolgenden Jahre sind nur in den Formularen des Standesamtes, seinen verschiedenen Wohnsitzen und schlussendlich auf dem Friedhof von Simmering dokumentiert, wo auf seinem Grab einzig der Nachname Albala geschrieben steht, ohne Geburts- und ohne Sterbedatum. Sogar ohne Vornamen. Nur Albala. In einem Grab, in dem andere geschichtslose Namen vereint aufscheinen, und deren Träger einander vielleicht unbekannt waren.

Nur Namen, während von Albala noch sichtbare Zeugnisse bleiben, die uns zu rühren vermögen, wie der Film *Symphonie in E.*

Außerdem kann man seinen Namen in einigen Fachbüchern lesen. Das ist alles, was von einem menschlichen Wesen bleibt.

Ich glaube, dass ich an dieser Stelle einige Erklärungen zur Person H.Z. abgeben muss, die Quelle, aus der ich etliche Informationen privater Natur über Hans Albala schöpfen konnte.

H.Z. war eines Morgens, vielleicht im Sommer 1965 im Haus in der Jacquingasse, einer großen Wohnung, dem botanischen Garten gegenüber, aufgetaucht, vorgestellt von einem Kameramann, einem seiner Freunde. Um sich ungestört unterhalten zu können, hatte ihn Hans Albala auf den Balkon geführt, da in dieser Wohnung ein ständiges Kommen und Gehen von Menschen war, ohne irgendeine Möglichkeit, sich irgendwohin zurückziehen zu können. Der Kameramann wusste, dass für die Realisierung eines Films, das heißt für den Dokumentarfilm über den Zivilschutz, noch ein Tontechniker gesucht wurde. H.Z. hatte nie eine ähnliche Arbeit gemacht, aber er arbeitete seit einigen Monaten am Theater als Tontechniker, hatte Klavier gelernt und verfügte über spezifische technische Kenntnisse. Albala fragte nicht einmal, ob er irgendwelche Erfahrungen auf dem Gebiet der Geräusche und der Synchronisierung habe. Er sagte ihm nur, welches seine Aufgaben seien und engagierte ihn sofort. So war er. Wenn ihm ein Mensch gefiel, akzeptierte er ihn ohne weiter nachzufragen.

Außerdem war es schwer, dass ihm jemand nicht gefiel, er umgab sich auch nur mit Menschen, die ihm gefielen, die ir-

gendeine Assonanz mit seinem freundlichen, vorurteilslo-
sen Wesen hatten. Viele Menschen nutzten diese vermeintli-
che Schwäche auch auf unverschämte Weise aus, vor allem,
solange noch Geld da war, sei es um ein Bier, eine Mahlzeit
im nahen Beisl zu ergattern, wo er immer für alle bezahlte.
Dann, als es nichts mehr zu holen gab, verließen sie ihn, verschwanden ganz einfach, um wieder aufzutauchen sowie
sich herumsprach, dass er wieder eine Vorauszahlung erhalten hatte. Er war nicht imstande, die Einnahmen, die ihm
seine Arbeit regelmäßig einbrachte zu verwalten. Er war
nicht imstande nein zu sagen, wenn ihn jemand um ein Dar-
lehen oder einen Vorschuss auf einen mutmaßlichen Auftrag bat, und gab mit vollen Händen, ohne den tatsächlichen
Wert des Geldes zu bedenken. Immer voller Verständnis für
das wahre oder auch nur vorgegaukelte Elend anderer, bereit zu geben. Immer zu geben.

Er schien allein auf der Welt zu sein, beinahe aus dem
Nichts aufgetaucht. In jenem Haus war kein Platz für eine
Familie, für Verwandte, vor allem aber nicht für irgendeine
Vergangenheit. Man wusste nur, dass er vor kurzem von einer viel jüngeren, vielleicht zwanzig Jahre jüngeren Frau geschieden worden war, und man vermutete, dass er ein Verhältnis mit der Schwiegermutter gehabt hatte ... vielleicht
bloß Männertratschereien.

Er hatte keine Kinder. Ein Mann wie er, konnte keine Kinder haben.

Während der zwei Jahre der Zusammenarbeit, das heißt
bis Mitte 1967, als der Film *Symphonie in E* fertig gestellt
war, kam H.Z. nicht ein einziges Wort zu Ohren, das auf die
Vergangenheit Albalas und seines Drehbuchautors und dicken Freundes Ernstl Welisch, ebenfalls Jude, Sohn des berühmten, 1941 verstorbenen Operettenlibrettisten gleichen
Namens, hingedeutet hätte.

Albala und Ernstl waren alleine, ohne Familie, zusammengehörig wie zwei Brüder, ja noch stärker miteinander verbunden. Sie müssen eine gemeinsame Vergangenheit der Leiden, der nächtlichen Alpträume, der angsterfüllten Erinnerungen gehabt haben, die sie, vor allem Hans, nur mit Hilfe des Alkohols teilweise besiegen konnten, von dem Albala bis zur Bewusstlosigkeit trank. Ernstl hingegen trank nur zum Abendessen und übertrieb nie. Beide versuchten sich vom Fluss des Lebens mitreißen zu lassen, von demselben Fluss, in welchem auch andere mitschwammen, die vielen Täter jener unsagbaren Tragödie, aber auch die Millionen, die einfach weggeschaut hatten, nunmehr schweigsam, erbost, verbittert den Krieg verloren zu haben, einzig damit beschäftigt, mit dem größtmöglichen Erfolg die Kunst des Verdrängens und des Vergessens auszuüben. Während der Nachkriegsjahre legte sich das große Schweigen wie ein Ölfleck über ganz Europa, eine grenzenlose, bleierne Glocke, die allen Opfern die Stimme raubte, aber auch den Millionen von Überlebenden; passive Zeugen und in irgendeiner Art gleichfalls Opfer dieser Ereignisse.

Ernstl, ebenfalls geschieden, bat manchmal den jungen Mitarbeiter H.Z. ihn spätabends nach Hause zu begleiten. Vorher aber suchten sie seine Gefährtin auf, eine Prostituierte, die einen festen Platz an der Kreuzung Annagasse-Kärntnerstraße hatte; nicht mehr die Jüngste, fett und ziemlich mütterlich, empfing sie ihn mit Ausbrüchen der Zärtlichkeit und der Zuneigung. Manchmal aber befand sie sich nicht am vereinbarten Ort. Ernstl, seelenruhig, sagte dann: »Sie arbeitet«, und lud H.Z. auf einen Kaffee in irgendein offenes Lokal ein. Nach einer Weile stand er auf und verabschiedete sich. Nie schaffte er es bis zu sich nach Hause. Alleine näherte er sich der Frau, wie ein beliebiger Kunde, und H.Z., jung und ohne Lebenserfahrung, dem Krieg entkommen und nach einer zwischen Bombardierungen und Luftschutzkellern verbrachten Kindheit, hatte nun, nicht ohne große Verstörung, die Möglichkeit der Begegnung zwischen Schiffbrüchigen beizuwohnen, beide bedürftig nach Zuneigung und Wärme.

Noch eine weitere, für die damalige Zeit typische Persönlichkeit verkehrte in jenem Haus in der Jacquingasse, wenn auch ziemlich selten: Doktor D., den ich weiter oben angesprochen habe, die Quelle des nötigen Kapitals zum Aufbau der Produktionsgesellschaft *Batavia Film GmbH*, deren Gesellschafter er auch war. Von mittlerer Statur, vielleicht an die Fünfzig, hatte er aus Arbeitsgründen ein ziemlich konfliktträchtiges Verhältnis zu Albala. Klarerweise kam auch er aus einem Krieg, der außer Menschen auch moralische Grundsätze zerstört hatte, nur dass er, vielleicht wegen seines Charakters oder wegen glücklicher Umstände, auf der Seite der Gewinner stand. Denn der Krieg hat auch diese Seite, die vielleicht Abscheu hervorrufen mag, deren Existenz aber niemand leugnen kann.

Über Doktor D. erzählte man sich verschiedene Geschichten, vor allem aber darüber, wie er zu so viel Geld gekommen war: man sagte, dass er während des Krieges, wahrscheinlich aber vor allem in der Nachkriegszeit mit pharmazeutischen Produkten sehr fragwürdiger Herkunft gehandelt habe. Er hatte auch irgendwo ein Depot und er kannte eine Menge Leute, die in derselben Sparte arbeiteten.

Hier muss ich eine ziemlich unglaubwürdige Geschichte erzählen, die völlig erfunden klingen mag, hätte sie mir nicht eine absolut vertrauenswürdige Person erzählt, an der zu zweifeln ich keinen Grund habe. Doktor D. erzählte H.Z. nach einem Abendessen, das von reichlich Rotwein begossen war, seine private Geschichte, die ich mir jetzt, beinahe 50 Jahre später, öffentlich zu machen erlaube.

Einer seiner Geschäftskollegen kam eines Tages mit zwei Koffern zu ihm. Er sagte, er würde verfolgt und müsse einige Tage aus Wien verschwinden, um seine Spuren zu verwischen. Er solle die beiden Koffer bis zu seiner Rückkehr für ihn aufbewahren. Er solle sie gut verstecken. Er würde sie persönlich abholen kommen. Er ermahnte ihn, die Koffer niemandem auszuhändigen, auf keinen Fall.

Mit verstreichender Zeit hatte das Leben zu einem der Normalität ähnlichem Rhythmus zurückgefunden, der Schwarzmarkt war aus dem Geschäftsleben gänzlich verschwunden, und Doktor D. wollte sich der letzten Reste der Produkte aus seinem Lager entledigen, die mittlerweile überall erhältlich waren. Wie viele Jahre waren vergangen, seit jener Geschäftsfreund mit den beiden Koffern zu ihm gekommen war? Niemand war seitdem bei ihm vorstellig geworden. Von dem Mann, von dem er nur den Spitznamen kannte – eine zu jener Zeit durchaus übliche Sache, und er selbst hatte sich ja auch einen zugelegt, um seine undurchsichtigen Geschäfte ungenierter abwickeln zu können – keine Spur. Dieser Mensch musste ein schlimmes Ende gefunden haben; es konnte nicht anders sein. Bevor er sein Depot endgültig zusperrte und es dem legitimen Besitzer zurückgab, lud er die beiden Koffer in sein Auto und nahm sie mit nach Hause. Es war nicht leicht, sie zu öffnen. Sie waren abgeschlossen. Er musste die Schlösser aufbrechen; der größere, der erste, ziemlich schwer, war voller Gegenstände aus Silber, Besteck, Leuchter, Schüsseln und anderen Wertsachen. Der andere hielt eine noch größere Überraschung bereit: Bündel von Banknoten, englische Pfund, von unschätzbarem Wert! So kam es, dass Doktor D. von einem auf den anderen Tag zum Millionär wurde. Er war umsichtig genug, den Inhalt jenes Koffers in einer Schweizer Bank zu deponieren, weil er nicht wagte, das viele Geld zu Hause oder sonst wo zu verstecken. Nach weiteren Jahren wiedergewonnener Normalität, dachte er, dieses Kapital, dessen Herkunft in einem bestimmten Kreis von „Spezialisten" bekannt war, gewinnbringend anzulegen[9].

Was geschah danach? Im Sommer 1967 war H.Z. anderswohin gezogen und hatte jeglichen Kontakt zu Hans Albala und der gesamten Gruppe der Batavia Film verloren. Einige Zeit später erfuhr er, dass Hans Albala mit Delirium tremens ins Krankenhaus eingeliefert worden war, eine Information, die ich nicht zu verifizieren vermochte.

Von 1967 bis zu seinem Tod im Jahr 1976 verlieren sich seine Spuren. Leider verbieten mir die Bestimmungen zum Schutze der persönlichen Daten eine Einsichtnahme in die Patientenregister der Krankenhäuser, und auch wenn ich weiß, dass es vorkommen kann, dass ein unter Delirium tre-

---

[9]Im Lager Sachsenhausen wurde zwischen 1942 und 1945 eine Werkstätte zum Druck englischer Pfund Sterling und amerikanischer Dollar im großem Stil eingerichtet, um die Kassen des Dritten Reichs, die inzwischen zur Neige gingen, aufzufüllen. In den verschiedenen Konzentrationslagern wurden professionelle Drucker, Grafiker und andere Spezialisten, vornehmlich Juden rekrutiert, um das nach seinem Erfinder „Operation Bernhard" genannte Projekt zu verwirklichen. Es wurden hunderte von Millionen englische Pfund und amerikanische Dollar gedruckt, eine Summe, die die nationalen Währungen destabilisieren sollte. 140 Lagerhäftlinge kamen so in den Genuss eines beinahe normalen Lebens, das heißt gutes Essen, ein Bett und sogar die eine oder andere Vergnügung, wie Tischtennis und anderes, obwohl immer noch unter Todesandrohung, sollten sie die Mitarbeit verweigern. Die in diesen Jahren gedruckten Banknoten waren so perfekt, dass es nie gelang sie von den echten zu unterscheiden. Als die Russen bereits vor Berlin standen, bauten die Nazis die Werkstatt ab und brachten sie samt den Häftlingen ins KZ Ebensee im Salzkammergut, Österreich. Im Mai 1945 wurde eine Menge Metallkisten, die Banknoten, Gold, Dokumente und anderes mehr beinhalteten, im einige Kilometer entfernten Toplitz See versenkt, ein in der Tat ganz bewusst ausgewählter Ort, umgeben von sehr hohen Felsgebirgen, und nur über einen einzigen, leicht zu kontrollierbaren Zugang erreichbar. Gleich nach Kriegsende versuchten nicht wenige ihr Glück mit der Bergung der Kisten. Viele, unzureichend ausgerüstet, erstickten nicht zuletzt wegen der erheblichen Tiefe des Sees, etwa 100 Meter, was aber keinen abzuschrecken schien. 60 Jahre lang wurden verschiedene Versuche unternommen, auch unter Beteiligung des österreichischen Staates, und es wurde eine Menge an Kisten voller Dokumente und dergleichen geborgen. Diese Unternehmungen verhalfen der Gegend zu einer außergewöhnlich geheimnisvollen Aura, sehr zum Vorteil des Fremdenverkehrs. Nicht ohne Grund: es handelt sich tatsächlich um eine besonders zauberhafte Landschaft, auch ohne diese Geschichte vom versunkenen Schatz.

mens leidender Patient in die Psychiatrie überwiesen wird, habe ich keine Unterlagen, die dies bestätigen könnten.

Ich habe verschiedene Nachforschungen angestellt, um zu erfahren, was in den letzten Jahren seines Lebens geschehen war. Ich weiß, dass er keine Rente bezog, wie mir die Pensionsversicherungsanstalt Wien bestätigte. Im Laufe dieser Jahre schien er keinerlei Tätigkeit ausgeübt zu haben. Er lebte mit seiner Mutter in der Novaragasse 38/15 bis zu deren Tod im Jahre 1974.

Leider konnte ich über die Mutter, Theresia Filip Albala, nichts in Erfahrung bringen, die erste und letzte Person, die ihn geliebt und in seiner ganzen Zerbrechlichkeit akzeptiert hat, Licht und Schatten seines Charakters rechtfertigend, seine Depressionen, die verzweifelten Versuche, seinem Leben ein Ende zu setzen (und zu diesem Detail habe ich einige Augenzeugenberichte). In jenen Jahren kannte man die psychologische Unterstützung durch eine Fachkraft für Menschen mit vom Krieg und dessen Folgen verursachten Traumata noch nicht. Vielleicht wäre es möglich gewesen, ihm dabei behilflich zu sein, eine gewisse psychische Stabilität wiederzugewinnen, die es ihm ermöglicht hätte, ein einigermaßen normales Leben zu führen: Der Versuch, sich den Künstlerkreisen anzuschließen, auf die sein Talent hinwies, beweist sein lebhaftes Interesse, in den Schoß der Gesellschaft zurückzukehren, obwohl diese sein Leben so unauslöschlich gezeichnet hatte. Die Person, beziehungsweise die Personen, die ihn ermutigten, und vielleicht den Anstoß zu dieser leider kurzen künstlerischen Aktivität gaben, konnte ich nicht ausfindig machen; auch nicht, wer sein Talent erkannt hatte, ihn lenkte und auf seinen ersten Schritten begleitete; auch nicht, wer ihn in die Welt der Werbung einführte, und einem von Anfang an so zerstörten Leben einen Sinn gab, vielleicht schon in seiner Jugend, in der Schule, und in den darauffolgenden Jahren, auf Grund einer laten-

ten, aber immer offensichtlicheren rassischen Diskriminie-
rung.

Vielleicht ist sich heute niemandem von uns bewusst, welch
moralische Schmach, welche Schande ein menschliches Wesen, gleich welcher Rasse und Kultur, empfindet, wenn seine
Würde erniedrigt, gedemütigt, mit Füßen getreten wird, bis
zur völligen Annullierung, bis zur Zerstörung des feinfüh-
ligsten Teils seines Ichs. Jetzt verstehe ich endlich, warum
die Überlebenden dieser unendlichen Tragödie jahrelang
geschwiegen haben, einige gar für immer, unfähig zu akzeptieren, dass sie Ziel einer derartigen Beleidigung geworden
waren, vom Staat, von der Gesellschaft, von den christlichen
Kirchen allein gelassen gegen eine der gesamten sogenannten zivilisierten Gesellschaft bekannten und von ihr hinge-
nommenen Brutalität: in solchen Fällen ist es besser zu sterben, da der edelste Teil eines jeden menschlichen Wesens
getötet wurde, der, der gemeinhin Seele genannt wird, nur
den Körper verschonend, der sich eben mit Hilfe von Alkohol und Drogen verteidigt, in der Angst zu vergessen, sich zu
vergessen.

Im Herbst 1974, nachdem die kleine Erbschaft der Mutter
aufgelöst war, übersiedelte Hans Albala in den XX. Bezirk,
Klosterneuburgstraße 110, ein ziemlich armseliges Gebäude, in einem Arbeiterviertel unterster Rangordnung. Ich frage mich, wovon er gelebt hat, von wem er Hilfe erhielt. Er
starb am 17. August 1976 (um 16,45 Uhr) im Krankenhaus
Lainz (Standesamt Wien Penzing, Sterbebuch Nr. 6310/76)
an den von einem Brocuscarcinom ausgelösten Metastasen.
Hans Albala war ein starker Raucher.
    Es war mir nicht möglich zu klären, aus welchem Grund
seine leiblichen Überreste mit anderen, mir nicht bekannten
Personen in einem Gemeinschaftsgrab beigesetzt wurden,
und obwohl ich die Namen des oder der Besitzer gefunden

habe, war ich nicht in der Lage, mich mit einem von ihnen in Verbindung zu setzen, weil sie entweder schon verstorben waren, oder einfach aus den üblichen Gründen des Persönlichkeitsschutzes.

Meinen letzten Besuch habe ich Hans Albala eben in dieser Klosterneuburger Straße abgestattet, wo er die letzten beiden Jahre seines Lebens verbracht hat; ich habe die armselige Wohnung gesehen und fotografiert, den kleinen Lebensmittelladen, in dem er gewiss einkaufen ging, die Straßen, in denen er umging, vielleicht einsam und bereits krank. Ich gebe zu, es war ein sehr trauriger Abschied, wenn auch kein endgültiger: seine freundliche Art, sein argloses Gesicht, seine Zerbrechlichkeit, der Anblick dieser armen verletzten Menschheit, die große Lehre, die er mir trotzdem damals wie heute zu erteilen wusste, haben mich in all diesen langen Jahren begleitet und ich weiß, dass ich sie niemals vergessen werde; so wie die vielen, durch die Umtriebe eines unheilvollen Dämons verlorenen Leben, und ich beziehe mich dabei nicht nur auf die Einzelperson, die die erste Hälfte des zwanzigsten Jahrhunderts beherrschte.

Angaben zu Hans Albala im
Verband der wegen Ihrer Abstammung Verfolgten

Inhalt

Von Ada Zapperi Zucker sind außerdem erschienen:

Il silenzio
Romanzo
2009, ISBN 978-88-7223-115-9

Das Schweigen
Übersetzung von *Il silenzio*
2010, ISBN 978-88-7223-130-2
ISBN 978-3-85435-622-6

Le inquietudini della sora Elsa
Racconti
2011, ISBN 978-88-7475-220-1

La scuola delle catacombe
Racconti
2012, ISBN 978-3-943810-01-1

Die Katakombenschule
Übersetzung von *La scuola delle catacombe*
2012, ISBN 978-3-943810-02-8

Teatro di ombre
Romanzo
2012, ISBN 978-88-6466-161-2

Theater der Schatten
Übersetzung von *Teatro di ombre*
2013, ISBN 978-3-943810-05-9

Un giorno a Bolzano
Racconti
2014, ISBN 978-3-943810-06-6

Gedruckt im Juli 2014 bei
CPI – Clausen & Bosse, D-25917 Leck